COLLECTION
FOLIO ACTUEL

André Lebeau

# L'enfermement planétaire

Gallimard

André Lebeau, géophysicien de formation, a occupé de hautes fonctions au Centre national d'études spatiales (CNES) qu'il préside en 1995-1996. Il entre en 1975, date de sa fondation, à l'Agence spatiale européenne et devient en 1986 directeur de Météo-France. De 1991 à 1994, il est vice-président de l'Organisation météorologique mondiale. Il est notamment l'auteur de *L'engrenage de la technique. Essai sur une menace planétaire* (coll. « Bibliothèque des sciences humaines », 2005).

*Ce livre est dédié à la mémoire*
*de mon ami Jean-Jacques Salomon.*

Saveiz coumant je me demaing?
L'esperance de l'andemain,
Si sunt mes festes.

RUTEBEUF

# *Avant-propos*

Les démons du hasard selon
Le chant du firmament nous mènent
À sons perdus leurs violons
Font danser notre race humaine
Sur la descente à reculons

APOLLINAIRE, *La Chanson du mal-aimé*.

La rencontre de l'humanité avec les limites de la planète est un phénomène qui n'a aucun précédent dans l'histoire de l'espèce. L'homme a pris la mesure de son domaine terrestre depuis plusieurs siècles, et il rêve parfois de s'en échapper pour peupler les étendues sans limites de l'Univers. Mais cette fièvre qui possède certains n'est pas ce dont je veux traiter. L'objet de ma réflexion est le conflit global entre les besoins sans cesse croissants de l'espèce humaine et les ressources de l'environnement planétaire où elle se trouve confinée.

La technique humaine, au niveau de perfection et de puissance qu'elle atteint après quelques dizaines de millénaires d'évolution, est directement à l'origine de ce conflit. Par elle — et par ses effets induits sur la croissance démographique —

les ressources en énergie, en matières premières, en production alimentaire, en eau potable et en espace vital sont soumises à des tensions qui ne peuvent s'accroître indéfiniment sans que se produisent soit des ruptures, soit de profondes transformations des comportements collectifs.

Mon ambition n'est pas de prophétiser l'avenir de l'homme, mais seulement d'analyser les composantes de l'événement qui est en gestation, événement sans exemple dans le cours de l'évolution naturelle qui a modelé l'espèce depuis ses origines et qui a singularisé le rameau taxinomique sur lequel se trouve le « troisième chimpanzé »[1].

Comment l'homme aborde-t-il cette épreuve, soumis à quelles déterminations contenues dans son héritage génétique, avec quels outils culturels, quels sont les cours possibles de son destin, quels peuvent être les lendemains ? Tels sont les thèmes de ma réflexion.

L'idée que l'homme se forme le plus communément de sa place dans l'Univers ne comporte pas cette perception de l'enfermement planétaire. À peine commence-t-elle à émerger ici et là, par des aspects sectoriels. Il reste que le caractère inéluctable et global de l'enfermement et de ses effets ne fait pas encore partie du patrimoine culturel disparate de l'humanité. La vision que l'homme s'est faite juxtapose en effet deux dimensions qui

1. Jared Diamond, *Le Troisième Chimpanzé. Essai sur l'évolution et l'avenir de l'animal humain* [1992], trad. de l'anglais par Marcel Blanc, Paris, Gallimard, 2000.

demeurent distinctes. La connaissance lui présente l'image d'un phénomène infime dans un Univers qui, aux échelles de temps que l'esprit humain peut concevoir, possède les attributs de l'éternité. Quelques milliards d'années semblent garantis par les lois de la nature avant que le Soleil, devenu une géante rouge, n'engloutisse l'orbite terrestre ou que la lente fuite de l'hydrogène vers l'espace n'assèche les réserves d'eau de la planète. Quelques millions d'années suffiraient certainement à assurer notre quiétude. À cette connaissance se juxtapose, sans s'y fondre ni s'y mêler, la quête d'une transcendance qu'exprime le sentiment religieux et que formalisent les grandes religions aussi bien que les sectes. Entre ces deux modes d'appréhension du monde, croyance et connaissance, une frontière infranchissable sépare l'Univers observable de celui que construit l'acte de foi.

Dans sa vision du futur, l'homme subit, nourri par l'expérience, le sentiment de sa précarité en tant qu'individu. La vie éternelle que lui promettent les religions vient le consoler de la fugacité de son existence terrestre. C'est sur le même fondement que les sectes bâtissent leurs stratégies de pouvoir. En contrepoint de cette précarité de l'être individuel, l'homme éprouve le sentiment, parfois tempéré de crainte, de la pérennité de l'espèce. Le thème du Jugement dernier et celui de la fin du monde, les terreurs millénaristes témoignent d'une angoisse globale concernant la solidité des choses terrestres. Cependant, le contexte dans lequel évolue spontanément la pensée est celui de la perpétuité de l'espèce humaine. Pourquoi la disparition de l'espèce est-elle, pour l'individu, plus difficile à concevoir et surtout à accepter que la perspective, certaine, de sa propre mort ? Pourquoi est-elle perçue comme une catastrophe dont la seule évocation jette une ombre sur l'existence présente ? Peut-être heurte-t-elle une détermination génétique issue de l'évolution darwinienne qui favorise la perpétuation de l'espèce en protégeant la descendance.

Le regard que je me propose de porter sur l'avenir de l'espèce humaine est celui d'un observateur extérieur qui la prend comme l'objet de son étude, attaché seulement à en discerner les futurs possibles et armé, à l'endroit de ces futurs, d'un parti d'indifférence ou encore décidé à suspendre son jugement. Cette distance est celle que j'ai adoptée pour construire, dans *L'Engrenage de la technique*[1], une vision globale de l'évolution technique, évolution à la fois rapide, accélérée, incontrôlée et globalement incontrôlable. Elle exclut toute dimension éthique. Une métaphore pourrait l'assimiler au pronostic formulé par le médecin et qu'aucun aspect affectif de sa relation au malade ne doit altérer. En amont de ce pronostic, l'analyse de l'évolution technique et de ses effets est l'analogue du diagnostic médical ; quant au traitement, il ne peut être abordé sans des choix éthiques concernant les objectifs que l'on assigne à

1. André Lebeau, *L'Engrenage de la technique*, Paris, Gallimard, 2005.

l'existence de l'humanité et l'acceptabilité des moyens mis en œuvre. La médecine rencontre en maintes occasions, s'agissant de la prolongation de la vie de l'individu, des questions de même nature. En plaçant les limites de ma réflexion en deçà des choix éthiques, le parti que j'ai adopté m'écarte de la plupart de celles qui sont conduites sur ce sujet ou sur des sujets voisins. Le plus souvent, en effet, ces réflexions sont menées pour préconiser une action, et c'est dire qu'elles ne peuvent éviter de se fonder, dès l'abord, sur un choix de valeurs explicite ou implicite et un parti pris d'optimisme. Il arrive qu'elles cherchent à éclairer les problèmes du présent par l'étude de leurs racines dans l'histoire, mais sans prêter attention au fait que rien ne garantit à l'homme l'existence d'un avenir à l'échelle des durées historiques. C'est ainsi que Hannah Arendt, analysant la condition de l'homme moderne, évoque « un monde dans lequel apparaissent et d'où s'en vont les individus [...], un monde qui existait avant l'arrivée de l'individu et qui survivra à son départ » et, plus loin, « l'éternel retour, l'immortelle perpétuité de l'espèce humaine comme des autres espèces animales »[1]. Une telle démarche, appropriée à une pensée politique tournée vers l'intelligence du présent, ne l'est évidemment pas à la question de savoir si ce présent peut durer, s'il peut se perpétuer en suivant une évolution continue.

1. Hannah Arendt, *Condition de l'homme moderne* [1958], trad. de l'américain par Georges Fradier, Paris, Calmann-Lévy, 1961 ; rééd. Presses Pocket, 1983, p. 142.

Dans *Le Principe responsabilité*, Hans Jonas prend l'éthique comme point de départ d'une interrogation sur les menaces de l'avenir : « L'essence de l'agir humain s'est transformée ; et comme l'éthique a affaire à l'agir, l'affirmation ultérieure doit être que la transformation de la nature de l'agir humain rend également nécessaire une transformation de l'éthique. » Ce choix conduit inéluctablement à introduire dans les fondements de la démarche un élément métaphysique — « la suprême obligation de conservation » — et une partialité en faveur de la « prophétie de malheur » qui découle de la valeur infinie attachée à la préservation de « la présence de l'homme dans le monde »[1]. Il n'existe pas de contradiction entre la démarche de Jonas et celle que j'adopte. Elles se situent simplement sur des plans différents. Jonas s'attache à identifier les comportements susceptibles d'écarter les menaces, tandis que je tente de déterminer les avenirs possibles et que je m'interroge sur leur probabilité. Il aborde directement le « que faut-il faire ? », je m'en tiens au « que va-t-il se passer ? ». Ma démarche se conçoit, en somme, comme un préalable à toute prescription concernant l'« agir ».

C'est de la pensée des économistes et des sociologues, et d'une réflexion sur la croissance démographique, qu'a émergé l'idée que le temps

1. Hans Jonas, *Le Principe responsabilité. Une éthique pour la civilisation technologique* [1979], trad. de l'allemand par Jean Greisch, Paris, Flammarion, coll. « Champs », pp. 21 et 78.

pouvait être compté, non seulement aux individus, mais à l'espèce ; que l'évolution de la société humaine ne pourrait en tout cas suivre indéfiniment son cours sans se heurter aux limites de l'environnement. De Malthus au Club de Rome, on peut mesurer, à la violence des réactions qu'elle a suscitées, le caractère dérangeant de cette doctrine et combien elle perturbe les habitudes de la pensée socio-économique. Les critiques violentes s'en prennent d'ailleurs le plus souvent à un aspect secondaire, l'estimation des délais dont nous disposons avant que n'apparaissent les effets des limites de l'environnement planétaire. Il est vrai que Malthus s'est lourdement trompé sur les échéances et que les prévisions du rapport Meadows étaient pessimistes[1]. La source de ces erreurs réside dans le fait que la technique possède une capacité de pallier les problèmes qu'elle engendre et de reculer ainsi les échéances. Cependant, l'estimation de ces échéances n'est qu'un aspect secondaire, important certes pour l'action, mais secondaire dans l'analyse de la confrontation de l'homme à la planète. Que cette confrontation soit plus ou moins lointaine lorsqu'on la rapproche de ce que, dans la pratique politique, on appelle, de façon dérisoire, le long terme — quelque deux à trois décennies — ne change rien au fait qu'à l'échelle des durées historiques, c'est-à-dire des siècles, elle

1. Donnella H. Meadows, Dennis L. Meadows, Jørgen Randers et William W. Behrens, « Rapport sur les limites à la croissance », trad. de l'anglais par Jacques Delaunay, dans *Halte à la croissance*, Paris, Arthème Fayard, 1972.

est très proche. J'aurai l'occasion de revenir sur les formes que prend aujourd'hui la volonté de nier l'existence même de ces échéances.

Plus récemment, le milieu des sciences de la nature est devenu l'un des acteurs majeurs de la réflexion engagée par les sciences sociales. L'altération par les rejets de l'activité humaine de la partie la plus fragile de l'environnement, l'atmosphère terrestre, et la crainte d'un changement global du climat de la Terre sont l'origine la plus visible de cette mobilisation des géophysiciens qui s'est étendue à d'autres disciplines moins directement concernées. Svante Arrhenius fut le premier scientifique à s'aviser, à la fin du XIXe siècle, de ce que la « consommation du charbon pour des besoins industriels est de nature à augmenter sensiblement la teneur de l'air en gaz carbonique ». Il fit un premier calcul du réchauffement induit avec des résultats remarquablement proches des simulations numériques actuelles, mais il n'en conçut aucune inquiétude ; tout au contraire, il y voyait une protection contre la menace d'une nouvelle période glaciaire[1]. Il a fallu plus d'un demi-siècle pour que les spécialistes de l'atmosphère tirent le signal d'alarme et plusieurs décennies pour que s'organise l'étude systématique de l'évolution du climat. Dans le même temps se constituait, venu d'autres secteurs — l'économie, l'industrie

1. Svante Arrhenius, *L'Évolution des mondes* [1896], trad. de l'allemand par T. Seyrig, Paris, Librairie polytechnique Ch. Béranger, 1910, pp. 67-69.

de l'énergie, la politique et les médias —, un mouvement négationniste.

Partie des sciences de l'atmosphère, l'intervention des spécialistes des sciences de la nature a introduit dans le débat une certaine fascination pour les cataclysmes soudains. Le livre de Martin Rees, *Our Final Century*, fournit une contribution stimulante à la réflexion sur un thème qui trouble les scientifiques depuis que l'arme nucléaire a surgi de leurs travaux, celui d'une catastrophe technique globale qui mettrait fin à l'humanité[1]. Je reviendrai longuement sur la façon dont se juxtaposent, dans une vision des risques qui pèsent sur la société humaine, le concept de catastrophe et celui d'une approche progressive des limites planétaires.

Il est normal que les sciences de la nature occupent une position dominante dans l'estimation objective des altérations de la planète par l'activité humaine, y compris pour leurs effets sur les diverses formes de vie. On peut considérer, comme le fait James Lovelock, que la synthèse des visions disciplinaires dans l'appréhension de l'état de la planète est encore trop imparfaite : « La science essaie d'être globale et d'aller au-delà d'une collection de disciplines distinctes, mais ceux-là mêmes qui empruntent une démarche scientifique systémique seraient les premiers à admettre que notre compréhension du système terrestre n'est

1. Martin Rees, *Notre dernier siècle ?* [2003], trad. de l'anglais par Christine Godbille-Lambert, Paris, Jean-Claude Lattès, 2004.

guère meilleure que celle qu'un médecin du XIXe siècle avait de son patient[1]. »

Les faiblesses inhérentes à l'inévitable démarche sectorielle ne mettent pas en question la prévalence des sciences dites dures dans l'évaluation de l'état du « patient » Terre, mais il en va tout autrement lorsqu'il s'agit d'analyser ou de prévoir ce que seront les réactions de la société humaine à une perception de l'altération de la Terre. Une synthèse beaucoup plus large et plus difficile devra englober l'apport des sciences sociales dont l'objet est précisément d'étudier les comportements humains. La barrière qui sépare la biologie de la sociologie devra nécessairement tomber pour laisser place à une interpénétration des modes d'analyse propres à ces disciplines.

Le domaine où la structuration de l'action internationale a fait le plus de progrès est celui du climat, et cependant les problèmes d'une approche globale sont loin d'y être maîtrisés. Le GIEC/IPCC (Groupe d'experts intergouvernemental sur l'évolution du climat), qui a reçu en 2007 le prix Nobel de la paix, a été établi en 1988 par le Conseil exécutif de l'OMM[2] ; il est au centre de la

1. James Lovelock, *The Revenge of Gaia. Why the Earth is Fighting Back — and How We Can Still Save Humanity*, Londres, Allen Lane, 2006, p. 6 (les passages cités des ouvrages dont il n'existe pas encore de publication en français ont été traduits par l'auteur [*N.d.É.*]).

2. L'Organisation météorologique mondiale (OMM) — en anglais : World Meteorological Organisation (WMO) — est une institution spécialisée des Nations unies dont le rôle essentiel est d'harmoniser à l'échelle mondiale la pratique de la météorologie

coopération qui rassemble les États membres de l'ONU, et il comporte trois groupes de travail qui traitent respectivement des aspects scientifiques du système climatique, de la vulnérabilité des systèmes socio-économiques et naturels au changement climatique et de l'évaluation des options qui permettraient de limiter les émissions et de modérer les effets du changement climatique.

Le groupe de travail I s'est acquis le respect de la communauté scientifique par la rigueur de sa démarche. Cela n'exclut pas que des désaccords émanant de membres de cette communauté s'expriment sur telle ou telle de ses conclusions ; il serait préoccupant qu'il n'en soit pas ainsi parce que l'analyse des désaccords est au cœur de la démarche scientifique. Il reste que la méthode du groupe I est considérée comme un modèle de coopération scientifique organisée pour traiter un problème d'une extrême complexité, et l'on voit dans les rapports successifs — 1990, 1995, 2001, 2006 — les marges d'incertitude se réduire et l'analyse s'approfondir. Il est tout à fait intéressant d'observer que les critiques les plus âpres proviennent de milieux motivés soit par un engagement idéologique, comme celles formulées à

---

et d'organiser l'échange systématique des observations météorologiques sur lesquelles repose la prévision du temps. Elle a créé en 1988, conjointement avec le PNUE, le GIEC/IPCC, Groupe intergouvernemental d'experts sur l'évolution du climat, qui est chargé d'évaluer les informations scientifiques, techniques et socio-économiques concernant les changements climatiques.

grand tapage par Bjørn Lomborg[1], soit même par des auteurs de *best-sellers* en quête d'un supplément de notoriété. C'est ainsi que, dans sa dernière production, Michael Crichton, l'auteur de *Jurassic Park*, qualifie le GIEC/IPCC, et plus spécifiquement son groupe I, d'« énorme assemblée de bureaucrates et de scientifiques coiffés par des bureaucrates[2] ». Sans prêter à ce propos plus d'attention qu'il n'en mérite, on peut observer que les groupes II et III de l'IPCC sont loin d'avoir acquis, dans les milieux des sciences sociales, la même audience que le groupe I dans le milieu des sciences de la nature. Il est aisé d'en comprendre les raisons. Ce à quoi se livre le groupe I n'a pas de relation directe avec l'action environnementale — il ne fait que préciser le cadre dans lequel elle s'exerce — et, à l'inverse, les divergences, idéologiques ou autres, sur le contenu de cette action n'ont pas d'incidence directe sur sa tâche. La conduite de cette tâche ne perturbe aucunement les méthodes des disciplines empiriques concernées ; tout au plus emprunte-t-elle, mais seulement à titre d'hypothèses, des « scénarios d'émissions » qui supposent implicitement des pratiques sociétales. En somme, la tâche du groupe I est pour les sciences de la planète ce qu'est, pour la science médicale, l'examen d'un « beau cas », source d'une

1. Bjørn Lomborg, *L'Écologie sceptique : le véritable état de la planète* [2001], préface de Claude Allègre, trad. de l'anglais par Anne Terre, Paris, Le Cherche-Midi, 2004.

2. Michael Crichton, *State of Fear*, New York, Avon Books, 2005, p. 271 [traduit en français en 2005 sous le titre *État d'urgence*].

satisfaction scientifique distincte de celle qui s'attache à la guérison du malade. Il est donc compréhensible que les attaques visant à saper les fondements que pose le groupe I viennent de l'extérieur de la communauté scientifique qui s'attache à les poser. Il en va tout autrement des groupes II et III dont l'activité touche directement à la pratique des sciences sociales. La réaction première de certains représentants de ces sciences est la défense de la démarche *business as usual.* C'est d'ailleurs le titre que le groupe I a donné à l'un des scénarios à partir desquels il établit ses projections climatiques.

Le groupe I de l'IPCC traite, avec l'évolution du climat, d'un aspect particulier d'un problème beaucoup plus général, dont l'extrême complexité résulte non seulement du grand nombre de dimensions qu'il met en jeu, mais surtout du fait que ces dimensions ne sont pas indépendantes. James Lovelock est celui qui, avec le concept de Gaia, a su focaliser l'attention sur l'interdépendance des systèmes dont se compose la biosphère. Dans sa version forte, la théorie de Lovelock assimile la biosphère à un « être vivant », vocabulaire qui ne pouvait manquer de susciter de fortes réactions négatives. Une présentation amendée consiste à considérer que les systèmes vivants et inanimés présents dans la biosphère exercent un pouvoir de stabilisation qui a maintenu pendant trois milliards d'années un équilibre propre à l'épanouissement de la vie[1]. Cette

1. J. Lovelock, *The Revenge of Gaia*, *op. cit.*, p. 15.

vision de la biosphère conduit directement à l'idée que, si l'action de l'homme excède les capacités de régulation de Gaia, elle basculera vers un autre état d'équilibre qui ne sera pas nécessairement adapté à l'existence humaine. Mais même si l'on n'accepte pas l'idée qu'existe une régulation générale de l'équilibre de la biosphère, on ne peut rejeter celle que les systèmes qui la composent — océans, atmosphère, continents, vie — sont en interaction forte et que cette interaction est une source majeure de complexité ou même d'instabilité.

On ne peut exclure qu'un individu, placé par le jeu des institutions en situation de pouvoir, déclenche une catastrophe globale comme une guerre nucléaire. Mais, hormis cette éventualité, les formes que va revêtir la collision de l'humanité avec les limites de la planète seront régies par les comportements collectifs de l'espèce. En la matière, la clarté de la vision d'un individu isolé, la pertinence de ses préconisations n'ont évidemment aucun effet à moins que, d'une façon ou d'une autre, ils ne se propagent et ne déterminent des comportements collectifs. Il en va de même, à l'évidence, des choix éthiques, qu'ils aient ou non une dimension religieuse. Là réside une difficulté majeure dans la construction d'une vision de l'avenir; les comportements collectifs ont le caractère de phénomènes émergents dont le lien avec les déterminations individuelles ne relève pas d'une rationalité simple.

On peut considérer que les individus agissent,

pour une part, en fonction de la vision qu'ils se forment du futur, pour une autre en fonction de leur interaction avec la société et, enfin, sous l'influence des déterminations génétiques propres à l'espèce. Pour poser les bases de la réflexion, je m'interrogerai donc en premier lieu sur la connaissance objective de la rencontre de la société humaine avec les limites de son évolution — c'est-à-dire sur les aspects observables de cette rencontre dans les divers domaines où elle se manifeste — et sur sa caractérisation globale. Cette connaissance n'est certainement pas suffisante pour apprécier ce qui compte en définitive, c'est-à-dire la façon dont elle se répand dans la société et en imprègne les individus jusqu'à donner lieu à des comportements collectifs. La capacité de prévision objective fondée sur des méthodes empiriques n'en demeure pas moins une base essentielle. Elle ne sera peut-être pas suffisante, à elle seule, pour susciter une action collective, mais, en son absence, l'émergence d'un comportement collectif pertinent n'a aucune chance de se produire.

J'aurai donc à examiner d'abord la capacité de prévision et ses limitations, puis la façon dont la vision du futur qu'elle permet de construire s'introduit chez les individus pour former, le cas échéant, l'un des fondements du comportement collectif. Il s'agit là d'un mécanisme culturel qui se heurtera aux caractères issus de l'évolution darwinienne qui a modelé l'espèce humaine. Ce heurt va déterminer les évolutions envisageables, qu'elles conduisent à éviter ou à hâter la destruction de la civilisation humaine.

Ce qui est directement en question, ce n'est en effet ni la survie de la planète en tant que corps céleste en orbite autour du Soleil, ni même la pérennité de la vie sur cette planète. La vie, dans son unité, est un phénomène doué d'une extrême résilience. Détruire la Terre ou la stériliser sont des entreprises qui se placent au-delà des possibilités humaines et des effets d'un désastre nucléaire. Il y faudrait la création, dans un grand accélérateur, d'une singularité propre à dévorer toute la matière terrestre, éventualité que les théoriciens envisagent plus comme un jeu de l'esprit que comme une menace réelle. Ce qui, en revanche, est parfaitement envisageable, c'est une régression de la société humaine. Régression n'est pas un terme très approprié parce qu'il est exclu que la société humaine reprenne en sens inverse le chemin suivi dans le cours de l'histoire. Mais on peut envisager la destruction des liens qui organisent, imparfaitement il est vrai, une communauté humaine, la désagrégation des sociétés humaines et le retour à des tribus qui auront recueilli, pour s'affronter, des lambeaux du système technique et qui, peut-être, continueront à fabriquer artisanalement des Kalachnikov pour régler leurs différends.

La poursuite de l'évolution technique introduit, dans toute tentative de prévision, un ultime élément de complexité et d'incertitude. Son extrême rapidité fait que, quelles que soient les échéances, ses effets ne peuvent être négligés à l'horizon encore incertain des événements en gestation. Comme il est naturel, certains y verront une source de salut et d'autres la menace accrue d'une issue fatale.

# 1

# Prévoir et prédire

Il avait dit : — Tel jour cet astre reviendra.
....................................
Soudain, un soir, on vit la nuit noire et superbe,
À l'heure où sous le grand suaire tout se tait,
Blêmir confusément, puis blanchir, et c'était
Dans l'année annoncée et prédite, et la cime
Des monts eut un reflet étrange de l'abîme,
....................................
Et soudain, comme un spectre entre en une maison,
Apparut par-dessus le farouche horizon,
Une flamme emplissant des millions de lieues,
Monstrueuse lueur des immensités bleues,
Splendide au fond du ciel brusquement éclairci ;
Et l'astre effrayant dit aux hommes : Me voici !

VICTOR HUGO, *La Comète* (1759).

Prévoir et prédire sont le propre de l'homme. On peut certes prétendre que tous les êtres vivants, animaux et végétaux, conforment leur comportement à un avenir prévisible pour eux-mêmes, par exemple à celui que leur impose le rythme des saisons. L'information que l'évolution darwinienne a inscrite dans les patrimoines génétiques adapte au cycle annuel la mort et la chute des feuilles, ainsi que l'hibernation de certaines espèces animales. L'alternance des jours et des nuits impose les cycles circadiens de la veille et du sommeil ; les espèces qui vivent sur l'estran[1] suivent le rythme des marées. Mais cette capacité d'anticipation des organismes ne concerne guère que les phénomènes périodiques de l'environnement physique ; prévoir ce qui relève d'un éternel recommencement, ce n'est pas vraiment prévoir, c'est s'adapter à un caractère permanent du milieu, à un aspect particulier de l'immobilité. L'évolution naturelle adapte les organismes à ces événements qui, comme l'écrit élégamment Proust, « se répétant toujours identiques, n'introduisent au sein de l'uniformité qu'une sorte d'uniformité secondaire[2] ». La rudesse exceptionnelle du prochain hiver, en revanche, n'inscrit pas à l'avance sa marque, quoi que prétende la croyance populaire, dans l'épaisseur des peaux des oignons.

Cependant, il est vrai que les animaux apprennent à reconnaître les signes précurseurs d'un événement contingent et à y réagir. Un acquis culturel construit sur l'expérience les dote ainsi d'une certaine capacité d'anticipation ; la sagesse populaire le corrobore, qui affirme que « chat échaudé craint l'eau froide ». Mais il reste que seul l'homme s'emploie à une quête active du futur. Il est, en tout cas, la seule espèce qui exprime et

1. L'estran, ou zone intercotidale, est la portion du littoral comprise entre les plus hautes et les plus basses mers.

2. Marcel Proust, *Du côté de chez Swann*, dans *À la recherche du temps perdu*, Paris, Gallimard, coll. « Bibl. de la Pléiade », t. I, 1987, p. 108.

communique ses *prédictions*, au sens étymologique de ce mot, et il est le seul à disposer pour cela d'un langage. Il n'y a que chez l'homme que l'on puisse accéder ainsi à la relation entre le comportement de l'individu et la vision du futur qu'il s'est formée et qu'il exprime. C'est à travers cette capacité particulière que se manifeste la volonté de l'homme de gouverner le futur par ses actions et d'en faire un avenir.

Le lien entre la capacité de prévoir et celle de gouverner l'avenir des sociétés humaines établit une relation profonde entre la prévision et les enjeux de pouvoir. La force de ce lien s'est manifestée dès les origines de la civilisation, alors même que n'existaient encore ni les savoirs ni les outils propres à fonder la prévision sur des bases rationnelles. Elle s'inscrit dans une relation étroite avec les pratiques religieuses ; c'est ce qu'exprime le mot divination. Les arts divinatoires n'ont pas disparu de nos jours, même s'ils se sont nettement disjoints des religions. Astrologues et cartomanciennes occupent la place laissée par les devins, les haruspices, les pythies et les prophètes, et trouvent encore à l'occasion une niche auprès des hommes de pouvoir. La quête de l'avenir dans les astres ou dans le tarot demeure vivace et témoigne d'un besoin universel, fructueux pour ceux qui l'exploitent.

Ce n'est pas de ces pratiques que l'on peut espérer quelque lumière que ce soit sur le destin de l'espèce humaine. En revanche, la conjonction du besoin de prévoir et de l'évolution de la technique offre le cadre d'une réflexion sur la capacité de prévoir. La prévision, en effet, est une activité purement informationnelle ; ses résultats — et le degré d'incertitude qui s'y attache — ont la nature d'informations. La technique que pratique l'homme possède une composante informationnelle qui n'est présente dans aucune des techniques animales[1]. C'est là une autre spécificité humaine. S'y ajoute le fait que les techniques informationnelles évoluent de façon extrêmement rapide et que cette évolution introduit une rétroaction positive sur le développement des autres branches de la technique. Il est donc dans l'ordre des choses que l'évolution technique ait une forte incidence sur la capacité de prévoir. Avant d'en venir à l'analyse de cette connexion, il convient d'identifier les phénomènes qui ont une relation significative avec l'enfermement planétaire, et de s'interroger sur leur prévisibilité.

## *Catastrophes et dérives*

L'idée que l'humanité puisse connaître une fin cataclysmique connaît de nos jours une certaine faveur, en particulier parmi les représentants de la communauté scientifique. Le remarquable ouvrage de Martin Rees, *Our Final Century*, a donné à ce penchant une formulation très concrète en même temps que, venant de l'Astronome royal et surtout

1. A. Lebeau, *L'Engrenage de la technique*, *op. cit.*, p. 64.

d'un cosmologue de réputation mondiale, une caution académique[1].

Le terme de catastrophe désigne, d'après le *Petit Robert*, un « malheur effroyable et brusque » entraînant la perte de nombreuses vies humaines. Un tremblement de terre, un tsunami entrent dans cette catégorie, par opposition à la dérive lente du climat. Cependant, la distinction entre ces deux catégories n'est pas aussi tranchée qu'il y paraît. La notion d'événement brusque est relative. Pour décider qu'un événement est « brusque », il faut rapporter sa durée à une certaine échelle de temps qui peut être celle de l'individu, celle de la société humaine ou celle des phénomènes qui travaillent la planète. Catastrophisme est un terme qui, à l'origine, appartenait aux géologues et qui décrit l'interprétation, en termes de révolutions ou de catastrophes successives, des phénomènes qui ont modelé la surface du globe. Georges Cuvier, qui fut le grand maître de cette théorie aujourd'hui abandonnée, l'expose dans son *Discours sur les révolutions de la surface du globe*[2]. Mais, lorsqu'il évoque « les diverses catastrophes qui ont remué les couches [de l'écorce terrestre] », il n'entend certainement pas dire qu'elles ont eu la même soudaineté que le déferlement d'un tsunami. En fait, les calamités dont l'espèce humaine est menacée couvrent une gamme étendue d'échelles de temps,

1. M. Rees, *Notre dernier siècle ?*, *op. cit.*, p. 6.

2. Georges Cuvier, *Discours sur les révolutions du globe*, Paris, Firmin Didot, 1867.

allant de quelques dizaines de secondes pour un séisme ou pour les effets immédiats d'une explosion nucléaire, à quelques jours pour un ouragan ou un cyclone, quelques mois pour un phénomène climatique comme El Niño et quelques décennies pour une altération globale du climat ou de la couche d'ozone stratosphérique. Dans ce continuum, on peut placer arbitrairement la limite entre catastrophe et dérive progressive, par exemple en prenant comme référence la durée moyenne de la vie humaine.

Le regain d'attention pour les « catastrophes » procède de la capacité de la technique humaine d'en engendrer de nouvelles, par erreur ou terreur, qui viennent s'ajouter à celles que déclenche la nature ; ces catastrophes anthropiques ont en général une échelle de temps brève. Martin Rees a parié mille dollars « que, avant l'année 2020, une erreur ou un acte de terrorisme biologique aura tué plus d'un million de personnes », un pari que naturellement il espère perdre[1]. Deux notions importantes sous-tendent la logique de ce pari — dont l'auteur ne peut guère être soupçonné de conduite irrationnelle : d'une part, la dimension de la catastrophe mesurée en nombre de vies humaines instantanément détruites et, d'autre part, la notion de probabilité concernant un événement catastrophique. L'une et l'autre appellent un supplément de réflexion.

Le nombre de vies humaines détruites par une

1. M. Rees, *Notre dernier siècle ?*, *op. cit.*, p. 74.

catastrophe n'est pas un paramètre aisé à déterminer. Lorsqu'on s'éloigne des effets immédiats d'un événement brusque, la relation de causalité entre cet événement et les pertes humaines se dilue dans la létalité naturelle, et le comptage devient incertain. C'est la difficulté que l'on affronte lorsqu'on s'attache à chiffrer le massacre produit par les accidents de la route ; pour arrêter un chiffre, il faut se donner arbitrairement une limite temporelle au-delà de laquelle l'accident ne sera plus considéré comme la cause de la mort. Le choix de délais différents brouille ainsi la signification des comparaisons entre les pays européens. L'évaluation des pertes en vies humaines causées par les essais nucléaires dans l'atmosphère est encore plus difficile. Les précautions prises ramènent en général à zéro le nombre des tués, mais que dire du dénombrement de ceux qui ont été irradiés par les retombées et dont l'espérance de vie est affectée, sans que l'on sache déterminer si tel ou tel cancer est l'effet de l'irradiation ? Au total, ce comptage, immédiat ou quelque peu différé, des pertes humaines qui déterminent l'ampleur médiatique de la catastrophe est un paramètre fallacieux parce qu'il dissimule, sous une réaction émotionnelle, un aspect beaucoup plus important pour ce qui nous occupe, l'existence ou l'absence d'effets à long terme.

Un tsunami, quelles que soient les destructions dont il frappe les zones côtières, ou un séisme comme celui qui a ravagé le Cachemire, n'a pas d'effets significatifs sur la biosphère. La compassion qu'il suscite déclenche un effort immédiat pour secourir les populations touchées et pour reconstruire les infrastructures humaines détruites, mais il n'altère pas durablement l'environnement local et il est sans effet sur l'environnement global. On peut en dire autant, à quelques exceptions près, de toutes les catastrophes naturelles. Il est vrai que les éruptions volcaniques majeures, en projetant quelques kilomètres cubes de poussière dans la stratosphère, peuvent altérer l'équilibre radiatif de la planète et provoquer un refroidissement du climat pour plusieurs années. Mais, pour significative qu'elle soit, une telle expérience sur le système climatique ne menace pas la vie, sauf à envisager des événements volcaniques d'une dimension énorme dont la Terre porte la trace, mais qui sont antérieurs à l'histoire humaine. Le seul accident susceptible d'en interrompre le cours serait la collision avec un astéroïde de dimension suffisante, ou avec une comète comme celle qui a frappé Jupiter en juillet 1994. On attribue communément l'extinction des dinosaures, il y a soixante-cinq millions d'années, soit à l'éruption d'un super-volcan, soit à un astéroïde d'une quinzaine de kilomètres de diamètre qui a laissé, sur la côte du Yucatan, la trace de son impact. Cette cicatrice, le Chicxulub, a environ 180 kilomètres de diamètre. Le retour d'un tel événement n'est pas totalement improbable. On en évalue la fréquence, en se fondant sur la connaissance que l'on a des astéroïdes « géocroiseurs » — c'est-à-dire susceptibles de croiser l'orbite terrestre —, à un unique impact en cent millions d'années. L'impact d'astéroïdes de dimension plus réduite, mais susceptibles de causer des ravages considérables, est beaucoup plus probable. Le *Near-Earth Object Program* de la NASA estime qu'un astéroïde de cent mètres de diamètre frappe la Terre en moyenne une fois par siècle. Il s'agit donc d'un risque naturel faible, mais non négligeable. On peut prévoir, moyennant un système d'observation adéquat, l'occurrence d'un impact assez longtemps à l'avance pour envisager, en utilisant des engins spatiaux, de détourner le coup. C'est un cas d'école, en somme, où la connaissance scientifique permet d'estimer objectivement le risque, où l'observation permet de prévoir l'événement et où la technique pourrait permettre de l'écarter.

Mais, malgré ce risque cosmique qui pèse sur la fragilité de notre habitat terrestre, on doit constater que, tout au long de son évolution, l'espèce humaine n'a jamais été mise en danger d'extinction par les catastrophes naturelles. Il en ira tout autrement des catastrophes techniques. Rien d'étonnant à ce que resurgisse à leur endroit le débat métaphysique qui, à propos du tremblement de terre de Lisbonne, vit s'affronter Voltaire et Rousseau sur fond de théodicée leibnizienne. Il n'entre pas dans mon dessein d'y ajouter une glose parce que ce débat se fonde sur une transcendance, sur une éthique religieuse que j'ai exclue — sans en nier ni en reconnaître la valeur — de la logique de ma réflexion. On lira avec intérêt, à cet égard, la *Petite métaphysique des tsunamis* qui prolonge et renouvelle à propos d'événements contemporains — agression terroriste du 11 septembre et tsunami de décembre 2004 — l'inspiration du *Poème sur le désastre de Lisbonne*, de la *Lettre à Monsieur de Voltaire* et de *Candide*[1].

L'évolution technique a mis à la disposition de l'homme les moyens de provoquer une catastrophe globale; on pourrait dire qu'elle lui a imposé des risques nouveaux dont certains ont un caractère global sans qu'il ait recherché cette fin. Il s'agit, pour ce qui existe déjà, des stocks d'armes nucléaires et, pour ce qui semble proche, de virus synthétiques conçus pour devenir des armes, et peut-être, à échéance plus éloignée, de nano-robots autoreproducteurs susceptibles d'échapper au contrôle de leur créateur. À la disponibilité immédiate ou différée de ces techniques s'ajoute, dans l'évaluation du niveau de risque qu'elles créent, le fait que le déclenchement d'une catastrophe par leur intermédiaire est accessible à des moyens humains beaucoup plus modestes que ceux qui ont été nécessaires pour les produire. Il est concevable qu'une pandémie virale soit déclenchée, par accident ou de propos délibéré, par l'action d'un seul individu. « Erreur et terreur » sont ainsi, selon Martin Rees, la double cause des craintes que suscite l'avenir.

Cependant, qu'il s'agisse de catastrophes naturelles ou de catastrophes techniques, les effets à

1. Jean-Pierre Dupuy, *Petite métaphysique des tsunamis*, Paris, Éd. du Seuil, 2005.

long terme des événements brusques sont le seul caractère de ces événements qui affecte la cohabitation de l'humanité avec sa planète. Sauf éradication totale ou quasi totale de l'espèce humaine, l'importance réelle d'une catastrophe se mesure ainsi, non par le nombre des morts instantanées qui détermine sa dimension émotionnelle, mais par la nature et l'importance des effets durables qu'elle induit, et dont les plus aisés à appréhender sont les altérations de l'environnement. C'est ainsi qu'une guerre totale utilisant des armes nucléaires n'aurait pas pour seule conséquence la disparition de quelques centaines de millions d'êtres humains. Elle confronterait les survivants, humains et animaux, à un niveau de radioactivité probablement létal pour beaucoup d'espèces. Mais un autre effet beaucoup plus difficile à cerner se produirait : une catastrophe de cette nature pourrait transformer le comportement de la société humaine. Les théoriciens de la guerre thermonucléaire se sont demandé si, à son issue, « les vivants envieraient les morts ». À un niveau plus modeste, on peut imaginer qu'une augmentation rapide de la fréquence et de l'intensité des cyclones, banalisant le désastre de Katrina qui a ravagé La Nouvelle-Orléans, aurait des incidences majeures sur les réactions collectives à l'altération du climat.

Au total, et sauf le cas d'un cataclysme global éradiquant l'espèce humaine, les événements brusques n'ont d'importance sur l'avenir à long terme que par les dérives qu'ils provoquent ou dont ils transforment le rythme. Dans l'analyse des menaces qui pèsent sur l'avenir de l'espèce humaine, il convient donc d'échapper à la fascination des catastrophes et d'accorder une attention centrale aux évolutions progressives susceptibles d'enfermer l'espèce humaine dans une impasse fatale.

Cela me conduit à distinguer, de façon il est vrai très schématique, deux types de prévision : la prévision en termes de probabilité de l'occurrence d'un événement, d'une part, et la prévision du rythme futur d'une évolution progressive, d'autre part. Dans un cas comme dans l'autre, une distinction supplémentaire doit être introduite dans cette catégorisation : l'obtention d'une prévision et la crédibilité qui s'y attache ont-elles une incidence sur le cours futur des choses ? Il est de l'ordre de l'évidence que, si l'on investit des efforts dans la prévision, c'est dans le dessein d'influer sur l'avenir. Encore faut-il examiner si cette ambition pourra s'exercer et si elle vise à modifier le phénomène lui-même ou seulement à en atténuer les effets par des mesures d'adaptation.

### *La prévision des catastrophes naturelles*

Pour les catastrophes soudaines, deux formes de prévisions sont envisageables, la prévision déterministe qui, idéalement, en fixe la date, le lieu et l'importance, et la prévision statistique qui s'exprime en termes de probabilité d'occurrence.

Prenons un cas concret : le cyclone tropical Hugo, dont l'œil a traversé la Guadeloupe le 17 septembre 1989, est le plus violent qui ait frappé les Antilles depuis que des observations sont réalisées. Il a pris naissance dans l'océan Atlantique, le 11 septembre, comme une dépression classique qui s'est transformée en dépression tropicale le 13 septembre. Il a alors reçu, selon la pratique des météorologistes, son nom de baptême, et sa trajectoire a fait l'objet d'une prévision qui a permis d'anticiper son passage à travers la Guadeloupe, de mettre les populations locales à l'abri et de rassembler les moyens d'assistance pour les déployer sans retard après l'événement. Dans ce cas particulier, la prévision s'est avérée, mais elle ne fournissait pas de certitude. La trajectoire d'un cyclone comporte une composante erratique dont l'existence affecte d'une marge d'incertitude la prévision déterministe. Ce caractère des prévisions déterministes est très général. Observons que, dans cet exemple, la prévision ne permet aucunement de modifier la nature de l'événement; elle permet d'en atténuer les effets en abritant les populations menacées et en rassemblant des moyens de secours; les quelques jours de préavis dont on dispose sont mis à profit pour éviter presque totalement les pertes de vies humaines, mais il faut que le phénomène concerné comporte un signe précurseur. Dans le cas du cyclone, c'est le phénomène lui-même et son déplacement prévisible qui fournissent l'élément annonciateur de la catastrophe.

L'autre forme de la prévision cyclonique, la prévision statistique, vise à déterminer la probabilité que telle ou telle région soit frappée. Ce type d'événement est suffisamment fréquent pour que l'on sache définir des zones où la menace existe et fonder une estimation statistique du risque sur la connaissance du passé. Cela suppose cependant que l'état moyen de l'atmosphère, le climat, n'ait pas évolué pendant la période sur laquelle porte la statistique. Les choses se compliquent s'il s'agit d'anticiper ce que sera l'effet du réchauffement climatique sur le risque cyclonique. Le nombre réduit d'événements — de l'ordre d'une dizaine par an sur l'Atlantique Nord — conjugué à la variabilité annuelle interdit de discerner une évolution statistique de leur fréquence. La seule ressource est alors la compréhension théorique du phénomène, mais elle semble encore insuffisante pour fonder un consensus dans la communauté scientifique.

Ces deux modes de prévision, déterministe et statistique, sont mis en œuvre pour une grande variété d'événements naturels dangereux. Pour qu'une catastrophe puisse être prévue en termes déterministes ou en termes de probabilité, il faut qu'elle remplisse l'une ou l'autre de deux conditions, ou qu'elle soit précédée de signes précurseurs, ou qu'elle s'inscrive dans une série d'événements de même nature sur laquelle on pourra fonder une statistique qui en extrapole les caractéristiques. Le cyclone tropical satisfait l'une et l'autre condition à la seule réserve que l'évolution du climat ne perturbe pas l'extrapolation au futur de la statistique des événements passés.

Pour les séismes, on sait déterminer la probabilité qu'un séisme d'intensité déterminée frappe une certaine zone de l'écorce terrestre. Mais on cherche désespérément, et sans succès notable jusqu'à ce jour, à identifier le signe précurseur dont l'occurrence permettrait de mettre les populations à l'abri. Le mécanisme générateur est très bien compris : des contraintes s'accumulent de part et d'autre d'une faille par le mouvement des plaques qui constituent l'écorce terrestre, elles se relâchent lorsque les flancs de la faille glissent, mais aucun signe que l'on sache identifier clairement et interpréter de façon sûre ne précède ce réajustement brutal. En fonction de la disposition des failles actives et du mouvement des plaques, en s'appuyant sur la statistique des événements passés, on sait évaluer le risque auquel sont exposées de grandes villes comme San Francisco. Installée sur la faille californienne et détruite par un séisme majeur en 1906, elle demeure exposée au risque d'un événement de même nature. La probabilité d'un séisme de magnitude égale ou supérieure à 6,7 d'ici 2030 est évaluée à 70 %. Les seules mesures de prévention praticables consistent à imposer des normes de construction appropriées et à instruire les populations sur la conduite à tenir, mais cela n'est guère transposable à des zones peu développées. En revanche, la technique humaine n'offre aucun moyen d'agir sur l'événement en modifiant ses causes, et il en va de même de la plupart des grandes catastrophes naturelles, cyclones et tempêtes, tsunamis, éruptions volcaniques, sécheresses et déluges. Les énergies qu'elles mettent en jeu et la nature des mécanismes générateurs sont hors de portée de la technique, et l'homme en est réduit à atténuer leurs effets par des mesures de prévention adaptées à l'information dont il dispose. Ce n'est que pour des événements de taille plus réduite, comme les avalanches de neige qui menacent les stations de ski, que l'on peut intervenir directement, en l'espèce par des déclenchements volontaires. Il n'y a guère qu'une exception à cette règle, c'est la collision — déjà évoquée — de la Terre avec un astéroïde. Mais, pour le reste, l'homme semble condamné à s'accommoder des catastrophes naturelles qui frappent son environnement depuis les origines de l'espèce et qui ne sont aujourd'hui ni plus ni moins redoutables qu'elles ne le furent au cours des quelque 250 000 générations qui ont précédé la nôtre. La connaissance de leur nature et de leurs mécanismes ne permet aucune rétroaction sur leur occurrence, tout au plus une meilleure capacité à s'abriter de leurs effets. Il en va tout autrement des catastrophes engendrées par l'action de l'homme ; celles-là relèvent d'une logique très différente.

## *Les catastrophes techniques*

Les événements catastrophiques qui trouvent leur origine dans la technique humaine sont innombrables. Leurs dimensions vont de l'accident qui détruit quelques vies humaines et quelques biens jusqu'à la bombe d'Hiroshima et à l'explosion de la centrale nucléaire de Tchernobyl. Nous ne nous intéressons, dans ce qui suit, qu'aux accidents susceptibles d'altérer durablement, ou définitivement, les conditions d'existence de l'espèce sur la planète. Or, ce type d'événement diffère des catastrophes naturelles par deux aspects essentiels. D'une part, alors que, comme nous l'avons déjà relevé, les catastrophes naturelles n'ont jamais, en cinq millions d'années, mis en danger l'espèce humaine, rien ne garantit qu'il en sera de même des catastrophes que la technique peut engendrer, dès aujourd'hui ou dans un futur proche. L'analyse du passé n'est évidemment d'aucun secours en la matière. L'inventaire de ce qui est déjà possible et de ce que l'avenir permettra est connu, et les diverses sources du danger sont bien identifiées : techniques nucléaires, biotechnologies, nanotechnologies et, indirectement, informatique. Mais, d'autre part, et à l'opposé des grandes catastrophes naturelles, ces sources sont sous le contrôle de l'homme. C'est donc sur ce contrôle qu'il faut agir pour réduire le risque — à supposer que cela soit possible. La prévision des catastrophes techniques est ainsi engagée dans une boucle de rétroaction qui modifie les sources de ces catastrophes. Savoir si cette rétroaction est elle-même contrôlable et dans quel sens elle s'exerce — pour atténuer ou pour accroître le risque —, telle est la question fondamentale que posent les catastrophes techniques. Le contrôle des menaces nées des altérations progressives d'origine anthropique de la biosphère relève de la même logique.

## *L'altération de la biosphère terrestre*

Il n'est peut-être pas inutile de rappeler à grands traits ce qu'est la biosphère terrestre, la zone où se déploie et où évolue la vie. En y englobant la basse atmosphère, les océans et la couche superficielle de l'écorce terrestre où vivent des bactéries et où s'enfoncent les racines des arbres, c'est une mince coquille sphérique dont l'épaisseur, variable, est au maximum, à l'aplomb des grandes fosses océaniques, d'une quinzaine de kilomètres. Elle est percée de quelques trous comme l'intérieur du continent antarctique, qui n'abrite aucune forme de vie. Ramenée à un globe terrestre d'un mètre de diamètre, l'épaisseur moyenne de la biosphère serait d'environ un millimètre. Des trois éléments physiques qui la composent, l'océan, l'atmosphère et la surface de continents, l'atmosphère est le plus fragile. À supposer que, en conservant sa masse totale, on ramène sa densité à celle de l'eau, elle formerait autour de la Terre une couche uniforme de dix mètres d'épaisseur, alors que la profondeur moyenne des océans est de 3 800 mètres. C'est dans cette piscine peu profonde — environ un millième de millimètre sur une sphère d'un mètre de diamètre — que barbotent, sans beaucoup de précaution, plus de six milliards d'hommes et leur technique.

L'ensemble des composants de la biosphère forme un système complexe qui acquiert de lui-même un équilibre stable sous l'effet de rétroactions internes. Cet équilibre n'est pas invariable. Il présente des évolutions dont témoigne, par exemple, l'alternance des époques glaciaires et des périodes tempérées comme l'époque contemporaine. Mais ces évolutions sont en général assez lentes pour que les diverses formes de vie aient le temps de s'y adapter. Il existe cependant, fournies par l'analyse des traces laissées par les climats d'autrefois dans les sédiments ou dans la glace des inlandsis[1], des indices de variations brutales affectant en quelques dizaines d'années de vastes régions. Ces phénomènes posent la question de la stabilité du climat tel que nous le connaissons.

Lorsque j'évoque un enfermement planétaire, c'est en fait de cette mince coquille de la biosphère terrestre qu'il s'agit. James Lovelock lui a donné le nom de Gaia, la déesse grecque de la Terre, et il a postulé que « la vie maintient activement les conditions de surface favorables à l'ensemble des organismes vivants[2] », c'est l'hypothèse Gaia ou la théorie Gaia. Cette théorie possède un fort relent téléologique qui la fait généralement rejeter par

1. Ce mot d'origine danoise — glace de l'intérieur du pays — désigne les lentilles de glace d'eau douce, de plusieurs milliers de mètres d'épaisseur, qui recouvrent le continent antarctique et le Groenland.

2. J. Lovelock, *The Revenge of Gaia*, *op. cit.*, p. 15.

la communauté scientifique. Cependant, si l'on considère que Gaia est le système constitué de toutes les formes de vie et des composantes physiques de l'environnement que la vie affecte, on peut parfaitement considérer que la stabilité de ce système est assurée par des rétroactions internes auxquelles participe la composante vivante. Il n'est pas nécessaire pour autant d'admettre qu'il est porteur d'un dessein ni d'utiliser, pour exprimer cette stabilité, un langage finaliste. La biosphère n'a pas de dessein, mais la question s'impose des limites de sa stabilité et de ce qui adviendrait si elles étaient excédées, en particulier par l'action de l'homme.

Partout ailleurs que dans la biosphère, les conditions environnementales sont impropres à la vie terrestre et singulièrement à la vie humaine. Je reviendrai plus tard sur cet aspect de l'enfermement ; ce qui m'intéresse, à ce stade de la réflexion, ce sont les évolutions progressives d'origine anthropique de la biosphère. Pas plus que les catastrophes naturelles, les évolutions passées n'ont interrompu l'évolution de l'espèce humaine et il n'existe aucune raison de penser que cela puisse changer après plusieurs millions d'années de cohabitation harmonieuse de l'espèce avec son environnement. Mais il n'en va pas de même des contraintes imposées par la technique humaine, et c'est là une situation sur laquelle le passé, on l'a dit, ne nous apprend rien, ou presque rien. Tout au plus des phénomènes locaux ou régionaux, concernant des populations qui se sont trouvées isolées de tout contact, se prêtent à des extrapolations comme celles qu'a tentées Jared Diamond dans *Collapse*[1].

Les contraintes anthropiques sur la biosphère s'analysent en fonction de leurs sources : prélèvement sur les ressources minérales ou vivantes, transformation des biotopes, augmentation des densités de population humaine, rejet de déchets solides, liquides ou gazeux par l'activité technique. Elles s'analysent aussi en fonction de leurs effets : carence d'aliments, d'énergie ou d'eau potable, altération du climat et pollution de l'environnement, destruction de la biodiversité, détérioration de l'état sanitaire des populations. Quelle que soit la grille d'analyse que l'on utilise, les diverses composantes qu'elle distingue sont liées par des interactions fortes. On ne peut tenter une prévision de l'évolution du climat sans faire des hypothèses sur l'évolution des rejets atmosphériques engendrés par l'industrie énergétique, l'agriculture et l'élevage. Enfin, on ne peut ignorer que la montée des contraintes est source d'accroissement de la probabilité de catastrophes d'origine humaine et singulièrement d'affrontements entre groupes humains armés des outils de destruction que leur fournit la technique. Les évolutions progressives qui engagent la société humaine dans des impasses sont susceptibles d'engendrer les catastrophes futures, et singulièrement les guerres.

1. Jared Diamond, *Effondrement. Comment les sociétés décident de leur disparition ou de leur survie* [2005], trad. de l'anglais par Agnès Botz et Jean-Luc Fidel, Paris, Gallimard, 2006.

Pour tenter de prévoir la montée des contraintes anthropiques sur la biosphère, il est indispensable d'y distinguer des catégories en fonction de leur nature, ne serait-ce que parce que les techniques de prévision relèvent de disciplines diverses et font appel à des expertises différentes. Ce ne sont pas les mêmes spécialistes qui peuvent élaborer les prévisions démographiques, épidémiologiques ou climatiques. L'analyse doit précéder toute tentative de synthèse, sinon celle-ci risque de se réduire à de vagues prophéties. Naturellement, cette démarche analytique oblige, pour chaque dimension, à introduire des hypothèses ou des scénarios sur l'évolution des autres composantes.

Parmi les altérations de la biosphère qui obèrent l'avenir de l'espèce, le réchauffement climatique occupe une place particulière, parce qu'il affecte un sous-système presque exclusivement physique et qui, de ce fait, se prête mieux que d'autres à une modélisation mathématique. Il existe, il est vrai, une interaction entre le climat, la couverture végétale des continents et la biomasse des océans, mais le cœur du problème consiste à comprendre l'effet sur l'atmosphère des rejets anthropiques de gaz et d'aérosols générateurs d'effets de serre. De ce fait, la composante climatique est particulièrement accessible aux méthodes de la physique en même temps que le caractère global de ses effets est propre à rassembler, à l'échelle mondiale, l'ensemble de la communauté scientifique. L'importance des prises de conscience qu'elle suscite ne doit pas cependant occulter, comme cela tend à se produire, le fait qu'elle n'est qu'une composante particulière des effets de l'enfermement.

## *La modélisation numérique du climat*

Il me semble important de présenter, en termes très schématiques, la démarche mise en œuvre pour prévoir l'évolution du climat de la Terre parce que cela éclaire à la fois sa puissance, ses faiblesses et les limites de son champ de pertinence.

Au cœur du dispositif se placent deux outils, l'observation et la modélisation numérique : l'observation qui fournit des mesures physiques sur l'objet « atmosphère » et la modélisation numérique qui dessine son évolution. L'une et l'autre ont été développées initialement non pour prévoir le climat, mais pour la prévision déterministe du temps météorologique à quelques jours d'échéance. La technique météorologique et la prévision climatique sont ainsi indissolublement mêlées par le développement de la modélisation numérique. En quoi consiste cette dernière ?

L'atmosphère est un fluide compressible, une coquille de gaz retenue autour de la planète par le champ gravitationnel. Sa composition, jusqu'à une altitude élevée, est la même sur l'ensemble du globe, sauf en ce qui concerne sa richesse en vapeur d'eau et la présence d'aérosols en suspension qui sont variables. L'état du gaz atmosphérique est caractérisé localement par sa température, sa pression, sa vitesse d'écoulement — le vent — et le degré d'humidité. Son comportement obéit aux lois de la mécanique des fluides et de la thermodynamique. Ce gaz est soumis à des apports et à des pertes d'énergie déterminés par des facteurs extérieurs — rayonnement solaire, températures de surface du sol et des océans, albédo[1] terrestre — qui sont invariants à l'horizon de temps que vise la prévision météorologique. Il était tentant de fonder cette prévision sur le calcul de l'évolution de l'atmosphère par l'application des équations d'évolution à un état initial observé. Lewis Fry Richardson fut le premier, au début du XXe siècle, à tenter de concrétiser cette idée en construisant une représentation très simplifiée de l'atmosphère. Elle consiste à diviser la surface terrestre en 3 200 colonnes verticales de 200 sur 230 kilomètres de base dans lesquelles l'atmosphère est divisée en tranches d'altitude. L'évolution de chacun des éléments ainsi définis ne dépend que de l'état de ses voisins. Richardson ne disposait pas, à son époque, des machines nécessaires pour conduire les calculs. Il imagina, transgressant quelque peu les bornes du réalisme, de rassembler dans une vaste salle 64 000 calculateurs humains entraînés qui auraient été capables de faire progresser le calcul plus vite que le temps ne passe. Cette vision utopique n'a, bien entendu,

1. L'albédo est le rapport entre l'énergie solaire incidente reçue par une surface et l'énergie solaire réfléchie ou rétrodiffusée par cette surface.

reçu aucun début de réalisation autre que les quelques calculs que Richardson fit lui-même à la main, mais l'apparition des calculateurs électroniques au cours de la Seconde Guerre mondiale allait permettre de concrétiser sa vision. Depuis un demi-siècle, et selon un mouvement qui continue aujourd'hui, la complexité des modèles numériques de l'atmosphère terrestre n'a cessé de progresser, exploitant au fur et à mesure de leur apparition les immenses progrès en puissance des ordinateurs.

Il existe cependant des limites à ce que permet cette technique. La précision et la sûreté des prévisions à court terme ont augmenté de façon spectaculaire, mais, au-delà d'une dizaine de jours, l'atmosphère réelle et son image numérique divergent dans une mesure telle que la sortie du modèle ne contient plus d'information utilisable pour la prévision déterministe. L'origine de cette divergence est le phénomène de sensibilité aux conditions initiales qui affecte les solutions de certaines équations et, notamment, des équations de Navier-Stokes. Ces équations, qui régissent la mécanique des fluides, sont telles qu'un écart dans les conditions initiales s'amplifie très rapidement avec le temps, beaucoup plus vite que ce que produirait une croissance proportionnelle au temps. Il en résulte un « horizon de prévisibilité » qui, pour l'atmosphère terrestre, est au mieux d'une quinzaine de jours. La prévision déterministe ne saurait dépasser cet horizon. Pour s'en approcher, il faut faire porter l'effort sur deux aspects de la technique, d'une part sur l'observation pour qu'elle fournisse une mesure aussi précise que possible de l'état initial de l'atmosphère, d'autre part sur la modélisation, en réduisant la maille des modèles et en éliminant les approximations mathématiques utilisées pour diminuer le temps de calcul.

Cet horizon de prévisibilité affectant la prévision déterministe pose évidemment la question de son utilisation pour la prévision du climat dont l'horizon est le siècle. Comme l'explique le climatologue Robert Kandel, « l'emploi des modèles de circulation générale pour la simulation des climats repose sur *l'hypothèse* que le comportement statistique du modèle reproduit bien les propriétés statistiques du climat[1] ». Cette hypothèse est vérifiable sur le passé récent. Il suffit pour cela de faire fonctionner le modèle sur une période de quelques dizaines d'années et de confronter le « climat » qu'il calcule au climat observé. Pour la prévision des climats futurs à l'échelle du siècle, les choses ne sont pas aussi simples. Plusieurs difficultés surgissent. D'une part, un certain nombre de paramètres d'entrée du modèle qui pouvaient être considérés comme constants à l'échelle de quelques jours ne le sont plus à l'échelle des années et des décennies. La température de surface de l'océan, par exemple, doit être traitée comme

1. Robert Kandel, « Les modèles météorologiques et climatiques », dans *Enquête sur le concept de modèle*, sous la dir. de Pascal Nouvel, Paris, Presses universitaires de France, 2002, pp. 67-98.

une variable; plus généralement, c'est l'ensemble du système couplé formé par l'atmosphère et les océans qu'il faut modéliser. Mais, d'autre part, alors que l'on doit faire porter la simulation sur de longues périodes de temps, on est contraint, pour ne pas excéder les capacités de calcul dont on dispose, de réduire les exigences du modèle en diminuant sa résolution spatiale. Enfin, et c'est l'objet même de la démarche, il faut introduire dans le modèle les altérations de l'atmosphère engendrées par l'activité humaine. Il s'agit, pour l'essentiel, des gaz dits à « effet de serre » qui absorbent le rayonnement infrarouge et perturbent, de ce fait, l'équilibre radiatif de l'atmosphère. Les taux d'enrichissement que l'on introduit dans les modèles ne sont pas, cela va de soi, des données d'observation. Ce sont des hypothèses qui reposent sur l'évolution observée au cours des années passées et sur des scénarios de l'activité humaine future : mise en œuvre de mesures de prévention comme celles que prévoit le protocole de Kyoto ou extrapolation, sous le vocable *business as usual*, des pratiques et des tendances actuelles. C'est à l'endroit de ces hypothèses sociétales que se situe la jonction entre ce que prévoient les modèles et les actions que ces prévisions peuvent appeler.

La question essentielle que posent les modèles numériques de climat est celle de la confiance qu'on peut leur accorder. Elle est fondamentale parce qu'elle gouverne la relation entre le scientifique et le politico-économique, entre la connaissance et l'action, et elle concerne un champ beaucoup plus étendu que celui de la prévision climatique.

## *Catégories de modèles*

Les termes de « simulation numérique » ou de « modélisation mathématique » désignent des pratiques diverses et dont les relations à la prévision sont de nature non moins diverse. Leur trait commun est qu'elles ont pour objet de décrire et, le cas échéant, de prévoir le comportement d'un système, c'est-à-dire d'un ensemble d'éléments liés les uns aux autres par des relations qui doivent être formalisées avant d'être introduites dans le modèle.

Le cas le plus simple est celui où les interactions qui caractérisent le système sont déterminées par des lois physiques invariables dans le temps. Lorsque ce que l'on s'attache à prévoir est un phénomène physique, on peut souvent considérer que ces lois sont exactement connues et exprimables sous forme mathématique. Mais, pour autant, leur manipulation n'est pas nécessairement aisée ; elle exige généralement que l'on introduise des simplifications. Le comportement d'un système purement physique, et *a fortiori* d'un système purement mécanique, peut, dans certains cas, faire l'objet de prévisions extrêmement précises et à horizon très éloigné. Les mouvements des planètes régis par les lois de la mécanique céleste en offrent un exemple. Lorsqu'il s'agit de prévoir la trajectoire des corps du système solaire, les lois de Newton se prêtent à des calculs d'une extrême précision et les prévisions de la mécanique céleste sont aisément considérées comme des certitudes ; elles ont fait la gloire de Halley et de Le Verrier. Rappelons, cependant, que l'on sait depuis la fin du XIXe siècle qu'il n'existe pas de solutions analytiques aux équations de Newton lorsque trois corps ou plus sont en interaction, et que la stabilité à long terme du système solaire n'est pas démontrée. L'atmosphère, à supposer que l'on néglige les interactions avec la couverture végétale des sols, et *a fortiori* les altérations anthropiques, relève d'une modélisation de même nature que celle des mouvements orbitaux dans le système solaire, et pourtant l'horizon de prévisibilité est beaucoup plus réduit, une à deux semaines tout au plus.

Cela tient à deux causes : d'une part, à la nature non linéaire des équations qui régissent la mécanique de fluides, les équations de Navier-Stokes et, d'autre part, aux changements d'état que subit l'un des composants de l'atmosphère : l'eau.

La première de ces causes suffit, comme nous l'avons déjà relevé, à introduire dans la modélisation numérique un horizon temporel de prévisibilité infranchissable. La seconde, à laquelle nous devons les nuages, les pluies, la neige, les banquises et les inlandsis, les déserts et les forêts, bref la beauté et la diversité du monde, crée une difficulté d'une nature différente. Les structures auxquelles elle donne naissance, les nuages par exemple, sont souvent trop petites pour être accessibles à la résolution des modèles. Cela conduit à les traiter par l'introduction de paramètres propres au modèle, ajustés empiriquement sur les données d'observation. L'existence de la nébulosité et la façon dont on fait intervenir ses effets dans les modèles sont la source principale des divergences qui subsistent dans les prévisions climatiques. Si l'on supprime les effets de la nébulosité, tous les modèles climatiques existants convergent.

La modélisation des systèmes purement physiques appelle plusieurs commentaires. D'abord, il n'est nullement nécessaire qu'un système soit complexe pour être intrinsèquement imprévisible au-delà d'un certain horizon. On sait construire, avec quelques aimants ou quelques pendules, des systèmes mécaniques dont les mouvements sont imprévisibles à échéance de quelques secondes, et cela bien que l'on sache parfaitement écrire les équations simples qui régissent ces mouvements.

Par ailleurs, l'existence d'un horizon de prévisibilité ne signifie aucunement que l'on ne sache plus rien du système au-delà de cet horizon. Certaines propriétés moyennes demeurent accessibles. C'est toute la différence entre la prévision déterministe du temps — le temps qu'il fera tel jour à telle heure en tel endroit — et la prévision du temps moyen, du climat. S'étonner que l'on cherche à prévoir le climat à échéance d'un siècle alors que l'on a renoncé à prévoir le temps au-delà de trois semaines est une marque d'ignorance.

L'intervention d'une composante vivante dans un système change la nature de la modélisation.

Les interactions qui font intervenir cette composante ne peuvent pas être réduites à la traduction de lois physiques intemporelles. Là où l'introduction d'approximations issues de l'observation des phénomènes était un expédient, elle devient une nécessité. La construction de modèles raffinés de l'évolution du climat oblige, par exemple, à prendre en compte l'effet de la couverture végétale par le biais de relations empiriques qui décrivent approximativement et extrapolent les comportements observés des végétaux.

Dans les formulations des interactions qui régissent le comportement d'un modèle, il existe ainsi une différence fondamentale entre celles qui traduisent une loi physique — équations de conservation, équations de Navier-Stokes, etc. — et celles qui représentent approximativement un ensemble d'observations. Les premières sont par nature invariables dans le temps ; elles expriment des lois intemporelles qui existent indépendamment du modèle qui les utilise. Elles traduisent des propriétés de l'univers physique. Elles peuvent, certes, ne le faire qu'approximativement, mais ce degré d'approximation est lui-même invariable. Les secondes n'ont pas le même caractère d'universalité et d'intemporalité. Elles ont souvent été déterminées pour construire le modèle. Elles sont sujettes à variation. C'est déjà vrai pour une composante purement physique comme la nébulosité atmosphérique dont on ne sait pas établir une description théorique complète. La relation que l'on observe entre la nébulosité et les paramètres qui décrivent le fluide atmosphérique n'a pas le caractère d'une loi physique universelle. Elle peut se trouver controuvée lorsque l'on sort du domaine sur lequel on l'a établie. Cette fragilité s'accentue lorsque intervient une composante vivante comme le couvert végétal.

La présence d'une composante humaine dans le problème introduit, en outre, un élément radicalement nouveau par rapport à tout ce qui précède. Lorsque l'élément humain intervient dans une prévision, et lorsque le futur que décrit cette prévision est susceptible d'être modifié par une intervention humaine — lorsqu'il est, selon un terme emprunté à Bertrand de Jouvenel, un *futur dominable* —, un mécanisme d'incertitude très général entre en jeu, « inhérent aux événements particuliers qui nous intéressent le plus directement puisque toute connaissance que nous en pouvons acquérir nous incite éventuellement à une action qui donnera le démenti à cette connaissance[1] ».

Ce n'est pas seulement que l'évolution de l'influence humaine, par le biais de l'évolution technique, est beaucoup plus rapide que celle de toute autre forme du vivant, c'est surtout qu'elle réagit aux projections de l'avenir que lui fournit le modèle. Provoquer cette *autoréfutation* ou la contrôler est souvent l'objectif que poursuivent ceux qui ont construit le modèle. Si elle n'est pas intégrée au modèle, elle tend à en invalider les pré-

1. Bertrand de Jouvenel, *L'Art de la conjecture* [1964], Paris, Futuribles, 1972.

visions. Alternativement, son intégration dans le modèle demande que l'on sache formuler mathématiquement des évolutions sociétales.

On peut ainsi distinguer schématiquement trois niveaux dans l'usage de la modélisation mathématique. Le premier, dont les modèles de la mécanique céleste sont l'archétype, est celui dans lequel les interactions qui définissent le système sont toutes la traduction mathématique de lois physiques. Dans le deuxième, certaines interactions font l'objet de formulations empiriques qui sont établies au cours de la construction du modèle, mais aucune des composantes du modèle n'est affectée par les prévisions qu'il fournit. Dans le troisième niveau intervient une composante particulière, le comportement humain, qui possède la propriété unique d'être susceptible de réagir sur le modèle en fonction de l'information qu'il en reçoit. Les tentatives engagées pour modéliser le climat de la planète rencontrent ces trois niveaux de difficulté.

Les équations aux dérivées partielles non linéaires, qui sont au cœur de la mécanique des fluides, ont résisté, malgré leur apparente simplicité, à toute tentative pour les résoudre autrement que par des approximations ou dans des cas particuliers. Cependant, ce n'est pas de ces approximations que proviennent les principales marges d'incertitude qui affectent les modèles climatiques. L'introduction de certains facteurs dans les modèles relève du deuxième niveau, c'est-à-dire d'une démarche empirique. C'est ainsi que la présence de la nébulosité dans les modèles climatiques constitue une difficulté majeure. La meilleure façon d'accroître la confiance que l'on peut avoir dans les prévisions est alors de comparer les résultats obtenus par des équipes travaillant de façon indépendante. C'est à cette tâche que se livre régulièrement le GIEC/IPCC, et le résultat est une convergence qualitative des équipes de climatologues sur l'existence d'un réchauffement climatique d'origine anthropique. Cette convergence est assortie d'une divergence quantitative, par un facteur de l'ordre de 3, sur le rythme de ce réchauffement. La divergence disparaît et les modèles convergent si l'on fait abstraction de l'effet de la nébulosité.

Enfin, le troisième niveau intervient lorsqu'on prend en compte les rejets anthropiques qui altèrent les propriétés radiatives de l'atmosphère et créent l'effet de serre additionnel. Prévoir l'évolution de ces rejets exigerait que l'on fasse entrer le comportement de la société dans le modèle. À cette fin on se borne à envisager un certain nombre de scénarios et à tenter d'en apprécier la probabilité par une démarche séparée. Les prévisions sur l'évolution du climat qui résultent de ces scénarios associent ainsi deux sources d'incertitude qui ne sont pas de même nature : une incertitude scientifique, que l'on peut entreprendre de réduire par les progrès de l'observation et de la puissance de calcul, et une incertitude sociétale.

L'état de la prévision dans ce domaine particulier se résume ainsi. D'abord, une certitude : l'altération des propriétés radiatives de l'atmosphère par son enrichissement en gaz à effet de serre d'origine technique. Cela constitue en soi, pour reprendre les termes de Roger Revelle et de Hans Suess, « une expérience géophysique à grande échelle d'une nature telle qu'elle n'aurait pu se produire dans le passé et qu'elle ne pourra pas non plus être reproduite dans le futur[1] ». Et cette expérience altère un système complexe, au comportement imparfaitement compris, dont dépend notre existence.

Ensuite, moyennant des hypothèses sur l'évolution des rejets atmosphériques — *business as usual* ou mesures de prévention —, une autre certitude : l'occurrence d'un réchauffement climatique, assortie d'une incertitude sur l'ampleur de ce réchauffement. En outre, la menace potentielle d'évolutions brutales — à l'échelle d'une décennie — sans que l'on sache assigner une probabilité à cette menace. Enfin, un débat ouvert sur l'accroissement de la fréquence et de l'intensité des événements atmosphériques violents. Sur ces bases se construit le débat sociétal et il est, comme on peut l'imaginer, complexe.

1. Roger Revelle et Hans E. Suess, « Carbon Dioxide Exchange Between Atmosphere and Ocean and the Question of an Increase of Atmospheric $CO_2$ during the Past Decades », *Tellus*, IX, 1, 1957.

## *Limites et faiblesses de la modélisation numérique*

La puissance des outils de modélisation numérique invite à s'interroger sur leur domaine de pertinence. Dispose-t-on là d'une méthode qui, compte tenu des puissances de calcul croissantes, permettra d'élargir la vision de l'avenir à long terme à d'autres domaines que l'environnement physique ?

Concevoir un modèle partant de l'individu et de ses interactions avec les autres individus qui forment l'espèce se heurte à des difficultés extrêmes. On ne peut caractériser le comportement individuel comme on le fait pour une cellule du gaz atmosphérique ou pour une molécule d'un gaz. Tout modèle quantitatif construit sur cette base individuelle n'a qu'une solidité douteuse.

Il n'y a guère que certains économistes qui, pour construire une vision à court terme, fondent des démarches quantitatives sur une schématisation et une uniformisation de l'individu réduit au statut de consommateur. Le courant dominant, dit néoclassique, de la discipline économique repose sur deux hypothèses hautement contestables :

— d'une part, l'hypothèse d'agents économiques individuels qui agissent toujours avec une parfaite rationalité pour maximiser l'« utilité » de leur démarche, par exemple le profit ; ils disposent pour cela d'une information complète sur l'ensemble du marché ;

— d'autre part, le principe d'agrégation qui dispose que la société se compose d'individus qui se comportent tous de la même façon car « rationnellement ».

Sur cette base s'élaborent des constructions mathématiques extrêmement sophistiquées dont la relation avec le monde réel est matière à interrogations. Dans le court terme, l'incapacité des économistes à prévoir les crises financières qui, à intervalles rapprochés, secouent tantôt l'Asie du Sud-Est, tantôt l'Amérique latine, tantôt les États-Unis peut sans doute être attribuée à l'écart entre la réalité sociale et sa représentation. La modélisation économique évoque parfois cette plaisanterie qui circulait, il y a quelques années, parmi les physiciens théoriciens : l'un d'eux, ayant employé son talent à élaborer, pour le compte d'éleveurs et à des fins d'optimisation, un modèle de production du lait, aurait commencé son exposé en ces termes : « Dans mon modèle, je n'ai introduit qu'une seule approximation, j'ai supposé qu'une vache était une sphère. »

Cependant, pour ce qui m'occupe, l'économie néo-classique souffre d'une autre faiblesse fondamentale. En plaçant l'évolution technique hors de son champ, en la considérant comme un facteur « exogène », elle s'interdit toute portée à long terme de ses modélisations. Sans la technique, l'économie n'a ni objet ni outil. La monnaie elle-même, concept central de la pensée économique, ne pouvait apparaître avant que la technique ne soit en mesure de la matérialiser sous ses formes primitives, et le processus de dématérialisation qui a conduit à ses formes actuelles implique la maîtrise des techniques informationnelles contemporaines. Les économistes néo-schumpétériens sont d'ailleurs parfaitement acquis à l'idée que l'évolution technique est une variable fondamentale dans l'appréhension du long terme.

La situation de la prévision économique n'est pas sans analogie avec celle de la prévision du temps par rapport à la prévision climatologique. Pour le court terme, il peut être justifié de figer les valeurs de certains paramètres pour accéder à une prévision déterministe de certains événements, mais, pour le long terme, ce sont précisément les évolutions de ces paramètres qui déterminent, au-delà des aspects événementiels, les caractères généraux de la situation qu'il s'agit de prévoir. Je ne m'attarderai pas davantage sur les forces et les faiblesses de la prévision économique ; il suffit de constater que l'horizon temporel qu'elle concerne est limité au mieux à quelques années et que, même dans cet horizon borné, sa capacité à prévoir le déclenchement des instabilités, comme par exemple les crises financières brutales, est médiocre.

Si l'on savait fonder une prévision du comportement collectif sur une formalisation de l'individu humain et de la variabilité individuelle, on pourrait imaginer que l'histoire devienne prévisible. C'est l'utopie qu'Isaac Asimov a développée dans la série des *Foundation* avec le personnage de Harry Seldon, créateur de la psycho-histoire, « science du comportement humain réduit à des équations mathématiques[1] ». Mais formaliser mathématiquement le comportement humain et en tirer des prévisions déterministes sur l'avenir de la société appartient de plein droit au domaine de la science-fiction.

L'un des effets des prévisions, et d'ailleurs un de leurs objectifs, est de susciter une modification des comportements collectifs qui tende généralement à les réfuter. Cette rétroaction introduit, lorsque la prévision revêt la forme d'une révélation d'origine transcendante, un paradoxe dont Bernard Cazes analyse la présence dans les civilisations antiques[2]. Peut-on agir pour faire mentir les oracles par lesquels s'exprime la vision que les dieux ont de l'avenir ? On peut, bien sûr, éviter cette nécessité en contrôlant les présages comme le faisaient, selon Jean Bayet, les augures romains qui, « fidèles à la tendance de l'esprit latin, se rendirent de plus en plus maîtres des signes qu'ils étaient censés subir[3] ». Cicéron, en bon représentant d'une civilisation peu mystique, juge plus simple de considérer que les mauvais présages « n'apportent pas la cause d'un événement ; ils annoncent des événements à venir si on ne prend pas des mesures[4] ». C'est naturellement ainsi qu'il faut en user avec les prévisions établies par les

1. Isaac Asimov, *Foundation*, Panther, 1964.

2. Bernard Cazes, *Histoire des futurs. Les figures de l'avenir de saint Augustin au XXI^e^ siècle*, Paris, Seghers, 1986, p. 29.

3. Jean Bayet, *Histoire politique et psychologique de la religion romaine*, Paris, Payot, 1957, p. 55.

4. Cicéron, *De Divinatione*, I, 29, Paris, Les Belles Lettres, 2004, p. 40.

hommes, qu'elles concernent des catastrophes ou des dérives. La vision de l'avenir qu'elles fournissent est destinée à infléchir ou à transformer les comportements.

D'ailleurs, c'est de cette façon peut-être qu'il faut interpréter le mécanisme du catastrophisme éclairé que propose Jean-Pierre Dupuy[1]. Mais point n'est besoin de chercher plus loin que l'expérience quotidienne pour trouver des exemples de mécanismes d'autoréfutation de prévisions. Si l'on veut bien considérer qu'un embouteillage majeur est une minicatastrophe — même si elle n'accède pas à la dimension métaphysique — pour un couple qui part en week-end, les prévisions de Bison futé servent à en atténuer l'importance et parfois à en éviter la survenue. À la différence des prévisions de Météo France, sur lesquelles le comportement des usagers n'a aucune influence, elles sont efficaces lorsque l'effet qu'elles produisent conduit à les réfuter.

## *La prévisibilité des comportements humains*

La prévisibilité des comportements humains, et plus précisément des réactions des collectivités humaines face à une détérioration de leur environnement global, est au cœur du problème auquel je m'intéresse. Cette question de prévisibilité ne se

1. Jean-Pierre Dupuy, *Pour un catastrophisme éclairé. Quand l'impossible est certain*, Paris, Éd. du Seuil, 2002.

pose pas dans toute sa généralité. Seuls les comportements collectifs de grande dimension — ceux qui affectent simultanément et de la même façon un grand nombre d'individus — peuvent avoir une incidence sur la rencontre de l'humanité avec les limites de sa planète. La constatation de cette évidence nous place cependant devant une question d'une vaste généralité, celle de la relation entre les comportements collectifs et l'information individuelle. Il est de l'ordre de l'expérience courante que cette relation se manifeste à des échelles modestes. Dans l'exemple déjà cité de Bison futé, elle influe sur le comportement d'une population limitée dont les individus ont une intention commune. Peut-on transposer cette relation entre l'individuel et le collectif à des comportements de dimensions beaucoup plus vastes, induits par la diffusion d'informations sur la relation de l'homme avec sa planète ? C'est d'une réflexion sur cette question centrale que l'on peut espérer tirer quelque lumière sur l'avenir de l'espèce.

Le père de la modélisation numérique de l'atmosphère, Richardson, était un pacifiste convaincu et militant. Il entreprit après la Première Guerre mondiale, au cours de laquelle ses deux frères furent tués, de mettre son expertise mathématique au service de ses convictions pacifistes. Ayant rassemblé sur les conflits humains un vaste ensemble de données allant de la Grande Guerre aux guerres de gangs de Chicago, et ayant caractérisé leur importance par le nombre d'individus tués, il découvrit que leur fréquence était proportionnelle au logarithme de ce nombre et que leur occurrence était aléatoire. Il tenta ensuite de modéliser la probabilité que deux nations entrent en conflit en construisant un système d'équations aux dérivées partielles incluant le rythme de la course aux armements, l'intensité des griefs et la longueur des frontières communes. Mais cet effort de modélisation des conflits humains n'a pas connu de descendance aussi brillante que ses travaux sur l'atmosphère, encore qu'il en subsiste des traces dans les *jeux de guerre* contemporains. Il le conduisit seulement à la conclusion plutôt banale que la guerre est un élément permanent de la condition humaine.

Si l'on prend l'individu comme composant élémentaire, la construction d'un modèle mondial simulant le fonctionnement de l'humanité dans sa relation à l'environnement planétaire est une entreprise d'une extrême difficulté. Elle implique que l'on soit capable de définir l'individu par un certain nombre de propriétés quantitativement représentatives de son comportement comme on le fait pour un volume élémentaire de fluide dans un modèle physique. On ne peut étendre de façon pertinente à la sociologie ce que l'on fait dans certains modèles économiques fondés sur une schématisation extrême et une uniformisation des individus. L'hypothèse que les effets de variabilité individuelle sont effacés dans les moyennes ne peut être transposée du raisonnement économique aux comportements sociaux. La nature du problème met en jeu des réactions beaucoup plus complexes que celles qui sont prises en compte, tant bien que mal, par l'économie. À ces difficultés s'ajoute la répulsion de beaucoup de sociologues pour tout relent de réductionnisme. Cependant, cette voie de recherche n'est nullement négligée, comme en témoignent des ouvrages récents[1]. Mais il s'en faut de beaucoup qu'elle approche le stade où elle permettrait de construire une vision crédible des réactions de la société face à l'enfermement. Le risque n'est d'ailleurs pas absent de voir ces tentatives fondées sur le réalisme et la diversité des comportements individuels conduire à des constructions abstraites qui, comme certains modèles économiques, associeraient la perfection théorique à une absence de rapport avec la réalité.

Pour construire un modèle de l'humanité dans son interaction avec la planète, il est donc nécessaire de former d'abord des agrégats. C'est ainsi qu'en 1972 les auteurs du rapport Meadows ont construit un modèle global en distinguant « cinq grandeurs fondamentales, dites niveaux, dans le modèle global : population, investissement, nourriture, ressources naturelles non renouvelables et pollution, [qui] sont liées les unes aux autres par un réseau de relations et de boucles[2] ». On détermine quantitativement ces relations par l'observation du système socio-économique actuel. L'ordinateur

1. Par exemple John H. Miller et Scott E. Page, *Complex Adaptive Systems : An Introduction to Computational Models of Social Life*, Princeton University Press, 2007.

2. D. Meadows *et al.*, « Rapport sur les limites à la croissance », *op. cit.*, p. 200.

intervient ensuite pour calculer l'évolution du modèle global. Dans le cas du rapport Meadows, ce comportement consiste en une croissance exponentielle de la population et des investissements, suivie d'un effondrement de l'une et l'autre.

Il existe une analogie entre la démarche suivie par l'équipe du MIT qui a conçu le modèle du rapport Meadows et celle des météorologistes avant qu'ils ne disposent de la simulation numérique. Ils en étaient réduits à essayer de distinguer, dans l'atmosphère terrestre, de grandes structures dotées d'une certaine permanence, dépressions, anticyclones, fronts séparant des masses d'air, et à extrapoler empiriquement l'évolution de ces structures. Cette démarche autorisait des prévisions très utilisables à échéance de vingt-quatre heures, mais guère au-delà. On en retrouve la présence dans le langage des présentateurs des chaînes de télévision qui décrivent le combat des anticyclones et des dépressions ; ce langage témoigne du besoin de l'esprit humain d'obtenir des explications en termes de causes et d'effets. L'arrivée des images spatiales a permis ensuite de « voir » ces grandes structures telles qu'on les avait imaginées à partir des mesures au sol. Cependant, il existe des différences fondamentales entre cette météorologie ancienne et la compréhension globale du comportement de l'humanité. Les météorologistes ont eu tout loisir de tirer des règles empiriques de l'observation répétée des structures atmosphériques et de leur interaction. Et, en outre, il n'y a aucune raison pour que ces règles évoluent rapidement dans le temps ; les lois physiques sous-jacentes garantissent leur permanence. Il en va tout autrement des comportements humains, dont rien ne garantit la pérennité.

Les modèles numériques, que ce soient ceux des météorologistes ou ceux qui se fondent sur des agrégats sociétaux, souffrent d'ailleurs d'une particularité gênante pour l'esprit humain : ils n'expliquent pas les résultats qu'ils produisent. Un modèle est par nature un enchaînement de raisonnements élémentaires, d'opérations logiques simples dont chacune est parfaitement susceptible d'être accomplie par un opérateur humain. Seul leur nombre rend nécessaire le recours à la machine, et le long cheminement qui mène au résultat final ne peut être suivi par l'esprit. Une sortie de modèle est ce qu'elle est, mais elle n'est pas une explication au sens habituel du terme, c'est-à-dire le produit d'un raisonnement dont la progression peut être suivie, fût-elle complexe, comme peut l'être une démonstration mathématique. Il s'introduit de ce fait une suspicion légitime ; telle ou telle prédiction du modèle traduit-elle une propriété du phénomène étudié ou est-elle un artefact, produit des approximations présentes dans le modèle ou d'erreur dans la formulation des relations entre les agrégats ? Lorsque l'on modélise le comportement d'un fluide, les équations de base ne peuvent être remises en question, seules les approximations peuvent l'être. Mais lorsqu'il s'agit de relations empiriques entre des agrégats socio-économiques, le fondement du modèle est beaucoup plus fragile, et la voie est ouverte à l'expression des hostilités que suscitent ses conclusions. Les réactions engendrées par la première tentative pour modéliser le système socio-économique mondial — le rapport Meadows — en offrent un large échantillon, dans lequel on relève l'idée que la notion même de modèle quantitatif est dangereuse. Elle encouragerait, de diverses façons, la tendance à s'illusionner sur la solidité des résultats, « en rendant très difficile à ceux qui ne maîtrisent pas la science des nombres ou qui n'ont pas accès à des ordinateurs de réfuter des hypothèses politiques tendancieuses et plutôt naïves[1] ». On peut y voir une manifestation de la tendance des sciences sociales à rejeter toute démarche visant à déduire quantitativement un phénomène émergent des éléments qui l'engendrent. On peut y discerner plus simplement la méconnaissance du fait que les sorties de modèle, comme les conclusions d'un quelconque raisonnement, doivent normalement être soumises à un examen critique.

Dans le cas des modèles de l'environnement physique, cette critique est conduite de plusieurs façons. D'abord, comme nous l'avons déjà relevé, en confrontant les résultats fournis par plusieurs modèles, en analysant les divergences et en cherchant à identifier leur origine. Mais aussi, en cher-

1. *Models of Doom. A Critique of the Limits of Growth* (avec une réponse des auteurs de *The Limits of Growth*), éd. par H. S. D. Cole, Christopher Freeman, Marie Jahoda et K. L. R. Pawitt, New York, Universe Books, 1973, p. 12.

chant à expliquer, par des raisonnements directs, les particularités des phénomènes révélées par les modèles. Dans la météorologie moderne, cet effort de compréhension directe, en aval des modèles, rejoint aujourd'hui l'esprit de la démarche ancienne qui appréhendait directement les grandes structures de l'atmosphère.

Que reste-t-il de ce premier effort de modélisation globale qu'était le rapport Meadows ? Sa conclusion essentielle est résumée en une phrase : « Au cas où aucun changement n'interviendrait dans notre système actuel, l'expansion démographique et l'expansion économique s'arrêteraient au plus tard au cours du siècle prochain[1]. » L'arrêt ne s'est pas encore produit. Cette conclusion et, surtout, les préconisations qu'elle appelle ont fait l'objet de vives critiques. Elle met en question la croissance économique comme objectif fondamental de la construction socio-économique. Les critiques s'organisent pour l'essentiel autour du thème de l'évolution technique future comme remède à tous les problèmes de saturation de l'environnement global. Cette vision se construit autour d'un paradoxe, car, s'il est concevable que l'évolution technique puisse modifier les échéances, il n'en reste pas moins qu'elle est, par la puissance des prélèvements qu'elle rend possibles sur les ressources planétaires, la source centrale du problème que l'humanité affronte. Le moins que l'on puisse

1. D. Meadows *et al.*, « Rapport sur les limites à la croissance », *op. cit.*, p. 232.

dire est que compter, sans autre examen, sur ce retournement de tendance, c'est faire preuve d'un optimisme délibéré. Peut-être faut chercher l'origine de cet acte de foi dans une généralisation de l'attitude néo-libérale qui considère, à la limite de la science et de l'idéologie, que tout se passe pour le mieux si le pouvoir politique s'abstient d'intervenir. L'équipe du MIT a sans doute usé de pessimisme dans l'évaluation des délais mais, pour ce qui m'occupe ici, cette erreur n'a aucune importance véritable, son effet serait-il d'avancer d'un siècle la collision entre la croissance humaine et l'environnement fini dans lequel elle s'inscrit.

### *Subjectivité des modèles*

Toute tentative pour introduire dans un modèle une formulation mathématique des comportements humains pose immédiatement la question de l'absence de présupposés idéologiques, ou de choix de valeurs, dans la conception du modèle. C'est là une difficulté intrinsèque à laquelle se heurte tout essai pour construire un modèle de la société. Lorsqu'un modèle se borne à emprunter des équations à la physique, on peut considérer que son objectivité s'en trouve garantie. Lorsqu'il comporte des descriptions empiriques de certains éléments physiques ou biologiques de la réalité, on peut encore admettre que ces descriptions, bien qu'elles soient propres au modèle, ne sont pas entachées de subjectivité tant que l'homme en est absent. L'estimation de l'évolution de la banquise arctique n'est certainement pas affectée par des choix de valeurs. Il en va tout autrement lorsque le comportement de l'homme intervient dans le système. Dans un modèle global de la société humaine, comme celui qui a servi de fondement aux prises de position du Club de Rome, les choix de valeurs peuvent interférer à différents niveaux, dans la sélection des agrégats qu'il est nécessaire de définir pour construire le modèle, dans la formulation des relations entre ces agrégats et dans la monétisation de certaines grandeurs. On ne saurait nier que l'octroi de valeurs différentes au prix de la vie humaine dans les pays développés et dans les pays du tiers monde constitue un choix de valeur. Par ailleurs, toute hypothèse sur les effets de l'évolution technique qui détermine une trajectoire du modèle comporte inévitablement une part de subjectivité; c'est ce que n'ont pas manqué de relever les critiques du rapport Meadows. Ainsi Christopher Freeman lorsqu'il écrit : « Le changement technique est au cœur de nos différences. Nous pensons que, comme Malthus, le groupe du MIT sous-estime les possibilités du progrès technique continu[1]. » L'un des critiques les plus acharnés du rapport Meadows, William. D. Nordhaus, est allé très loin dans l'exploration d'hypothèses subjectives susceptibles de réfuter la perspective d'un effondrement socio-économique. Il introduit ainsi, pour évacuer la question de

1. *Models of Doom, op. cit.*, p. 10.

l'épuisement des ressources énergétiques, la perspective « d'une technologie complètement propre, puisant dans des ressources infinies pour produire de l'énergie, et sa généralisation complète sous cent cinquante ans. Il la nomme *backstop technology*[1] ». Moyennant cette hypothèse, qu'aucun argument technique ne vient étayer, la perspective d'une récession globale s'efface, mais le modèle s'apparente alors à une vaste tautologie où l'on est parti des conclusions pour formuler les prémisses. Cela fait songer aux hypothèses *ad hoc* qui, selon Popper, sont introduites pour rapetasser tant bien que mal une théorie scientifique invalidée par l'expérience, avant qu'une théorie nouvelle ne vienne la supplanter.

La modélisation sociétale n'a pas produit récemment de scandale ni soulevé d'intérêt comparables à ceux que produisit la publication des conclusions du Club de Rome en 1972. Aucun des modèles conçus pour remédier aux faiblesses du modèle Meadows n'a suscité ni la même attention du grand public et des médias, ni la même polémique dans les milieux spécialisés. Le scandale tenait pour beaucoup, à mon avis, à ce que la publication *Halte à la croissance* regroupe, sous le même titre provocateur, deux éléments de nature profondément différente, les résultats fournis par le modèle

1. Élodie Vieille-Blanchard, « Croissance ou stabilité ? L'entreprise du Club de Rome et le débat autour des modèles », in *Les Modèles du futur. Changement climatique et scénarios économiques : enjeux scientifiques et politiques*, sous la dir. d'Amy Dahan Dalmedico, Paris, La Découverte, 2007, p. 37.

Meadows, d'une part, et, d'autre part, une prise de position sur l'arrêt de la croissance : une prévision et une préconisation. C'est bien évidemment le second élément qui a déterminé la violence des réactions. Mais le modèle lui-même ne préconise rien ; il se borne à fonder des prévisions — en l'occurrence une régression socio-économique — sur la base d'un certain nombre d'hypothèses, mais il ne dit nullement comment la société doit réagir. Il déclenche une interrogation, mais il ne prescrit pas la réponse. En liant trop étroitement prévision et préconisation, le Club de Rome a conduit ceux auxquels la préconisation semblait inacceptable à focaliser les attaques sur la prévision, c'est-à-dire sur le modèle. C'est d'autant plus paradoxal que, si le modèle représentait, pour l'époque où il fut réalisé, un remarquable effort d'élaboration, les modalités de mise en œuvre de la préconisation, la faisabilité même d'un arrêt de la croissance font l'objet, dans *Halte à la croissance*, d'un discours sommaire, voire naïf. Il semble que cet épisode, où la polémique a largement prévalu sur l'usage de l'intelligence, ait durablement discrédité la démarche de modélisation globale de la société humaine. Des échanges auxquels il a donné lieu, on peut cependant retenir une idée élémentaire. La mathématisation des interactions entre les agrégats ne garantit nullement l'objectivité du modèle. La formalisation de ces interactions est au contraire l'un des points de pénétration par où des *a priori* éthiques s'introduisent. Naturellement, cette faiblesse n'est pas en général aussi évidente que dans le cas, évoqué plus haut, du modèle construit par Nordhaus, mais la suspicion de subjectivité est toujours légitime. Je reprends volontiers ici les termes dont use Christopher Freeman dans sa critique : les sorties de modèle « dépendent des hypothèses faites sur les relations dans le monde réel, et ces hypothèses sont à leur tour lourdement influencées par les théories sociales contemporaines et les valeurs auxquelles les modélisateurs sont exposés[1] ».

La modélisation globale de la société souffre encore aujourd'hui d'un défaut d'attention auquel il serait utile de remédier. Ce n'est pas que la voie soit aisée. La construction de modèles sociétaux se heurte, par rapport à celle des modèles du monde physique, à des difficultés intrinsèques. Mais en regard de ces faiblesses, ils possèdent des qualités inappréciables. D'abord, ils imposent une contrainte de cohérence et, par ailleurs, ils se prêtent à l'expérimentation, ils offrent la possibilité de tester les effets d'une action. Naturellement, l'expérimentation sur les modèles n'est pas l'équivalent de l'expérimentation sur la réalité, mais, dans la mesure où cette dernière est inaccessible, le modèle offre à l'exercice de la réflexion un matériau analogue au produit d'une expérimentation.

Cependant, si l'usage des outils de la simulation numérique peut nous éclairer sur l'avenir de l'environnement physique et sur celui des espèces animales et végétales menacées par la présence

1. *Models of Doom*, *op. cit.*, p. 9.

humaine, il est très douteux qu'il possède la même puissance pour prévoir ce que feront les masses humaines devant leur destin planétaire.

⋆

Comment résumer ce que nous apprennent, sur l'évolution de la biosphère et sur celle du système socio-économique humain, des efforts de prévision qui ont mis en œuvre toutes les ressources de l'esprit humain et de la technique ? Peut-être faut-il d'abord noter que toutes les prévisions s'assortissent d'un degré d'incertitude, degré d'autant plus élevé que l'on descend à un niveau de détail plus fin. Dans le cas de l'environnement global, qui est la composante la mieux cernée, la prévision des effets régionaux est plus difficile et moins avancée que celle des caractères généraux du phénomène planétaire. L'interaction avec les scénarios de l'évolution de l'activité humaine introduit une autre composante de l'incertitude qui se traduit, pour l'altération de l'environnement, par un jeu d'hypothèses plus ou moins crédibles.

Cependant, au niveau le plus général, et en dépit des incertitudes sur la trajectoire particulière que suivront les diverses composantes du phénomène humain, la collision de l'ensemble de l'humanité avec l'enfermement planétaire revêt le caractère d'une certitude dont je vais m'attacher à identifier les sources.

# 2

# La quête des certitudes

> Incertitude, ô mes délices
> Vous et moi nous nous en allons
> Comme s'en vont les écrevisses,
> À reculons, à reculons.
>
> APOLLINAIRE, *Le Bestiaire*.

Le fait que l'évolution de l'humanité se heurte aux limites de la biosphère met en jeu deux éléments : les comportements collectifs de l'espèce humaine et l'environnement physique et biologique dans lequel leurs effets s'inscrivent. Les comportements, façonnés par l'héritage génétique et par l'acquis culturel de l'espèce, sont influencés par la vision de l'avenir dont elle est porteuse. La clarté de cette vision est le seul élément qui soit de nature à infléchir la trajectoire héritée d'un passé dont toute perception des limites de l'espace planétaire et même toute vision de l'avenir lointain étaient absentes. Rien n'a préparé l'espèce à ce à quoi elle va être soumise. Sa réaction collective la plus spontanée est une incrédulité alimentée par les incertitudes dont s'assortissent les prévisions. Il est donc important de rechercher si, au-delà de ces incertitudes qui affaiblissent l'influence des visions sectorielles, il est possible d'appréhender des certitudes à un niveau plus global. Car leur existence et leur perception sont seules susceptibles de placer l'espèce humaine face à un dilemme qu'elle ne pourra éluder : payer le prix du déni ou faire évoluer les valeurs qui la gouvernent.

Il peut sembler étrange que l'on parvienne, par une analyse simple, à des certitudes, alors que les très grands efforts investis dans la construction de modèles n'en fournissent pas. Les conclusions auxquelles ils conduisent sont toujours affectées d'une marge d'incertitude. Il existe cependant des exemples très communs d'une telle situation. La complexité d'un être humain, ou même celle d'un animal quelconque, défie toute tentative de modélisation et pourtant, sans que l'on puisse en déterminer l'heure ni le lieu, sa mort est certaine. C'est qu'il s'agit dans un cas de prévoir un cheminement, dans l'autre d'en prédire l'issue. Il n'est pas possible de prévoir ce que sera le cours de la vie d'un homme, ses accidents et ses méandres, mais l'issue fatale en est certaine.

Dans les tentatives pour prévoir l'avenir, le degré d'incertitude s'accroît au fur et à mesure que la dimension des phénomènes objets de la prévision est plus réduite et l'horizon temporel plus éloigné. Cela est vrai des phénomènes physiques les plus banals mais aussi des mouvements collectifs qui affectent la société humaine. C'est ainsi qu'on ne saurait aisément prévoir la formation et l'évolution dans le temps des tourbillons qui se forment dans le lit d'une rivière, mais on est entièrement assuré que, si aucune catastrophe tectonique ne vient bouleverser sa vallée, elle continuera à s'écouler de l'amont vers l'aval. La relation de l'homme à la rivière — la construction de moulins dans son lit, par exemple — se fonde sur cette certitude conditionnelle. J'introduis cet oxymore — « certitude conditionnelle » — pour qualifier une prévision subordonnée à une ou plusieurs conditions dont la probabilité d'occurrence est négligeable.

Les divers aspects sectoriels que revêt la confrontation de l'homme aux limites de la planète font l'objet de prévisions qui, à des degrés divers, sont affectées d'incertitudes touchant l'ampleur et l'échéance des phénomènes. Il en va ainsi des prévisions qui portent sur l'évolution du climat ou l'épuisement des ressources en énergies fossiles; elles ne sont ni définitives ni invulnérables à la critique. De là vient le besoin de certitudes plus globales. Elles seront nécessairement assorties d'hypothèses sur les aspects du cours futur des choses qui sont déterminés par les actes humains. Tout comme le cours d'une rivière, pour reprendre cette image, suppose la stabilité de son lit, ou comme les prévisions sur l'évolution du climat reposent sur des scénarios d'émissions fondés eux-mêmes sur des hypothèses sociétales. La recherche de certitudes conditionnelles doit ainsi s'accompagner de la formulation des hypothèses sur lesquelles elles reposent. La forme la plus simple et la plus synthétique de ces hypothèses consiste à considérer que les pratiques sociétales actuelles, et les valeurs de toutes natures sur lesquelles elles se fondent, seront maintenues.

Dans cette perspective, la certitude d'une impasse où s'engage l'évolution de la société procède d'abord de l'évolution de la population mondiale.

## *L'explosion démographique*

L'idée qu'une croissance exponentielle de la population ne peut être indéfiniment maintenue date — au moins — de Malthus, c'est-à-dire qu'elle a plus de deux siècles. Je voudrais souligner au passage que l'erreur de Malthus sur la proximité des échéances n'ôte rien à la validité de ses conclusions. Rapportée à la durée de l'existence individuelle, une erreur d'un ou deux siècles a évidemment un effet majeur. Elle invalide les prédictions sur les conditions de vie que connaîtra un individu, et ce d'autant plus qu'il est généralement optimal, pour lui, de vivre dans une société qui a atteint son apogée ou le tout début de son déclin. Mais, rapportée aux échelles de temps de l'histoire humaine, une telle erreur est insignifiante. Il est intéressant, cependant, d'identifier ses sources. Dans le cas de Malthus comme dans celui du rapport Meadows[1], la source principale est une sous-

1. D. L. Meadows *et al.*, *Rapport sur les limites à la croissance*, *op. cit.*

estimation des effets de l'évolution technique, ce qui ouvre la question de savoir si l'on a le droit d'extrapoler indéfiniment l'effet de ce mécanisme. C'est là une question très importante, sur laquelle j'aurai à revenir : peut-on imaginer des scénarios de l'évolution technique qui invalident toute projection de la relation de la société humaine avec la planète ?

Il est, je crois, nécessaire de percevoir d'abord la dimension du phénomène démographique. Les chiffres de l'évolution de la population mondiale sont bien connus, mais si on les met en regard d'autres phénomènes affectant la démographie on apprécie mieux la dimension gigantesque de la croissance qu'ils décrivent. On considère généralement que le cap du demi-milliard d'individus — moins du dixième du chiffre actuel — a été franchi au XVIe siècle avec un rythme d'accroissement qui était alors de 2 à 3 millions par an. Le milliard a été atteint au XIXe siècle. En 1950, la population mondiale atteignait 2,5 milliards, avec un rythme d'accroissement annuel voisin de 50 millions. Le cap des 6 milliards a été atteint en 2000 et nous avons dépassé en 2006 les 6,5 milliards. Dans la même période, le rythme annuel a crû jusqu'à 87 millions par an pour la période 1985-1990 pour décroître quelque peu, jusqu'à 75 millions, pour la période 2000-2005. Pour mieux prendre la mesure de ces chiffres, on peut les rapprocher des pertes brutales de vies humaines occasionnées par les catastrophes naturelles et par les guerres. Le tsunami qui a frappé en décembre

2004 l'Asie du Sud-Est a fait environ 220 000 morts, ce qui correspond à un peu plus d'un jour de croissance démographique. Ce seul chiffre illustre parfaitement le caractère insignifiant des effets directs des catastrophes naturelles sur la croissance de la population. Si Martin Rees gagnait le pari que j'ai évoqué, cela équivaudrait, pour un million de morts, à un arrêt de la croissance de cinq jours. Faut-il préciser qu'en disant cela je mets délibérément à part la compassion légitime que ces catastrophes suscitent ? Je laisse aussi aux psychologues et aux sociologues le soin de déterminer pourquoi cette compassion est enflammée par les désastres soudains plus que par les souffrances chroniques endurées par de vastes bassins de population. L'effet des guerres du passé n'est guère plus significatif que celui des catastrophes naturelles. Les 9 à 10 millions de morts de la Première Guerre mondiale représentaient, à une époque où le rythme annuel était voisin de 8 millions, un peu plus de douze mois de croissance mondiale ; ils représenteraient aujourd'hui un mois et demi, et les 60 millions de morts de la Seconde Guerre mondiale un peu moins d'un an. Au total, les effets directs de ces conflagrations sont visibles, mais ne déterminent nullement une inflexion globale, et les effets indirects sur la natalité sont compensés par le baby-boom qui suit le rétablissement de la paix. Je ne prétends nullement exprimer par là que les guerres mondiales n'ont pas eu d'effets prolongés, ni surtout d'effets importants à l'échelle régionale, mais seulement que ces effets n'ont pas affecté durablement l'évolution de la population mondiale.

L'inflexion du taux de croissance qui s'observe entre la fin des années 1980 et le début du XXIe siècle est beaucoup plus significative. Entre 2000 et 2010, elle représente, à supposer qu'elle se maintienne sur toute la décennie, un déficit d'environ 100 millions d'individus, ce qui signifie que la croissance sur cette décennie serait de 750 millions au lieu de 850 millions.

L'extrapolation de cette décroissance est sujette à incertitude d'autant que ses sources sont très diverses et, pour certaines, mal connues. On la constate plus qu'on ne l'explique. Il y entre un mélange de politiques volontaristes des États, dont la Chine offre le meilleur exemple, de diffusion des moyens de contraception et d'un changement dans les attitudes individuelles qui se manifeste surtout dans les pays les plus développés. Sans nous égarer dans les arcanes du débat auquel donne lieu cette tendance au ralentissement, je dirai que l'on en retire une quasi-certitude : sauf catastrophe globale, dans l'hypothèse la plus optimiste, l'humanité atteindra un effectif total de 8 à 9 milliards vers 2050.

Cette croissance s'accompagne d'inégalités entre les zones géographiques et entre les nations. Elle tend à concentrer ses effets sur les pays les plus pauvres et sur les villes plutôt que sur les espaces ruraux. Entre 1950 et 2005, la population urbaine est passée de 730 millions à 3,2 milliards et la population rurale de 1,8 milliard à 3,3 milliards. Le rapport de l'une à l'autre, qui était d'environ 2,5 en 1950, est aujourd'hui voisin de 1 et tout indique que cette tendance se maintiendra en ce siècle. La formation d'énormes concentrations urbaines, les mégapoles, est un aspect majeur de ce phénomène, source, on le verra, de nouvelles vulnérabilités sociétales.

Par ailleurs, le taux de croissance de la population est plus élevé dans les pays pauvres que dans les pays riches, ce qui pèse dans le sens d'un accroissement de l'inégalité que mesure l'écart entre les PIB par tête.

Si l'on rapporte la population mondiale à la surface de l'ensemble des terres émergées habitables, soit, en excluant les déserts et les inlandsis polaires, environ 135 millions de kilomètres carrés, la densité de peuplement est passée en un demi-siècle de 20 à 50 individus au kilomètre carré, ce qui correspond à 2 hectares par individu. Mais ces chiffres ne représentent rien de significatif. Ce qui compte, c'est évidemment la capacité de la planète à nourrir sa population, capacité qui se mesure à la surface des terres arables et des zones océaniques côtières. Des continents entiers, l'Antarctique, le Groenland et les grands déserts, ne peuvent apporter aucune contribution. Le pourcentage de terres arables est estimé à 11 % de la surface totale des continents. Cela signifie qu'entre 1950 et 2000 la surface arable disponible pour nourrir un individu est passée de 0,57 à 0,24 hectare.

Ces chiffres sont très connus ; ils sont publiés et

mis à jour régulièrement par l'ONU[1], mais leurs conséquences les plus évidentes ne sont guère perçues. La conséquence la plus immédiate est l'impossibilité de résorber par le haut les inégalités énormes de niveau de vie — ou, en d'autres termes, de consommation individuelle des ressources — qui caractérisent l'état actuel du monde. Ainsi, la seule considération de l'évolution de la population mondiale conduit à deux certitudes. La première est que, dans le meilleur des cas, la population mondiale atteindra 8 à 9 milliards dans les prochaines décennies, ce qui signifie 60 habitants au kilomètre carré et 18 ares de terre arable pour chacun d'eux. C'est ce que le biologiste Edward O. Wilson qualifie, avec un optimisme délibéré, de « goulet » — une mauvaise passe qu'il s'agit de franchir[2]. Dans sa réflexion sur la signification du XXIe siècle, James Martin utilise, pour illustrer la même idée, le terme de « canyon[3] ». Et il relève que « parce que le canyon va être accidenté, il existe des incertitudes majeures sur la valeur maximale qu'atteindra le nombre d'êtres humains ». Mais, comme ces deux auteurs ont tourné leur réflexion vers l'action, leur image de l'avenir ne peut être celle d'une impasse, seulement celle d'un passage dangereux qu'il faut s'armer pour franchir.

1. http://www.unfpa.org.

2. Edward O. Wilson, *L'Avenir de la vie* [2002], trad. de l'anglais par Christian Lemangin, Paris, Éd. du Seuil, 2003, pp. 24, 49-70.

3. James Martin, *The Meaning of the 21st Century. A Vital Blueprint for Ensuring Our Future,* Londres, Eden Project Books, 2006, p. 8.

La seconde certitude est que le nivellement par le haut des inégalités est radicalement impossible. La notion d'« empreinte écologique » *(ecological footprint)* a été introduite pour déterminer, en fonction du revenu par tête et d'une « efficacité technologique », la surface productive — terres exploitables et zones côtières — utilisée pour satisfaire les besoins d'un individu. On l'évalue à 3,5 hectares pour un Européen et à 5 hectares pour un Américain. Amener la population mondiale actuelle au niveau occidental de consommation des ressources exigerait plusieurs planètes Terre.

J'hésite à qualifier de conditionnelles les certitudes auxquelles conduit cette réflexion sommaire sur l'évolution de la population mondiale. Pour les invalider, ce ne sont pas des inflexions marginales qui suffiraient ; il y faudrait un renversement brutal des tendances, avec ce que cela entraînerait de bouleversements. Ce renversement se produira un jour par la force des choses, mais ce sur quoi les quelques chiffres assemblés ici requièrent notre attention, c'est sur les chances qu'il se produise de façon harmonieuse et maîtrisée plutôt que par le procédé qu'utilise la nature, la famine.

On mesure là ce qu'ont de fallacieux et de dérisoire les perspectives que l'on évoque sous le thème du « développement durable ». Le développement et la croissance ne sont concevables pour les pays développés que s'ils se fondent sur un creusement des inégalités et des déséquilibres que contiennent tant bien que mal les frontières nationales. Car, comme le dit Fernand Braudel, « les pays nantis et les pays pauvres ne sont pas restés immuablement les mêmes ; la roue a tourné. Mais, dans sa loi, le monde n'a guère changé : il continue à se partager structurellement entre privilégiés et non privilégiés[1] ».

On est en droit de s'interroger sur les sources de l'explosion démographique à laquelle nous assistons. Elle est d'abord le phénomène de pullulement d'une espèce qui a réussi, en s'appuyant sur les techniques qu'elle développe, à éliminer tous ses prédateurs et à asservir, pour la satisfaction de ses besoins, de nombreuses espèces animales et végétales : rien d'autre que ce que l'on peut attendre, en de telles circonstances, du jeu normal de la sélection naturelle. Les seules menaces que fasse encore peser, sur la multiplication de l'homme, l'existence d'autres formes de vie sont le fait non des grands prédateurs qui menaçaient les primates dont il est issu, ni même des insectes qui lui disputaient les ressources alimentaires, mais des micro-organismes qui ont incorporé les corps humains dans leur niche écologique.

Pourtant, il est clair que la limite des ressources environnementales sur lesquelles se fonde l'existence humaine aurait été atteinte depuis longtemps si la technique humaine n'était intervenue pour la repousser. Les citoyens des pays développés ont

1. Fernand Braudel, *Dynamique du capitalisme*, cité par Jean-Jacques Salomon, *Une civilisation à hauts risques*, Paris, Éd. Charles Léopold Mayer, 2006.

effacé de leur mémoire la proximité menaçante de la famine. Elle est toujours là, cependant, présente de façon endémique dans les pays sous-développés vers lesquels les médias appellent parfois notre compassion, mais aussi redoutablement proche et apte à surgir au moindre désordre dans les pays développés. Faut-il rappeler qu'entre 1845 et 1848, parce qu'une maladie avait frappé la pomme de terre, un million et demi d'Irlandais, soit un tiers de la population, sont morts de faim et qu'un million ont dû s'expatrier, laissant le pays exsangue ? Faut-il rappeler que la famine a surgi en Pologne lors des désordres qui ont marqué la sortie du communisme et que la Seconde Guerre mondiale, tout comme la guerre civile qui a suivi la révolution d'Octobre et la révolution culturelle chinoise, ont tué par inanition autant et plus que par les armes ?

La technique humaine intervient selon deux modes principaux pour repousser la famine ou en limiter les effets. Elle agit, d'une part, par l'augmentation du rendement des terres cultivables. Le terme de « révolution verte » désigne cette progression des rendements qui a marqué la période 1945-2000. Fondée pour l'essentiel sur la sélection variétale, mais aussi sur la mécanisation, l'irrigation et l'utilisation d'engrais chimiques et de pesticides, elle a, par exemple, fait croître le rendement des terres à blé, dans les pays en développement, de 500 kilos à l'hectare en 1950 à plus de 2 500 kilos en 2000. Le Mexique est ainsi passé du statut de pays importateur à celui d'exportateur.

D'autre part, la redistribution d'énormes quantités de produits alimentaires entre les zones de production excédentaire et les zones déficitaires repose sur la disponibilité d'un puissant système de transport mondial. On en voit les effets spectaculaires lors de l'intervention occasionnelle des États et des ONG dans des famines locales, mais ce n'est là que la partie visible d'un phénomène permanent et massif. Le désastre qui a frappé l'Irlande, et le génocide par abstention qu'a constitué le refus d'agir du Royaume-Uni, ne seraient plus concevables aujourd'hui parce que les techniques de communication mobiliseraient l'opinion mondiale et que les moyens d'assistance sont aisément déployés. Mais cette capacité d'alléger temporairement les effets d'inégalités aiguës et locales dans l'accès aux ressources vitales n'est évidemment pas transposable à une pénurie qui toucherait l'ensemble de l'humanité et de la planète. Elle ne l'est même pas à l'effacement des inégalités à grande échelle que l'on constate aujourd'hui.

### *Technique et accès aux ressources*

Comment peut-on caractériser globalement le poids de la technique dans l'accès de l'humanité aux ressources qui sont indispensables à sa survie, voire à la poursuite de sa pullulation ?

Je ne suis pas ici à la recherche d'une analyse de l'interaction de la technique et de l'environnement, mais d'une qualification globale de celle-ci.

Je pense qu'on peut la formuler ainsi : *la technique est l'outil qui permet à l'homme d'accroître les prélèvements qu'il opère sur les ressources terrestres.* La technique intervient ainsi comme un intermédiaire entre deux éléments : besoins et ressources. L'extrême généralité de cette définition ouvre successivement deux questions : quelle est la nature de ces ressources, et quelles sont les limitations qui s'attachent à chacune d'elles ?

Les besoins les plus fondamentaux de l'homme, ceux dont la satisfaction est indispensable à la survie des individus à court terme, sont, d'une part, l'accès à la nourriture et à l'eau potable, et, d'autre part, dans la mesure où l'espèce vit sous des climats auxquels son organisme n'est pas adapté, des protections par l'habitat, le feu et le vêtement. À ces besoins du corps individuel s'ajoutent ceux qui naissent du comportement social de l'espèce humaine et de sa tendance à s'approprier collectivement des territoires : ressources en énergie mécanique, moyens de communication à l'intérieur du groupe et moyens de défense du territoire.

Le système technique, considéré comme l'outil qui sert à puiser dans l'environnement terrestre, réagit sur l'expression des besoins de l'espèce humaine. Une interaction s'établit entre l'expression de ces besoins et la capacité du système technique à y pourvoir, ce que traduisent, dans le langage des économistes, les termes de *demand pull* et de *technology push.* L'offre technique suscite une extension de la demande, qu'elle soit individuelle ou collective, bien au-delà de ce qu'exige la satisfaction des besoins élémentaires. En outre, la construction même du système technique et sa maintenance sont, en soi, une source majeure de prélèvements supplémentaires. Au total, c'est l'existence du système technique conjuguée à la croissance de la population humaine qui pose la question de ce qu'un environnement fini pourra supporter et pendant combien de temps.

Pour aborder cette question, il convient d'identifier les prélèvements, les rejets et les altérations que la combinaison de ces deux facteurs peut infliger à l'environnement terrestre. La catégorisation nécessaire est différente de celle que j'ai introduite dans un autre ouvrage pour organiser le champ des techniques en fonction de trois concepts : la matière, l'énergie et l'information[1]. Il s'agit maintenant de catégoriser les besoins et les ressources qui les alimentent. Il m'a semblé commode, à cette fin, de partir de la nature des limites que rencontre l'exploitation de ces ressources. L'exploitation de l'espace disponible dans la biosphère, soit pour le déploiement d'installations diverses, habitats, voies de communication, éléments du système technique, soit pour la production de ressources alimentaires, se heurte à la saturation de cette ressource et à son altération. L'exploitation — ou plutôt la surexploitation — des espèces vivantes peut conduire à leur extinction, et celle des gisements de matière contenus

1. A. Lebeau, *L'Engrenage de la technique*, *op. cit.*, pp. 49-75.

dans l'écorce terrestre — combustibles fossiles et gîtes minéraux — peut, dans nombre de cas, mener à leur épuisement. Saturation et pollution, extinction, épuisement, ce sont là les trois grands mécanismes d'altération de l'environnement créés par l'homme. Leurs effets ne sont pas indépendants. Ainsi l'occupation de l'espace par l'homme menace l'existence des espèces animales ou végétales en détruisant leurs niches écologiques et l'exploitation des gisements entraîne le rejet de déchets qui polluent la surface des continents aussi bien que les masses océaniques et atmosphériques. Il est toutefois commode, dans un premier temps, d'examiner séparément ces trois facteurs limitants, ne serait-ce que parce que l'évaluation de la situation actuelle fait appel à un éventail de disciplines qui relèvent de communautés scientifiques distinctes. *In fine*, cependant, c'est l'ensemble du système terrestre — la biosphère, ou Gaia dans le langage de Lovelock — qu'il faudra prendre en considération.

### *Occupation et altération de l'espace*

Pour évaluer la relation de la société humaine avec l'espace dont elle dispose, il convient d'abord de distinguer, dans cet espace, ce qui est aménageable, les parties solides, et ce qui ne l'est pas, l'atmosphère et les océans. Encore faut-il prendre en compte l'accessibilité de ces parties solides. Les surfaces des plaines continentales jusqu'à quelque distance des pôles sont les seules zones qui, moyennant le recours à des protections simples de son organisme et des pratiques sociales adaptées, sont habitables par l'homme. Elles ont été colonisées, à partir du berceau africain, depuis les origines de l'espèce. Est-il possible d'étendre cet espace habitable ? C'est là le thème de maintes réflexions délibérément ou naïvement utopiques à base de villes flottantes, aériennes, sous-marines ou même spatiales, et ce sont évidemment les obstacles à cette extension, dans la biosphère et surtout au-delà, qui déterminent l'enfermement planétaire.

Une réflexion sur l'extension de la zone que l'homme occupe dans la biosphère conduit à distinguer plusieurs degrés de pénétration dans des territoires nouveaux : l'exploration, l'occupation à des fins d'étude, l'occupation à des fins d'exploitation et, enfin, la colonisation. La première étape est atteinte pour les zones les plus inhospitalières des continents, pour l'atmosphère et pour les grandes profondeurs océaniques, à quoi s'ajoutent quelques incursions dans l'espace circumterrestre ; le continent antarctique et ses stations scientifiques offrent un exemple de la deuxième étape ; les plates-formes pétrolières installées sur les plateaux continentaux sont un modèle de la troisième. La colonisation signifie que sont implantées toutes les activités nécessaires au cycle vital de l'espèce, de la naissance à la mort de l'individu, que l'on installe des maternités et des cimetières. Il existe très peu d'exemples de cette extension du domaine colonisé dans la période historique. On ne peut considérer comme tels les mouvements de population qui ont suivi la découverte du continent américain par les navigateurs européens ; ces terres étaient déjà colonisées par les peuples préhistoriques arrivés par le détroit de Béring. Les seuls exemples indiscutables concernent des îles inhabitées comme l'île Maurice. Quel que soit le charme de ces nouveaux territoires, leur occupation n'a pas accru de façon appréciable la surface du domaine colonisé. Au total, la surface habitée de façon permanente n'a guère évolué depuis les débuts de l'histoire. La densité de population a crû dans des proportions énormes, à mesure de la croissance démographique, mais l'espace vital dont elle dispose a peu changé, malgré la puissance des moyens techniques disponibles.

Il convient de distinguer la zone colonisée de celle, plus large, où est déployé le système technique. L'atmosphère et les océans sont impropres à héberger une habitation permanente ; ils servent seulement de support aux engins de transport qui les traversent. De nombreux artefacts, phares automatiques, câbles sous-marins, relais hertziens au sommet des montagnes, éoliennes sur les plateaux continentaux, sont placés hors des zones habitées. Les satellites offrent même l'exemple d'objets techniques installés de façon permanente à l'extérieur de la biosphère. Cependant, l'élargissement de la zone occupée par le système technique ne s'accompagne pas d'un élargissement de la zone habitée par l'homme. J'aurai à examiner plus tard s'il s'agit là d'un caractère définitif qui s'impose à l'évolution de l'espèce ou s'il existe des échappatoires à cette contrainte. Il s'agit, en tout cas, d'un fait d'observation qui couvre toute la période historique jusqu'à l'époque contemporaine.

La relation de l'homme aux limites de son domaine spatial est déterminée par les usages qu'il en fait : déployer ses habitats, son système technique, produire de la nourriture et produire de l'énergie. L'homme est un animal territorial. L'appropriation collective d'un territoire et, à l'intérieur de cette appropriation collective, l'appropriation familiale ou individuelle sont des composantes fondamentales du comportement de l'espèce. Il n'existe plus, à la surface de la planète, d'espace aménageable ou exploitable qui ne fasse l'objet de cette forme d'appropriation collective que désigne le terme de souveraineté nationale. Les exceptions à cette situation sont instructives ; elles concernent pour l'essentiel des zones inhabitables et peu ou pas aménageables, la haute mer et le continent antarctique. Les eaux territoriales sur lesquelles l'État exerce sa souveraineté et qui s'étendent jusqu'à 12 milles nautiques de la côte sont souvent prolongées, au-delà de cette limite, par une zone économique exclusive atteignant 200 milles, dont l'État se réserve l'exploitation. Quant au continent antarctique, il est couvert par un traité qui a suspendu mais non pas annulé les revendications territoriales dont il fait l'objet. Le découpage du domaine terrestre en territoires est complet, et même un peu plus que cela puisque certaines zones suscitent des revendications conflictuelles. Cette situation interdit l'existence de grandes nations nomades comme l'histoire en a connues. Elle interdit même les vastes mouvements de population qui — comme la « conquête de l'Ouest » dont est né le mythe américain de la frontière — ont marqué, dans un passé beaucoup plus récent, l'envahissement par des migrants de territoires « insuffisamment » occupés. L'époque actuelle est sujette aux conflits inextinguibles que déclenche tout déplacement des frontières ; le conflit israélo-palestinien en est le type. Elle est marquée aussi par des pressions migratoires qui mettent à l'épreuve les frontières séparant des zones de niveaux économiques disparates. Ce sont là, au total, des effets de la croissance démographique conjuguée aux inégalités de niveau de vie.

L'homme contemporain est ainsi l'objet d'un double enfermement. À l'enfermement planétaire dont il n'a pas, ou pas encore, pris pleinement conscience s'ajoute l'enfermement dans les territoires nationaux. Il peut sembler paradoxal d'évoquer cette forme de confinement à notre époque de mondialisation et il est vrai que, pour les citoyens des pays occidentaux, la faculté d'aller aisément partout ou presque partout dans le monde n'a jamais été aussi grande. Mais l'exercice de cette liberté s'inscrit dans un système social où chaque individu est rattaché à un territoire par le lien de nationalité dont témoigne la possession d'un passeport ou de documents équivalents. La détention d'une nationalité est d'une importance telle que la Déclaration universelle des droits de l'homme, dans son article 15, l'a inscrite parmi les droits fondamentaux de la personne humaine. De façon paradoxale, la capacité d'exciper de ce lien national conditionne la liberté de se déplacer hors du territoire national. Par l'intermédiaire de ce lien, des restrictions s'introduisent, qu'elles soient le fait d'États qui interdisent à leurs nationaux de sortir des frontières ou même de se déplacer librement à l'intérieur de ces mêmes frontières — ce fut largement le cas en Union soviétique — ou bien d'États qui leur interdisent de pénétrer à l'intérieur des frontières d'un autre État — ainsi des citoyens américains pour le territoire de Cuba —, ou encore qui interdisent leur territoire à certaines nationalités. À ces restrictions de caractère juridique s'ajoute l'effet des inégalités d'origine économique. La contribution des nations aux flux de déplacements touristiques ou professionnels est fonction de leur prospérité économique. Enfin, l'insécurité née des désordres et les violences qui affectent certaines régions apportent d'autres limitations.

Mais l'important, c'est que cette circulation des hommes à la surface de la planète s'inscrit dans le cadre d'une appropriation territoriale qui n'a jamais été aussi exhaustive ni aussi rigide qu'elle l'est de nos jours. Le plus infime déplacement de frontière, la plus modeste délimitation de zone économique dans les mers côtières sont, au sens propre du terme, des affaires d'État. Il est certes possible à certains de changer de nationalité — et c'est même un droit reconnu au même titre que la détention d'une nationalité —, mais le formalisme même qui s'attache à ce changement témoigne de la rigidité du lien national. Un blocage complet du substrat territorial est sous-jacent à l'apparente mobilité des individus.

Ce caractère de la société contemporaine jouera un rôle déterminant dans les réactions de la société aux effets de l'enfermement. Il implique, en particulier, que les dégradations de l'environnement seront ressenties d'abord comme des atteintes à la prospérité nationale, qu'elles aient un caractère local ou même global. Les réflexions d'Arrhenius à la perspective du réchauffement climatique qu'il avait lui-même découvert au début du siècle dernier sont caractéristiques de l'habitant d'une région dont le climat est rude : « Il nous est permis d'espérer des périodes qui offriront au genre humain des températures plus égales et des conditions climatériques *[sic]* plus douces. Cela se réalisera sans doute dans les régions les plus froides de notre terre »; cet exemple de réaction locale à un problème global était et demeure promis à se multiplier[1].

## *L'altération de l'environnement*

Le couple que forment la population et la technique évolue dans l'espace limité de la biosphère

1. S. Arrhenius, *L'Évolution des mondes*, *op. cit.*, p. 69.

qui est devenu, dans sa totalité, la niche écologique de l'espèce humaine. Il existe bien encore, ici et là, à la surface du globe, de petits groupes humains isolés — quelques tribus indiennes dans la forêt amazonienne — dont l'environnement local est demeuré à peu près intact. Mais, outre que leur existence est menacée par la destruction de leurs refuges et par l'altération du climat, ils ne constituent qu'une fraction infime de la population humaine. Leur sort, quel qu'il soit, ne changera rien au destin de l'espèce. Le problème de l'enfermement se réduit à l'évolution du couple technique-population et à ses effets sur l'altération de la niche écologique globale. Outre sa composante spatiale, cette niche écologique a une composante biologique et une composante physique. L'espèce humaine est étroitement adaptée à l'une et à l'autre.

La composante biologique lui fournit la nourriture indispensable. L'homme, comme d'ailleurs tous les animaux, n'est pas une espèce autotrophe. Il ne peut subsister en l'absence d'espèces capables de puiser leurs ressources directement dans l'environnement physique. Les végétaux sont un relais indispensable dont il peut, à la rigueur, se contenter, mais il vit mieux s'il peut accéder aux ressources en protéines du monde animal. Il n'est pas différent en cela des primates les plus proches dans l'arborescence évolutive, mais, contrairement à ces espèces, il a développé, avec l'agriculture et l'élevage, les moyens techniques d'accroître ses ressources alimentaires et sa population au prix d'une occupation de l'espace, c'est-à-dire au prix de l'altération, voire de la destruction, de la niche écologique d'autres espèces. La source principale du rythme de l'extinction des espèces vivantes, et donc de réduction de la biodiversité, réside aujourd'hui dans l'occupation de l'espace aux fins de production de ressources alimentaires, animales ou végétales, à quoi s'ajoute la prédation immodérée des ressources vivantes des océans. L'extinction est irréversible, du moins en l'état actuel de la technique qui sait détruire des espèces, mais non pas créer de nouvelles formes de vie ou en reconstituer d'anciennes. *Jurassic Park* relève de la science-fiction. Dès que l'effectif d'une espèce s'est abaissé en dessous d'un certain niveau et qu'ainsi son *pool* génétique s'est appauvri à l'excès, le processus d'extinction se poursuit de façon autonome. Il frappe d'abord les grandes espèces, et en particulier les grands prédateurs, mais aussi des espèces « inoffensives » et fragiles comme les papillons. Il tend à établir une biocénose où n'existeront plus que deux catégories d'êtres vivants, les espèces horticoles et domestiques, d'une part, et, d'autre part, les populations microbiennes et virales contre lesquelles l'homme mène un combat douteux. S'y ajouteront, objet des efforts de conservation, quelques reliques précaires préservées ici et là dans les zoos et les réserves.

La composante physique de l'environnement est sujette à deux types d'altérations, l'une et l'autre imputables au fonctionnement du système technique, les prélèvements sur les ressources et la pollution par les rejets, en quelque sorte les aliments et les excréments du système technique.

La technique humaine emprunte en effet à l'environnement physique les ressources en matière dont elle use. Certains éléments y sont abondants, parmi lesquels les gaz qui composent l'atmosphère, les composants de l'eau de mer et les composants majeurs de la croûte terrestre : oxygène, silicium, calcium, aluminium, fer. Aucune perspective d'épuisement n'existe pour nombre d'entre eux. Il en va tout autrement pour les éléments plus rares, au premier rang desquels les métaux lourds, qui sont une ressource essentielle du système technique. Le cuivre, par exemple, est six mille fois plus rare que le silicium et mille fois plus rare que le fer. Les processus géologiques ont concentré certains métaux dans des roches particulières, les minerais. Le système technique s'en alimente par la prospection, l'exploitation minière, le transport et le traitement.

À cette fonction de ségrégation exercée par la tectonique planétaire s'attachent les notions de réserves et d'épuisement de ces réserves. L'échéance à laquelle se manifeste l'épuisement d'une ressource est difficile à estimer. On considère que pour une dizaine d'éléments chimiques (cuivre, étain, manganèse, tungstène, nickel, molybdène, zinc, plomb) elle est inférieure à un siècle, mais les estimations sont entachées d'incertitudes qui sont dues à divers facteurs. L'inventaire des réserves est sujet à révision en fonction des succès éminemment aléatoires de la prospection. En outre, au fur et à mesure que les minerais les plus riches s'épuisent, l'exploitation de minerais plus pauvres devient « rentable ». L'épuisement est un processus progressif, et lorsque le gros de la viande a été consommé, on peut encore, lorsque la disette menace, gratter la carcasse. Enfin, l'estimation des échéances repose sur des hypothèses de consommation qui sont susceptibles d'être modifiées, soit parce que les besoins s'accroissent, soit parce que l'évolution technique a transformé le besoin. Si l'informatique, par exemple, s'était développée grâce au germanium qu'utilisaient les premiers transistors, elle pourrait être menacée d'un épuisement de son matériau de base — comme l'est aujourd'hui l'industrie des écrans de télévision par les ressources en indium — mais la technique est passée à l'usage du silicium qui existe en réserves inépuisables. Cependant, ce mécanisme de substitution est aléatoire ; on ne peut nullement considérer qu'il remédiera systématiquement à toutes les carences. Aussi le problème de la disparition de réserves aisément exploitables de certains éléments chimiques constitue-t-il une contrainte qui pèse sur l'évolution du système technique.

Les mécanismes de ségrégation ont aussi exercé leurs effets sur les substances produites par les organismes vivants. Les roches calcaires où se trouve piégé le dioxyde de carbone sous forme de carbonate de calcium en sont les manifestations les plus massives. À une échelle beaucoup plus réduite, du carbone et de l'hydrogène ont été stockés sous des formes — pétrole, gaz naturel, houille, lignite, tourbe — susceptibles de libérer de l'énergie en se recombinant avec le gaz atmosphérique. Le système technique a exploité sans mesure ces sources d'énergie comme si elles étaient inépuisables. On doit désormais faire face à l'épuisement d'une ressource énergétique majeure, qui se conjugue à l'épuisement de certains éléments chimiques.

Les phénomènes de pollution de l'environnement sont la réplique des prélèvements opérés sur ses ressources. Lorsqu'ils affectent la surface des continents, leurs effets sont localisés et ne prennent un caractère global que par la multiplicité des atteintes régionales. Il en va tout autrement des enveloppes fluides où les effets de la pollution se propagent, par mélange ou diffusion, à l'ensemble de la planète.

L'altération de la couche d'ozone stratosphérique, qui atténue les effets du rayonnement ultraviolet du Soleil, offre l'exemple d'une pollution qui a été successivement observée, comprise et combattue. Sans qu'il soit nécessaire d'entrer dans les détails de l'histoire, rappelons que cette altération s'est concrétisée d'abord par un affaiblissement de l'ozone stratosphérique au-dessus du continent antarctique — le célèbre « trou d'ozone ». Cet affaiblissement fut détecté par des observations terriennes et confirmé par des observations satellitaires. L'origine en a été assignée à la diffusion, vers la stratosphère, de gaz produits par l'industrie, les chlorofluorocarbones (CFC), utilisés dans les réfrigérateurs et dans les bombes aérosols. Le prix Nobel de chimie 1995 a couronné l'élucidation des mécanismes photochimiques de la destruction de l'ozone par Paul Crutzen, Mario Molina et Franck Sherwood Rowland. Une concertation internationale, matérialisée initialement, en 1987, par le protocole de Montréal, a conduit à interdire la fabrication des CFC et, depuis, la réduction — lente — du déficit d'ozone demeure sous surveillance étroite.

Peut-on étendre à d'autres domaines comme l'altération du climat, les pluies acides ou les déchets nucléaires ce scénario exemplaire ? Pour fonder cette extrapolation, il importe de discerner les éléments dont la conjonction a conduit à ce succès. En premier lieu, l'opposition à des mesures contraignantes ne pouvait venir que d'un secteur économique relativement modeste — les industries productrices de CFC — localisé pour l'essentiel dans les pays développés. La nécessité de créer des produits de substitution dépourvus des inconvénients des CFC a fourni à ce secteur industriel des compensations très substantielles. Par ailleurs, on a compris très clairement le mécanisme du phénomène et ce mécanisme, complexe mais aisé à schématiser, se prêtait à une dénonciation médiatique du « coupable » à l'opinion publique. Enfin, cette opinion publique s'est trouvée mobilisée par le lien, non moins médiatique, entre l'affaiblissement de la couche d'ozone et la fréquence des mélanomes malins causés par les ultraviolets solaires. Aucune structure majeure de l'économie n'étant menacée, les gouvernements ont pu s'accorder sur les mesures nécessaires.

Cette conjonction de facteurs favorables ne se rencontre pas dans le scénario du réchauffement climatique. La source de l'enrichissement de l'atmosphère en gaz à effet de serre consiste, pour ce qui est du dioxyde de carbone, dans la consommation des combustibles fossiles, à quoi s'ajoutent des facteurs secondaires importants comme la déforestation et, pour ce qui est du méthane, dans l'élevage et dans certaines cultures intensives comme celle du riz. S'attaquer à ces sources est une entreprise sans commune mesure avec l'arrêt de la production des CFC ; il faut en effet toucher à deux piliers majeurs de l'économie : l'énergie et les ressources alimentaires. Le mécanisme d'altération du climat est d'une extrême complexité, introduisant des incertitudes scientifiques légitimes et limitées, mais qui ouvrent aussi la porte à un négationnisme sincère ou, le plus souvent, intéressé. En outre, et bien que l'on ne puisse complètement écarter l'éventualité de phénomènes brutaux, le rythme auquel se développe la menace climatique est beaucoup plus lent que celui qui caractérise la destruction de la couche d'ozone, laissant à chacun le loisir de reporter ses effets sur les générations futures. Aucune menace individuelle directe et immédiate — analogue à la multiplication des cancers de la peau — n'en résulte. Aussi, bien que la menace globale pour les décennies à venir soit incomparablement plus grande que celle qui s'attache à la destruction partielle de l'ozone stratosphérique, il est plus difficile de susciter à son endroit une réaction collective.

Pour que l'opinion publique se manifeste, il semble nécessaire que se trouvent réunis plusieurs facteurs : que l'enjeu soit simple — ou, en tout cas, aisé à simplifier, fût-ce abusivement —, qu'il touche à la sécurité individuelle et que les mesures nécessaires pour pallier le risque, réel ou supposé, soient aisément identifiables. La culture des OGM, par exemple, répond à ces critères et constitue de ce fait un bon cheval de bataille que l'on peut enfourcher pour affronter les intérêts économiques de l'industrie agroalimentaire et, le cas échéant, se hisser vers le pouvoir politique. Peu importe, en la matière, que les risques évoqués soient réels ou imaginaires.

Il me faudra revenir sur ces mécanismes de mobilisation collective, parce qu'ils jouent un rôle central dans la façon dont la société humaine réagira aux tensions nées de l'enfermement. Pour mesurer le poids que pèsent les apparences, il n'est que de comparer l'emprise sur les esprits du problème d'ampleur significative, mais limitée, que posent les déchets nucléaires et celle du problème gigantesque, à l'échelle des moyens humains, de la pollution de l'atmosphère. Dans ce dernier cas, la réaction mobilisatrice « pas dans mon arrière-cour » ne peut jouer ; la pollution est invisible, et elle est partout.

## *Le problème de l'eau*

Le problème de l'eau est l'un des plus complexes de ceux qui sont dus au caractère fini des ressources terrestres. La satisfaction harmonieuse des besoins en eau, en même temps qu'elle touche à un besoin vital, rassemble toute la gamme des difficultés qui s'attachent à un problème de ressources limitées. Il est intéressant d'en analyser la complexité.

L'organisme de l'homme ne peut se passer ni d'oxygène ni d'eau; il ne stocke aucune de ces deux ressources; l'oxygène est consommé et rejeté sous forme de dioxyde de carbone; l'eau ne subit aucune transformation chimique, mais elle est rejetée sous une forme polluée et rendue impropre à la consommation. Certaines formes de vie peuvent se maintenir en l'absence d'oxygène, mais l'eau est indispensable à toutes et singulièrement à toutes les espèces vivantes, animales et végétales, qui servent à l'alimentation humaine. La ressource en eau doit donc satisfaire deux besoins l'un et l'autre vitaux, la consommation directe par l'homme de l'eau dite potable et l'usage pour l'agriculture et l'élevage. Il s'y ajoute, en liaison moins directe avec les besoins vitaux, mais critique pour le fonctionnement du système technique, son usage pour les industries.

La Terre possède d'immenses réserves d'eau qui sont, pour environ 97 %, contenues dans les océans sous forme d'eau salée, impropre à la consommation comme à l'agriculture. La satisfaction des besoins humains et de ceux de la vie terrestre repose exclusivement sur l'eau douce, qui représente moins de 3 % de la masse totale présente sur la Terre. En outre, la plus grande partie de cette eau douce, environ 70 %, est immobilisée sous forme de glace dans les inlandsis polaires et dans les permafrosts. Elle n'est utilisable que de façon tout à fait marginale pour les besoins humains, par exemple pour ceux des missions antarctiques qui, à la différence des voyageurs sahariens, n'ont pas à se préoccuper de transporter de l'eau, mais seulement de disposer d'énergie pour faire fondre la glace. La fusion des inlandsis et des permafrosts sous l'effet du réchauffement climatique ne créerait pas de ressources exploitables; elle provoquerait en revanche une montée des océans qui noierait une fraction très importante des zones urbanisées.

L'eau douce liquide se trouve en majeure partie dans des nappes souterraines dont le contenu se renouvelle lentement. Celle qui circule dans les rivières ou qui stagne dans les lacs et dans les sols représente moins de 0,4 % de l'eau douce présente à la surface de la Terre. Cette ressource superficielle est continuellement brassée par le « cycle de l'eau » qui s'alimente de l'évaporation des océans sous l'effet du rayonnement solaire. L'eau évaporée circule dans la troposphère et retourne sous forme de pluie qui alimente les réseaux hydrographiques des continents.

L'eau tombée du ciel est la ressource essentielle

qui pourvoit aux besoins de la société humaine. Elle est très inégalement répartie. La hauteur de précipitation qui caractérise un territoire est une composante de son climat, susceptible comme telle d'être affectée par l'évolution climatique.

La difficulté du problème de l'eau provient, d'une part, de la vulnérabilité de la ressource, d'autre part, du caractère simultanément local et global du problème que pose la rareté de cette ressource. À cela s'ajoute le fait que l'eau est intransportable dans les quantités qu'exigent ses usages. On peut, bien sûr, alimenter en eau de boisson un groupe humain qui en manque, un camp de réfugiés ou une armée en campagne, par exemple. Mais le système technique n'est pas en mesure d'accomplir pour l'eau ce qu'il fait pour le pétrole, les ressources alimentaires et les matières premières : acheminer la ressource à partir des pays qui en disposent vers ceux qui la consomment. Deux chiffres donnent la mesure du problème. La production annuelle de pétrole, ressource transportable et régie par un marché mondial, est voisine de 80 millions de barils par jour, soit environ 13 millions de mètres cubes. Les besoins en eau d'une population à la limite de la pénurie hydrique sont évalués à 1 000 mètres cubes par individu et par an, ce qui, pour 6,5 milliards d'êtres humains, donne 6 500 milliards de mètres cubes, soit environ 1 500 fois la quantité de pétrole que transportent les tankers et les pipelines. À supposer qu'il suffise de transporter 10 % de cette ressource, la disproportion demeure de l'ordre de 1 à 150. C'est le climat qui décide de la disponibilité de l'eau, de la répartition des zones humides et des déserts, et l'homme doit y adapter son activité.

L'eau est une ressource vulnérable ; elle peut se charger de corps dissous qui la rendent impropre, comme l'eau de mer, à la consommation ou à l'agriculture. Elle peut aussi, étant propice à la vie, héberger des micro-organismes pathogènes. Ces propriétés de l'eau entraînent un couplage entre les problèmes de pollution par les déchets de toute nature et les ressources en eau.

Le problème de l'eau est global par sa relation à l'évolution du climat, mais ses manifestations ont un caractère fortement local. Il apparaît par l'intermédiaire des réseaux hydrographiques et des réserves contenues dans les nappes phréatiques. Les besoins en eau potable et en eau destinée à l'agriculture d'une zone déterminée dépendent de la densité de sa population. On a développé, pour rapprocher le besoin et la ressource déterminée par les précipitations, un indice de « stress hydrique » qui caractérise sommairement le niveau de pénurie. En dessous de 1 000 mètres cubes par habitant et par an, on est en situation de pénurie chronique. Cet indice peut s'appliquer à l'ensemble de la planète. En confrontant une ressource considérée comme stable et les projections démographiques, les Nations unies parviennent à la conclusion qu'en 2050 42 % d'une population de 9,4 milliards d'habitants seront en situation de pénurie chronique.

Mais cette vision globale occulte la nature locale

ou régionale des tensions engendrées et que l'on dramatise parfois en évoquant le spectre de guerres de l'eau qui succéderaient aux guerres du pétrole. Le caractère local des problèmes a d'abord une dimension naturelle qui procède de l'étendue des bassins et des nappes et de la climatologie des précipitations. Il a une dimension humaine qui tient à l'existence d'États qui ont la charge des besoins de leur population. Ces États sont bornés par des frontières qui ne coïncident évidemment pas avec les délimitations naturelles des bassins. L'eau douce superficielle circule à travers ces frontières qui séparent les peuples et les réserves souterraines s'étendent sous elles. Or, si l'homme n'est pas en mesure de déplacer les zones de précipitation intense et de compenser la sécheresse du Sahara en puisant dans les pluies équatoriales, il est parfaitement capable de perturber un réseau hydrographique en y installant des retenues, en y puisant à l'excès pour l'irrigation ou en le polluant par des rejets industriels. Dans le cas où ces réseaux s'étendent sur plusieurs territoires nationaux, leur exploitation peut donner lieu soit à des coopérations, soit à des conflits. La variété de ses échelles fait ainsi toute la difficulté du problème de l'eau. À un niveau global, il faut, pour l'appréhender, combiner des projections de natures diverses, la projection démographique, sur laquelle existe, à échéance de quelques décennies, un bon degré de consensus, et l'évolution à long terme du régime des pluies. Or l'évolution à long terme de l'hydrologie planétaire pose à la modélisation climatique un problème qui est loin d'être résolu et qui interagit avec le problème de l'eau[1].

Si l'on examine maintenant les réactions que peut susciter la pénurie — en s'en tenant aux démarches constructives et en écartant les conflits —, on voit qu'elles relèvent de deux catégorics : la meilleure utilisation de la ressource disponible et la création de ressources supplémentaires. Ces actions s'inscrivent dans un contexte général, le caractère irréaliste d'un marché global de l'eau qui devrait inévitablement reposer sur le transport de l'eau sur de grandes distances. Mais si l'eau est une ressource intransportable, il n'en va pas de même des ressources alimentaires qu'elle sert à produire. Il est techniquement possible, et on peut donc envisager, avec tous les problèmes politiques que cela peut poser, de combler par des importations les déficits alimentaires causés par le déficit hydrique.

Enfin, on peut envisager d'accroître la ressource en faisant appel à des outils techniques comme le dessalement de l'eau de mer. Encore faut-il que la mer soit accessible et en outre le problème de la ressource en eau se trouve alors couplé à celui de la ressource énergétique.

Dans nombre de zones les plus déshéritées de la planète, le problème le plus critique est d'ailleurs moins celui de la ressource globale que celui de l'eau potable, débarrassée de germes pathogènes.

1. Pierre Morel et Moustafa T. Chahine, *Cycle global de l'eau et climat*, dans *Comprendre le changement climatique*, sous la dir. de Jean-Louis Fellous et de Catherine Gautier, Paris, Odile Jacob, 2007.

Au total, le problème de l'eau, comme on le voit par cette esquisse sommaire, est d'une extrême complexité. Il est en interaction avec toutes les composantes de l'environnement, climat, ressources énergétiques, pollution, et avec toutes les dimensions de l'évolution humaine, démographie, structures nationales, évolution du système technique, mondialisation des échanges. Il ne se prête pas, comme l'évolution du climat, à une modélisation numérique globale. Seule la pluviométrie est accessible à la modélisation encore que difficilement. Les effets régionaux ne peuvent guère être appréhendés globalement parce qu'ils sont déterminés par les particularités géographiques de l'environnement local et surtout parce que les mesures de prévention et d'adaptation, à la différence de celles que l'on tente sur le climat, ont des effets régionaux, et non globaux. À la différence de la réaction que tend à provoquer le problème climatique, les réponses que suscite le problème de l'eau s'exercent d'abord au niveau local et sont adaptées aux spécificités locales. L'action des organisations internationales qui s'attachent à diffuser les expertises disponibles est le principal élément d'unité entre ces démarches, mais, quelle que soit la gravité des menaces, les fondements d'une mobilisation globale de l'opinion publique sont beaucoup moins visibles que dans le problème de l'altération du climat.

## *Effets premiers et effets secondaires*

Les altérations de l'environnement, en particulier le réchauffement climatique, engendrent des effets secondaires qui s'ajoutent aux effets directs. Certaines des composantes de la biosphère subissent directement les actions de l'homme. Les altérations ainsi produites propagent certains de leurs effets à d'autres composantes sur lesquelles l'homme n'agit pas directement. C'est ainsi que la réduction de la biodiversité résulte, pour une part, d'actions directes comme la pêche, la chasse, les pesticides ou la destruction des habitats, pour une autre des effets du réchauffement climatique. Ces conséquences indirectes sur la biosphère ne sont pas moins redoutables que les effets immédiats. Lorsque je dis qu'elles sont redoutables, je ne veux pas dire qu'elles sont dangereuses pour toutes les formes de vie, mais seulement pour la vie humaine et, plus largement, pour certaines formes de vie. D'autres, au contraire, en bénéficieront. On retrouve là une distinction fondamentale que James Lovelock s'est souvent plu à souligner. La biosphère terrestre — Gaia dans son langage — n'est nullement « soucieuse » de préserver la présence de l'homme, et aucun mécanisme n'interviendra pour prévenir son basculement éventuel vers un autre point d'équilibre incompatible avec la survie, parmi beaucoup d'autres espèces, de l'espèce humaine. Lorsque l'on parle de « sauver la planète », ce n'est nullement du salut de la planète qu'il s'agit, mais de celui de l'homme.

Nous en sommes, pour l'heure, à des effets limités dont le plus important, pour l'homme, est l'extension des zones où sont présents certains micro-organismes. L'apparition de nouvelles maladies épidémiques, ou leur extension à des zones où elles étaient inconnues, résulte de la conjugaison de trois facteurs : l'évolution du climat, le développement explosif des transports aériens intercontinentaux et la multiplication des zones à haute densité de population humaine dans des conditions de salubrité souvent médiocres. Le transport d'agents pathogènes d'un continent à l'autre ne date pas de l'avènement du transport aérien. Ainsi, au v^e^ siècle avant notre ère, l'épidémie dite « peste d'Athènes » serait arrivée au Pirée sur un navire venant d'Égypte et, plus près de nous, les virus apportés par les envahisseurs hispaniques ont contribué au moins autant que leurs armes à la destruction des populations précolombiennes. Les équipages des navires venant du Proche-Orient ont apporté le choléra en Europe occidentale. Le père de Marcel Proust, le professeur Adrien Proust, s'est illustré par la mise en place, à la fin du XIX^e^ siècle, de mesures pour former des barrages contre ce danger et, bien avant cette époque, la mise en quarantaine des équipages, les lazarets établis dans les grands ports témoignent des efforts pour lutter contre ces envahisseurs microbiens qui profitaient déjà du développement des échanges économiques. Mais le transport aérien, en abaissant les durées de trajet très en dessous des temps d'incubation, a rendu beaucoup plus difficile la lutte contre la migration clandestine des micro-organismes.

## *Quelques certitudes globales*

Ce tableau extrêmement schématique de la montée des contraintes produites par l'enfermement n'a pas pour objet de fournir des prévisions précises en termes d'effets attendus et d'échéances. C'est là une tâche à laquelle se consacrent d'innombrables spécialistes ressortissant à des domaines variés. La diversité des expertises requises exige en effet une démarche fondée sur des savoirs spécialisés. Mais, si cette démarche est indispensable à l'approfondissement des connaissances et des prévisions, il est non moins indispensable qu'elle conduise ensuite à une vision synthétique, ne serait-ce que parce qu'existent des couplages forts entre les différentes composantes du problème. La Terre, porteuse de l'humanité et de sa technique, fonctionne comme un système que l'on peut disséquer, mais non pas dissocier. Dans ce cadre, mon objectif est d'examiner si, par-delà les incertitudes qui affectent l'évaluation de chacune des composantes, on peut discerner des certitudes globales sur lesquelles l'humanité peut se fonder.

L'examen de ces certitudes construit un tableau qui décrit ce que l'humanité va affronter et qui va transformer de façon majeure le contexte dans lequel s'est faite sa croissance depuis les origines de l'espèce.

On observe d'abord une altération de la niche écologique globale par le jeu de deux mécanismes irréversibles : l'extinction des espèces et l'épuisement des ressources présentes dans l'écorce terrestre sous formes de gîtes minéraux et de matériaux carbonés. À ces deux mécanismes irréversibles s'en ajoute un troisième, la pollution de l'atmosphère et des océans, qui, dans une certaine mesure, est réversible. Il ne fait guère de doute que, si l'activité technique cessait, les milieux fluides qui enrobent la planète retrouveraient lentement leur équilibre initial, à moins que, peut-être, ils ne basculent vers un autre point d'équilibre stable. Nous sommes là, en l'état actuel des connaissances sur la planète, dans le domaine de l'incertitude. Néanmoins, l'éventualité d'un basculement climatique est beaucoup plus probable si l'activité technique se poursuit que si elle s'arrête. L'évolution du climat due à la pollution de l'atmosphère est peut-être réversible, mais l'effet de cette évolution sur les espèces vivantes ne l'est certainement pas. Le rythme de l'évolution climatique tel qu'on le constate dès aujourd'hui est beaucoup trop élevé pour que l'évolution naturelle puisse la suivre et y adapter les espèces. Leur seul recours, pour résister au réchauffement, est une migration vers des latitudes plus élevées, à condition que cette migration soit géographiquement possible ou même que ces latitudes existent. Pour les espèces arctiques, le refuge n'existe pas. Quant aux espèces montagnardes, elles cherchent un refuge dans une montée en altitude et l'extinction s'engage lorsque le sommet est atteint.

L'altération de la niche écologique globale est ainsi le premier élément de certitude sur lequel on puisse fonder une vision de l'avenir. Les échéances qui s'attachent à l'émergence de tel ou tel effet de l'épuisement des ressources ou de l'extinction des espèces sont sujettes à incertitude, mais l'ordre de grandeur de ces échéances ne l'est pas. D'ici à la fin de ce siècle, des phénomènes majeurs comme l'épuisement des ressources pétrolières auront manifesté leurs effets.

En regard de cette certitude qui concerne la niche écologique peut se placer celle qui concerne la population humaine. On ne peut espérer aucune régression de la population globale avant le milieu du siècle où elle sera, on l'a vu, de l'ordre de 8 à 9 milliards d'individus. Il n'est pas possible, avec l'effectif actuel et encore moins avec une augmentation prévisible de 50 %, d'uniformiser le prélèvement individuel sur les ressources terrestres à un niveau proche de celui des nations développées. Le caractère irréversible de l'inégalité entre les populations, ou plutôt l'impossibilité pour les populations pauvres d'accéder au niveau de consommation des populations riches, est un premier effet matériel, absolument incontournable, de l'enfermement planétaire. Il constitue une certitude indépendante des doutes limités que l'on peut entretenir sur l'évolution de la population mondiale.

Une autre certitude vient de la considération des échéances. Quel que soit l'optimisme, authentique ou forcé, avec lequel on aborde ce problème, ces échéances sont proches. Pour l'irréversibilité des inégalités, l'échéance est déjà atteinte. Cela n'exclut pas que certaines régions sous-développées trouvent les voies d'un développement rapide ; c'est par exemple ce qui semble se produire en Chine. Mais ce phénomène s'accompagnera inévitablement d'un resserrement des échéances environnementales, par exemple de celle qui concerne les ressources pétrolières ou la pollution de l'atmosphère.

La décennie semble l'unité de temps appropriée pour appréhender le phénomène de confrontation aux limites de la planète, alors que l'évolution culturelle d'une population, rythmée par la durée de la vie humaine, relève plutôt du siècle. La disparité entre le rythme de la montée des tensions environnementales et celui de l'adaptation culturelle, la tendance à nier l'existence des problèmes tant que la matérialité des faits ne l'impose pas fournissent les éléments fondamentaux de l'affrontement de l'homme à sa cage écologique.

L'alternative est de forcer les barreaux de cette cage ou de s'adapter, de gré ou de force, aux contraintes qu'elle impose. Peut-on envisager d'échapper à ce geôlier ou faudra-t-il se plier à ses règles ? La technique, disent certains, réglera les problèmes au fur et à mesure qu'ils se manifesteront. Il faudra examiner les bases de cet optimisme dogmatique, mais ce sur quoi l'on peut s'accorder avec ceux qui extrapolent indéfiniment le pouvoir de la technique, c'est qu'elle est — en même temps que la source des problèmes — le seul recours qui puisse permettre d'échapper à l'enfermement, ou en tout cas d'en rêver.

# 3

# Rompre l'enfermement

> Le Ciel ! couvercle noir de la grande marmite
> Où bout l'imperceptible et vaste Humanité.
>
> BAUDELAIRE, *Le Couvercle*.

Pour briser l'enfermement planétaire, l'homme ne peut envisager que deux moyens : s'échapper vers l'espace extraterrestre ou se soustraire aux contraintes que lui impose la condition humaine.

L'une et l'autre voie ont été souvent explorées par la science, la technique, la littérature et même, sinon par la philosophie, du moins par quelques philosophes. La première se heurte à une confrontation des besoins physiques de l'organisme humain à des environnements autres que ceux auxquels il est adapté ; la seconde implique une transformation des caractéristiques physiques et, éventuellement, de la nature psychique de cet organisme. J'examinerai successivement ces deux éventualités : l'évasion et l'altération de l'homme, bien que, à l'évidence, elles ne soient pas indépendantes l'une de l'autre.

## *L'évasion extraterrestre*

On n'a sans doute pas mesuré à quel point l'extension au-delà de la biosphère du domaine occupé par l'homme différait de l'exploration et de la colonisation de la biosphère. Pour beaucoup de ceux qui ont abordé cette question, l'occupation de l'espace constitue le prolongement naturel de la tendance de l'espèce humaine à explorer tous les territoires offerts à son expansion. Si l'on parle d'exploration au sens strict du mot, cette extrapolation semble fondée. L'homme a constamment mis les moyens techniques qu'il inventait au service de l'exploration des confins de la biosphère. Par confins de la biosphère, j'entends des zones où certains paramètres environnementaux sont incompatibles avec la vie humaine et exigent que l'on crée localement des conditions artificielles. Dans les profondeurs océaniques, il faut protéger le corps humain contre la pression et lui fournir une atmosphère respirable ; dans la zone que les himalayistes appellent la « zone de mort », au-dessus de huit mille mètres, il faut lui fournir de l'oxygène ou limiter sévèrement la durée de son séjour ; au cœur de l'Antarctique, il faut le protéger du froid dans des bulles étanches. L'un des rôles de la technique depuis ses origines a consisté à permettre à l'homme d'élargir le domaine qui lui est accessible. Cependant, il existe une frontière qui sépare les zones plus ou moins hospitalières où l'habitat peut exister des confins où certains paramètres environnementaux doivent être modifiés pour que la vie humaine et la vie en général soient possibles.

Le fait d'atteindre les pôles, les sommets de l'Himalaya ou le plancher des fosses océaniques a constitué ce que l'on a nommé des « conquêtes ». L'exploration de l'espace — ou plutôt celle des corps célestes accessibles — s'inscrit dans la droite ligne de cette pulsion humaine. La conquête de la Lune par le projet Apollo en est une étape restée jusqu'à ce jour sans lendemain, mais on rêve aujourd'hui à la conquête de Mars. Et peu importe que, dans la course à la Lune, les motivations politiques nées de la guerre froide aient joué un rôle décisif ; il fallait bien, pour qu'elles trouvent un champ d'expression et pour que la conquête de la Lune devienne un symbole de supériorité, toucher à des tendances profondes de l'être humain.

L'extrapolation de ces tendances humaines est beaucoup plus douteuse lorsqu'on passe de l'exploration à la colonisation de l'espace, et l'évasion vers l'espace implique sa colonisation. Or, comme je l'ai déjà relevé, les marges inhospitalières de la biosphère ne sont pas colonisées, et aucun dépassement du seuil de l'occupation occasionnelle ne s'y manifeste. Tout au contraire, comme en témoignent les évolutions relatives des populations rurales et urbaines, l'humanité tend à se rassembler dans d'immenses zones urbaines où la densité de population dépasse dix mille individus au kilomètre carré et où la technique est utilisée pour empiler verticalement des strates d'habitats et d'êtres humains. L'exploration des confins de la biosphère rendue possible par les avancées de la technique ne s'est accompagnée d'aucune extension significative de la zone colonisée par l'homme.

Il était naturel que les premières spéculations concrètes sur la colonisation de l'espace émanent des pionniers de la technique spatiale, c'est-à-dire d'ingénieurs et de scientifiques cherchant à explorer les limites du domaine ouvert par la technique nouvelle. On relève, dans la vaste littérature scientifico-technique consacrée à ce domaine depuis un demi-siècle, plusieurs thèmes récurrents dont l'un, très curieusement, a la nature d'un acte de foi. Il est exprimé dans toute sa pureté par un écrit de George Mueller, qui fut le premier directeur du projet Apollo : « L'avenir de l'humanité est d'abord de peupler le système solaire et, partant de là, de développer une technologie pour visiter les étoiles et peupler l'Univers[1]. » Ce serait une erreur de croire que cette foi est partagée par toute la communauté spatiale. Elle est fortement condamnée par d'autres, comme James Van Allen, qui s'illustra par la découverte des ceintures de radiation de la Terre ; il a écrit : « Le simple goût de l'aventure [...] a été élevé, dans certains cercles, à la croyance quasi religieuse que l'espace est un habitat naturel pour l'homme[2]. »

Cependant, portés par la foi en une extension

1. George Mueller, « Space. The Future of Mankind », *Spaceflight*, mars 1985.

2. James Van Allen, « Space Science, Space Technology and the Space Station », *Scientific American*, 254 (1), janvier 1986.

illimitée de l'habitat humain, des chercheurs ont tenté de lui donner un support concret. L'une des plus remarquables de ces tentatives est sans doute celle que Gerard O'Neill expose dans *The High Frontier*[1]. L'idée à laquelle il entreprend de donner une expression technique consiste à créer, en orbite autour du Soleil, des « îles de l'espace », véritables villes spatiales pouvant abriter plusieurs millions d'habitants. O'Neill n'était pas seulement un rêveur, c'était un scientifique de grande stature, l'inventeur des anneaux de stockage qui sont un accessoire essentiel des accélérateurs de particules. Sa conception des îles de l'espace est solidement étayée, mais son approche du contexte sociétal où s'inscrit ce projet relève de la plus grande naïveté. L'objectif qu'il lui assigne est de fournir un vase d'expansion à la démographie humaine en créant des habitats spatiaux. Il écarte l'idée d'utiliser à cette fin la surface des planètes les plus hospitalières — qui le sont très peu — parce qu'elles n'offriraient que des possibilités trop restreintes.

Robert Zubrin, qui est un ingénieur, a fait un autre choix dont l'objectif est différent. Il a jeté son dévolu sur Mars et expose sa conception dans un livre qui porte en sous-titre *Le plan pour s'installer sur la planète rouge et pourquoi nous devons le faire*[2]. Il existe entre le projet « *Mars direct* » de

1. Gerard K. O'Neill, *The High Frontier : Human Colonies in Space*, Burlington (Ontario, Canada), Collectors' Guide Publishing, 2001.

2. Robert Zubrin, *The Case for Mars. The Plan to Settle the Red Planet and Why We Must*, Londres, The Free Press, 1996.

Zubrin et les projets que la NASA élabore, en réponse aux « visions » successives des présidents de la lignée Bush, des divergences techniques substantielles, mais ce n'est pas là ce qui m'intéresse. Si les objectifs à long terme de l'administration américaine dans la conquête de Mars demeurent flous, ceux de Zubrin sont exprimés très clairement. Il s'agit de coloniser la planète rouge, et pourquoi ? Non pas pour assurer l'avenir de l'humanité, mais pour restituer au peuple américain son mythe fondateur, le mythe de la frontière. On retrouve le langage de John F. Kennedy qui avait utilisé, dès 1961, le terme de « nouvelle frontière » pour qualifier l'aventure spatiale. Je laisse de côté ce que peut avoir d'artificiel la transposition à Mars du mythe étroitement américain de la conquête de l'Ouest pour retenir l'aspect le plus intéressant de la construction de Zubrin : le fait que son objectif, comme celui d'O'Neill, est d'ordre sociétal et s'inscrit dans le long terme. Pour coloniser Mars, pour y vivre autrement que de façon précaire dans des scaphandres ou dans des bulles en consommant les vivres en provenance de la Terre, puis pour assurer l'autosuffisance à une population, il faut transformer l'environnement martien, le rendre suffisamment proche de l'environnement terrestre pour que puisse s'y développer une biosphère capable d'accueillir l'homme, et non seulement l'homme, mais les espèces végétales et animales qui constituent sa chaîne alimentaire. La transformation de Mars en une planète habitable est l'objet du processus de *terraforming* dont Zubrin esquisse les étapes. Bien que les spéculations techniques sur lesquelles s'élabore cette entreprise semblent franchir la limite imprécise qui sépare l'aventure technique de l'utopie, supposons qu'elle soit engagée et qu'elle aboutisse. Fournit-elle un moyen de s'évader de l'enfermement ? La réponse est négative pour au moins deux raisons. D'abord parce que le processus de *terraforming* exigerait des siècles pour aboutir et que d'ici là les barreaux de la cage écologique auraient exigé de l'humanité des tâches infiniment plus urgentes que la colonisation de Mars, et puis parce que l'aboutissement de ce processus n'offrirait qu'un espace d'expansion médiocre. Comme l'a parfaitement compris O'Neill, la colonisation de la surface des planètes, au prix de difficultés infiniment plus grandes que celles qu'il faudrait affronter pour peupler l'Antarctique ou pour construire des villes sur les plateaux continentaux des océans, n'offre que de médiocres perspectives de peuplement. Pour pourvoir à des perspectives sans limites, il faudrait, en franchissant délibérément les frontières du possible, créer des îles dans l'espace circumsolaire et y loger chaque année l'excédent de population de la Terre en espérant que ces îles sauraient mieux que nous contrôler leur démographie et stabiliser leur société.

Les possibilités d'évasion vers l'espace extraterrestre sont très peu présentes dans la pensée philosophique contemporaine, peut-être parce que les philosophes ont été rebutés par la carapace technique qui protège les abords du domaine, peut-être parce que leur intuition leur a suggéré que ce domaine ne recelait pas une des clefs du futur de l'aventure humaine. Les sciences biologiques, au contraire, sont leur objet de prédilection lorsqu'ils s'attachent à discerner les implications éthiques des avancées de la science et de la technique. Dans la réflexion de Jürgen Habermas sur *L'Avenir de la nature humaine*[1], on trouve ainsi une analyse pénétrante des implications de la manipulation génétique sur le statut de l'individu, sur ce qu'a de flou la frontière qui sépare l'intervention génétique à des fins thérapeutiques et l'eugénisme, prolongement du débat séculaire sur l'eugénisme, mais solidement nourri par les connaissances actuelles. Il n'y a, en revanche, chez ce penseur aucune allusion aux limites spatiales du domaine dans lesquelles s'inscrit l'avenir, pas plus qu'on n'en trouvait chez Hannah Arendt dans son analyse de la *Condition de l'homme moderne*[2]. Lorsque Fukuyama envisage *La Fin de l'Homme* — après avoir prédit prématurément celle de l'histoire — il est exclusivement fasciné par la biotechnique ; il ignore, lui aussi, les limites physiques du domaine de l'homme. On pourrait cependant leur appliquer la réflexion de Habermas : « Les philosophes n'ont plus de bonnes raisons pour

1. Jürgen Habermas, *L'Avenir de la nature humaine. Vers un eugénisme libéral*, trad. de l'allemand par Christian Bouchindhomme, Paris, Gallimard, 2002.

2. Hannah Arendt, *Condition de l'homme moderne*, trad. de l'anglais par Georges Fradier, Paris, Calmann-Lévy, 1983.

abandonner un tel objet de controverse à des bioscientifiques et à des ingénieurs exaltés de science-fiction[1]. »

Malheureusement, les rares philosophes qui se sont penchés sur les implications de l'aventure spatiale semblent avoir dédaigné les fondements naturels du problème. Dans un dialogue très docte, deux philosophes, Dominique Lecourt et Heinz Wismann, s'interrogent sur ce que l'un d'eux décrit comme « les moyens de débloquer une situation de conflit angoissante pour l'humanité, en envisageant sa libération de la sphère d'enfermement dans laquelle elle se trouve invitée à se replier sur elle-même[2] ». Il ajoute : « Il y a dans cette idée que nous sommes enfermés dans une sphère à la fois matérielle et idéale, que nous appelons la "biosphère" (comme si la vie ne pouvait être possible qu'à l'intérieur de cet enfermement), un blocage pour notre pensée. » Curieuse réflexion, car, enfin, si la technique a les pieds englués dans la matière, rien n'empêche que la pensée s'envole. Mais si l'on veut faire de cette envolée l'outil d'une libération, il faut la soumettre aux contraintes de la matière. Faute de cela, on ne dépasse pas le rêve d'arrachement qui, de Lucien de Samosate à Cyrano de Bergerac, à Jules Verne et à la science-fiction moderne, est présent dès les origines de la

1. J. Habermas, *L'Avenir de la nature humaine*, *op. cit.*, p. 29.

2. Dominique Lecourt et Heinz Wismann, « Le paradoxe du choix rationnel », in *L'Homme dans l'espace*, sous la dir. d'Alain Esterle, Paris, Presses universitaires de France, Nouvelle Encyclopédie Diderot, 1993, pp. 295-303.

civilisation. Mais aucune matérialisation de ce rêve n'est apparue au cours des siècles avant que la technique spatiale ne lui offre un point d'ancrage soumis aux exigences de rigueur qui marquent le passage de la rêverie à la pensée. C'est en définitive ce qu'exprime Wismann lorsqu'il écrit : « En suivant la logique de notre rêve, nous découvrons une idée, peut-être une idée régulatrice [...]. On pourrait dire par exemple que, si pour aller dans l'espace, il fallait modifier le génome, la décision de le faire demanderait un accord réellement libre de l'espèce entière ! »

Ainsi, faute de pouvoir changer l'Univers qui nous entoure, on en vient à vouloir changer la nature humaine pour l'adapter à un domaine plus vaste que la sphère modeste où la vie a incubé. Pour prendre la mesure de la tâche, il convient de partir d'une identification des dépendances qui lient l'organisme humain aux spécificités de la biosphère terrestre. L'environnement physique qui caractérise la surface de la Terre constitue un état de la matière extrêmement rare dans l'univers ; partie infime d'une planète infime, il ne fait pas de nous de bien grands princes. Il n'existe aucun environnement identique dans le système solaire, bien que la surface de certaines planètes s'en rapproche. C'est d'ailleurs dans l'identification tacite de ces zones, sinon accueillantes du moins pas trop inhospitalières, que réside le principal élément de réalisme de ceux qui rêvent de s'établir dans l'espace ; il faut leur rendre cette justice qu'ils n'ont pas proposé de coloniser la surface du Soleil ni même les planètes géantes comme Jupiter. Et pourquoi pas, d'ailleurs ? Rien ne devrait arrêter l'élan de la pensée philosophique dès lors qu'elle s'est affranchie des contraintes de la rationalité et des pesanteurs de la matière. La surface des planètes se montre, il est vrai, moins décourageante, mais certaines composantes de leur environnement créent toujours des conditions immédiatement mortelles pour l'homme et pour toutes les formes supérieures de la vie. L'atmosphère manque sur la Lune, elle est trop ténue sur Mars, trop dense sur Vénus ; la température est trop basse sur Mars, trop élevée sur Vénus et sur Mercure. On ne peut exclure l'existence de planètes identiques à la Terre autour de quelques-unes des cent milliards d'étoiles de la galaxie ou dans quelques-unes des milliards de galaxies présentes dans l'Univers visible, mais elles ne sont accessibles qu'au rêve philosophique.

Du point de vue de sa vie matérielle, l'organisme humain est un système ouvert qui puise en permanence dans son environnement des ressources énergétiques et chimiques. Sur le plan énergétique, l'un des caractères de l'environnement terrestre est la relative stabilité de sa température qui résulte directement de la stabilité du rayonnement solaire, de celles des paramètres orbitaux de la planète et de la présence d'une atmosphère qui atténue l'ampleur de l'oscillation entre le jour et la nuit. L'organisme puise de l'oxygène dans l'atmosphère et le combine aux aliments pour produire l'énergie thermique qui lui permet de maintenir constante sa température. L'accès permanent à l'oxygène de l'air, de la naissance à la mort, et une température ambiante tolérable forment la première dépendance vitale à l'environnement. L'organisme a en outre besoin d'aliments, non seulement pour produire les énergies thermiques et mécaniques dont il a besoin, mais pour maintenir l'intégrité des mécanismes chimiques dont il est le siège. Il n'est pas capable d'élaborer ces aliments à partir de la seule composante minérale de l'environnement, comme le font les végétaux. Il lui faut l'intermédiaire d'organismes vivants, dits autotrophes, qui possèdent cette capacité. Enfin, il a besoin, pour éliminer les résidus de son métabolisme, d'absorber et de rejeter de l'eau. Cette eau n'est ni détruite ni transformée, mais elle est polluée, et il incombe à l'environnement terrestre, ou à des installations techniques d'épuration, de la restituer sous une forme potable.

Pour permettre la vie humaine hors de l'environnement terrestre, il faut donc au minimum lui fournir ces trois ressources vitales : l'oxygène, l'eau, les aliments, et contrôler la température ambiante. Il faut aussi contrôler la pression de l'atmosphère artificielle dans laquelle l'organisme est plongé, car, si elle tombe en dessous d'une certaine valeur, le sang se met à bouillir. En bref, il faut reconstituer, ailleurs que sur la Terre, un fragment de biosphère avec des caractères voisins de ceux de la biosphère terrestre, et le peupler avec des espèces autotrophes indispensables à la nourriture de l'être humain. C'est ce que l'on prétend atteindre par le *terraforming* d'une planète comme Mars, et ce que l'on fait partiellement dans l'enceinte des stations spatiales. À la différence des îles de l'espace de Gerard O'Neill, ces stations ne maintiennent la vie des astronautes que grâce à une noria de véhicules de ravitaillement qui leur apportent, entre autres, de la nourriture, et qui évacuent accessoirement les déchets.

Il existe d'ailleurs d'autres éléments dont la privation produit moins immédiatement des effets létaux. La Terre, par son atmosphère et par son champ magnétique, protège ses hôtes contre les effets des rayonnements ionisants, électromagnétiques ou particulaires, présents dans l'espace. En l'absence de ces boucliers, ces rayonnements détruiraient la plupart des formes supérieures de la vie aérienne. Cette protection est absente sur Mars qui n'a pas de champ magnétique et dont l'atmosphère — sauf *terraforming* — est trop ténue pour l'assurer. S'affranchir de ces dépendances — ou seulement de certaines d'entre elles —, si l'on prend comme matériau de base l'organisme humain et qu'on lui fait subir des transformations appropriées, est une entreprise dont la faisabilité n'est nullement démontrée. Après tout, il n'existe aucune forme de vie dans le système solaire — en tout cas aucun organisme complexe — ailleurs que sur la Terre. En créer une en modifiant l'homme semble parfaitement utopique. Il ne suffit pas de dire que l'on va manipuler le génome, ne serait-ce que pour accroître la résistance des cellules humaines aux radiations. L'accès à l'autotrophie et à l'autonomie énergétique dont Michel Houellebecq dispose avec une grande sobriété dans *La Possibilité d'une île* n'est qu'un artifice au service d'une fiction littéraire qui ne prétend même pas au statut de science-fiction[1]. Pour en envisager la réalisation, c'est toute la prodigieuse complexité de l'organisme humain qu'il faudrait transformer pour lui donner, par exemple, les fonctions autotrophes d'un arbre tout en lui conservant ses neurones et son appareil locomoteur. Le rêve se heurte ici à la dure réalité naturelle.

Il est au contraire, sinon facile, du moins à portée de la technique contemporaine, de construire des « organismes » techniques affranchis des sujétions humaines. C'est l'origine du débat qui s'est instauré autour de l'astronaute et du robot[2]. Les prolongements exosomatiques de l'être humain explorent déjà la surface de certains astres et, surtout, ils pourvoient à une extension dans l'espace extraterrestre de la branche informationnelle de notre système technique. Reste à savoir si cette substitution de l'artefact à l'individu peut satisfaire les exigences du rêve.

Incidemment, il convient de ne pas confondre la colonisation d'étendues extraterrestres — dont je pense qu'elle conservera son statut d'utopie — avec l'avenir des vols habités. Bien que les stations

1. Michel Houellebecq, *La Possibilité d'une île*, Paris, Fayard, 2005.

2. André Lebeau, « L'astronaute et le robot. Horizons proches et lointains de la technique spatiale », *Futuribles*, septembre 1986, pp. 3-22.

spatiales en orbite terrestre aient largement montré leur inutilité, il reste encore deux fonctions nullement utopiques que l'on peut assigner aux astronautes, la maintenance des engins spatiaux qui prolongent le système technique dans l'espace circumterrestre et l'exploration des corps célestes les plus accessibles. L'une et l'autre fonction ont connu un début de réalisation avec la réparation en orbite du télescope spatial Hubble et avec la conquête de la Lune. Dans la première, l'opérateur humain est confronté à la concurrence de la maintenance par remplacement, et dans l'une et l'autre à celle du robot. Mais le contexte qui prévaut est différent. Alors que, pour la maintenance en orbite des satellites, le critère de coût-efficacité s'impose, pour l'exploration une part d'irrationalité économique peut prévaloir. Ce n'est pas mon intention d'approfondir ici cette question qui alimente un débat permanent au sein de la communauté spatiale ; quelle que soit l'issue que la logique technico-économique donnera à ce débat, il n'offre aucune perspective d'échapper à l'enfermement. « Le Ciel ! couvercle noir de la grande marmite/Où bout l'imperceptible et vaste humanité » demeure solidement fermé à nos entreprises.

### *Transformer la nature humaine*

La technique accède aujourd'hui à la capacité de transformer les organismes vivants et, en particulier, l'organisme humain. Cette capacité résulte d'un processus évolutif que ne régit aucune volonté centrale et dont les grandes tendances se constatent aisément mais ne se gouvernent pas, ou très peu et très difficilement. Ce pouvoir nouveau n'a pas été recherché délibérément. Il émerge de la convergence de trois lignes d'évolution : d'une part, la descente des artefacts vers les dimensions microscopiques et leur montée vers la complexité — deux tendances que résume la célèbre loi de Moore[1] —, d'autre part, la maîtrise des mécanismes génétiques et, enfin, le développement de machines qui simulent les capacités du cerveau humain. La croissance des savoir-faire acquis dans ces trois domaines et la combinatoire envisageable ouvrent des perspectives dont il est difficile de discerner les limites, qu'il s'agisse de transformer l'individu humain ou de créer des artefacts qui l'égaleront ou le dépasseront dans tous les domaines. La frontière entre ces deux voies n'est d'ailleurs nullement imperméable à l'imagination puisque l'on envisage aisément de greffer des appendices techniques sur le cerveau humain et d'effacer ainsi la distinction entre l'homme et le robot. Il ne s'agit plus d'intervenir sur le corps pour réparer ses fonctions organiques par la chirurgie, les greffes et les prothèses, ou de l'aider,

1. La loi de Moore n'est pas une loi, mais un phénomène d'évolution technique observé depuis une quarantaine d'années. Formulée par Gordon Moore, l'un des fondateurs d'Intel, elle dit que le nombre des transistors que l'on sait rassembler sur un microprocesseur double tous les deux ans. Il en existe de nombreuses formulations plus ou moins équivalentes.

avec des apports de substances chimiques, à lutter contre des micro-organismes. On se propose d'agir sur le génome et sur le cerveau, c'est-à-dire sur la mémoire génétique qui définit la nature et la permanence de l'espèce et sur le siège des acquis culturels qui modèlent la personnalité et qui contribuent à gouverner les comportements collectifs.

Ces perspectives ont fortement mobilisé la pensée philosophique contemporaine. Les objectifs des sciences médicales ne sont pas étrangers à cette pensée, mais les débats qu'ils suscitent ont lieu dans un cadre consensuel. Mis à part quelques aberrations sectaires, on ne doute pas, en général, qu'il faille soigner la maladie et alléger la souffrance. Aussi les divergences, comme celles qui concernent l'acharnement thérapeutique en fin de vie, provoquent-elles des controverses qui, pour importantes qu'elles soient, n'ont pas de caractère radical.

Ce qui se profile dans le futur est d'une tout autre nature et met en question, tout à la fois, l'intégrité de l'espèce et le statut de l'individu. Aussi est-ce par la dimension éthique que les philosophes l'abordent. À la vulnérabilité de la nature qui est au centre de la pensée de Jonas[1] vient s'ajouter, chez Habermas et chez d'autres, celle de la personnalité de l'homme. Cependant, la conscience des limites de l'espace terrestre dans lequel se déroule cette interaction entre l'être humain et sa

1. H. Jonas, *Le Principe responsabilité*, *op. cit.*, p. 31.

technique demeure largement implicite chez le premier, absente chez le second.

Comme pour la conquête des espaces extraterrestres, mais sous une forme très différente, les acteurs de l'évolution technique ont fourni une contribution substantielle, sinon pertinente, à la vision du futur. Le mouvement de pensée dit « post-humaniste » en est issu, ensemble hétéroclite dans lequel on voit apparaître, ici et là, un lien entre la transformation de la nature humaine par la technique et l'expansion du domaine occupé par l'homme.

Dans un ouvrage intitulé *Les Utopies post-humaines*, Rémi Sussan s'est appliqué à une tâche méritoire : construire un exposé ordonné de ce qui est véritablement un fouillis, où cohabitent des gourous, des hackers, des visionnaires et des émules de Bill Gates[1]. Le tableau qu'il dresse juxtapose, dans le même milieu humain et souvent chez le même individu, le mysticisme nourri d'un mélange de chamanisme et de science-fiction et l'immersion professionnelle dans les techniques dites avancées. C'est aussi la conjonction, dans un ensemble improbable, du sérieux et de la farce, de la science et de la culture hippie, de la folie et de la raison. Pour évoquer la nature du post-humanisme, Rémi Sussan recourt aux mots de Bob Dylan qui chantait, en 1965 : « Il se passe quelque chose, Mr. Jones, et vous ne savez pas de quoi il s'agit. »

1. Rémi Sussan, *Les Utopies post-humaines : contreculture, cyberculture, culture du chaos*, Sophia Antipolis, Omniscience, 2005.

Je ne chercherai pas à approfondir la signification de ce « quelque chose »; je veux seulement essayer de saisir comment il se rattache au thème de l'enfermement ou, plutôt, à celui de sa rupture. La synthèse que présente Ray Kurzweil dans *The Singularity is Near* offre un cadre commode à cette tentative[1]. Kurzweil est un spécialiste des logiciels de reconnaissance des formes qui est à l'origine, dans ce domaine, d'avancées importantes. Elles lui ont valu d'intégrer le *Hall of Fame* des inventeurs américains et de mériter cette appréciation de Bill Gates : « [Il] est la meilleure personne que je connaisse pour prédire l'avenir de l'intelligence artificielle. » Sa vocation de futurologiste s'est donc construite sur une expérience solide de la technique; elle s'est visiblement nourrie d'une connaissance autodidacte couvrant un domaine beaucoup plus vaste que sa spécialité professionnelle. Le principe unique de sa réflexion est l'extrapolation des tendances actuelles de l'évolution technique. Il généralise, sans beaucoup de précaution, à l'ensemble du système technique la croissance exponentielle que décrit, pour certains secteurs informationnels, la loi de Moore. Il introduit même la notion de croissance doublement exponentielle fondée sur l'idée sommaire que « la vitesse de calcul est proportionnelle au savoir acquis [et que] le taux de changement du savoir acquis est proportionnel à la vitesse de calcul », d'où l'apparition

1. Ray Kurzweil, *The Singularity is Near. When Humans Transcend Biology*, New York, Viking Penguins, 2005.

d'une croissance dont le taux est lui-même en croissance exponentielle[1]. Cette conception, dont la légitimité est plus que douteuse, lui permet de franchir en quelques décennies les étapes qui vont des évolutions probables à court terme à ce qui semble un délire futuriste sans mesure. On part ainsi de l'idée que la puissance de traitement des ordinateurs égalera bientôt celle de l'ensemble des cerveaux humains, ce que Kurzweil voit se produire aux environs de 2030, pour atteindre peu après la « singularité » à travers des étapes telles que le « démontage » *(retroengineering)* du cerveau humain en vue de la réplication technique de l'intelligence humaine et l'interfaçage du cerveau biologique et de la machine. « La Singularité représente le sommet de la fusion entre notre pensée biologique et notre technique, d'où un monde qui est encore humain, mais qui transcende nos racines biologiques. Il n'y aura plus de distinction, après la Singularité, entre homme et machine ou entre réalités physique et virtuelle[2]. » Le terme « singularité », emprunté au langage mathématique — où il apparaît avec des sens divers, mais à chaque fois précisément définis — fait partie du vocabulaire post-humaniste avec des acceptions variées et souvent imprécises. On peut aussi l'appliquer, si l'on doute des perspectives post-humaines, à la rencontre brutale de l'homme avec les limites de la planète.

1. *Ibid.*, pp. 491-496.
2. *Ibid.*, p. 9.

La notoriété de Kurzweil dans certains milieux post-humanistes est le seul élément qui puisse justifier une attention sérieuse à la vision qu'il nous propose. Voyons ce qu'elle recèle en ce qui concerne la rupture avec l'enfermement. Elle plane largement au-dessus des contingences matérielles de notre temps. « Vers la fin de ce siècle, l'intelligence non biologique sur la Terre sera des milliers de milliards de fois plus puissante que l'intelligence biologique [...]. Il ne s'agit plus d'humains biologiques envoyant [au-delà du système solaire] des sondes robotiques. Pour toute fin pratique, la civilisation humaine sera alors non biologique[1]. » Le débat archaïque sur l'astronaute et le robot se trouve ainsi clos et la civilisation terrestre est prête à investir l'ensemble de l'Univers. Rien ne peut remplacer, pour prendre la mesure de ces conceptions, la lecture de la longue prophétie de Kurzweil. On peut la qualifier, selon son humeur, de rêve ou de délire, mais avant de s'envoler vers le délire elle se nourrit d'une multitude de références à des travaux en cours dans les laboratoires de biochimie, d'informatique et d'intelligence artificielle. Elle a, en quelque sorte, les pieds dans la technique et la tête dans les étoiles.

Le rêve se heurte cependant à deux obstacles logiques que Kurzweil escamote prestement. D'abord, pourquoi la Terre et non pas quelque autre planète habitée parmi toutes celles qui pourraient exister dans l'Univers ? Il faut alors revisiter

1. *Ibid.*, p. 352.

le paradoxe de Fermi : si les civilisations extraterrestres existent, pourquoi ne se manifestent-elles pas ? Pour que la vocation universelle que Kurzweil assigne à la Terre soit crédible — même si elle l'est très peu —, il faut comprendre pourquoi la place n'est pas déjà occupée par une civilisation venue d'une autre planète. L'explication la plus communément reçue du silence de l'espace est que les civilisations extraterrestres existent, mais que leur durée de vie est courte parce qu'elles s'autodétruisent. Kurzweil en invente une autre qui a le mérite de la simplicité : « Il n'y a pas d'autre civilisation semblable [...] notre humble civilisation avec ses camions pick-up, ses *fast-food* et ses conflits persistants est en tête en termes de création de complexité et d'ordre dans l'Univers[1]. » Je ne crois pas qu'il soit utile de commenter davantage cette vision tant elle est construite sur des fantasmes.

La seconde difficulté est plus sérieuse parce qu'elle touche à l'impact, sur les valeurs sociétales, d'une évolution qui est présente dès aujourd'hui et que Kurzweil se borne à extrapoler sans mesure. Dans son propos, la dimension sociétale est abordée avec une discrétion qui contraste avec le ton général de la prophétie. Dans une vision du monde futur où l'individu est devenu un cyborg doué de l'immortalité et où les individualités se fondent dans une intelligence globale qui met les cerveaux en réseau, des notions archaïques sub-

1. *Ibid.*, p. 357.

sistent, comme la défense des libertés individuelles, la lutte contre le terrorisme, les menaces du fondamentalisme et même la démocratie[1]. D'où vient cette prudence ou cette indigence ? Peut-être de la culture de l'auteur, peut-être aussi du sentiment qu'il appartient à une petite communauté extraordinairement privilégiée par la structure actuelle de la société et que les valeurs sur lesquelles se fondent ses privilèges doivent être protégées. Mais c'est précisément cet impact sur les structures et les valeurs sociétales qui mobilise la réflexion philosophique, et ces questions surgissent dès l'origine du processus. Alors que l'on ne peut espérer obtenir une rupture de l'enfermement grâce aux transformations de la nature humaine, peut-on en attendre des effets sur les conditions dans lesquelles seront atteintes les limites de notre environnement terrestre ? Peut-on, par ailleurs, concevoir que la conquête de l'espace ou les utopies post-humaines exercent des effets sur les idéologies mobilisatrices ?

*

Si j'ai consacré quelque attention aux prophéties de Kurzweil et à ses élucubrations post-humaines, ce n'est pas parce que je crois qu'elles éclairent l'avenir à long terme de l'évolution technique. Elles ont leur origine dans un groupe humain extrêmement réduit — une fraction infime

1. *Ibid.*, pp. 419-421.

de la population des États-Unis, qui représente elle-même moins de cinq pour cent de la population mondiale. Pour que ces élucubrations puissent avoir une incidence sur les comportements collectifs à grande échelle, il faudrait au préalable qu'elles se propagent. C'est un fait d'expérience qu'il n'y a aucune relation entre l'importance numérique du groupe où est née une idée et la capacité de cette idée à mobiliser les masses humaines. Il n'y a pas non plus de relation avec la pertinence de cette idée, quelle que soit l'aune à laquelle on la mesure. Savoir si « conquérir l'espace » ou « transformer l'organisme humain » sont des slogans de l'esprit susceptibles de fonder une idéologie de masse, ou de s'y incorporer, est sans rapport direct avec le cours futur de l'évolution technique. Quant aux effets éventuels de ces visions sur les réactions de l'humanité face à l'enfermement, les envisager nous confronte à une question préalable d'un caractère plus général, celle de la prévisibilité des réactions collectives de l'espèce humaine.

# 4
# Prévisibilité des comportements humains

> Soubdain, je ne sçay comment, le cas feut subit, je ne eus loisir de le consydérer, Panurge, sans aultre chose dire, jette en pleine mer son mouton criant et bellant. Tous les aultres moutons, criant et bellant en pareille intonation, commencèrent soy jecter et saulter en mer après, à la file. La foule estoit à qui premier y saulteroit après leur compaignon. Possible n'estoit les en guarder, comme vous sçavez, estre du mouton le naturel, tousjours suyvre le premier, quelque part qu'il aille. Aussi le dict Aristoteles, *lib. IX. de Histo. animal.* estre le plus sot et inepte animant du monde.
>
> RABELAIS, *Le Quart Livre*, chapitre VIII.

Savoir comment la société humaine réagira aux tensions nées de l'épuisement de ses possibilités d'extension est la question centrale. Après les incertitudes sur le « quand », on en arrive au « comment » — comment les choses vont-elles se passer? — ce qui est à la fois plus difficile et plus spéculatif.

Comme je l'ai déjà souligné, seuls comptent dans la réaction à l'enfermement les comportements collectifs à grande échelle. Ils peuvent être le fait d'une structure sociale organisée ou d'une convergence de comportements individuels, autonomes en apparence, mais semblables. À la première catégorie appartiennent typiquement, par exemple, les actions visant à approvisionner la société en énergie ou en nourriture, à la seconde les habitudes de consommation ou les activités de procréation. Les comportements individuels n'ont d'importance et ne pèsent que dans la mesure où ils entraînent des comportements collectifs. Si je décide de ne plus utiliser ma voiture pour « sauver la planète », l'effet de mon acte est nul, à moins cependant qu'il ne soit suivi comme un exemple et ne serve de point de départ à un comportement collectif.

Les processus par lesquels on passe de l'initiative individuelle aux mouvements collectifs sont donc décisifs. La prévisibilité des comportements, qu'ils soient individuels ou collectifs, détermine la possibilité de former une prévision de ce qui se passera quand la société humaine fera face aux limites de son environnement.

La démarche que je me propose de suivre ne se confond ni avec celle qui a inspiré les rapports au Club de Rome, ni, naturellement, avec celles qui, de Bossuet à Hegel, à Marx et même à Fukuyama, ont cherché à discerner un sens de l'histoire.

Les auteurs du rapport Meadows ont été les premiers, il y a trente-cinq ans, à tenter de construire un modèle global en formalisant les interactions au sein du système socio-économique[1]. Leur objectif

1. Dennis L. Meadows, *Halte à la croissance* [1972], trad. de l'anglais par Jacques Delaunay, Paris, Arthème Fayard, 1972.

était de déterminer les causes d'une rencontre avec les limites de la croissance et d'en estimer la proximité. Ce que préconise le Club de Rome, commanditaire du rapport Meadows, se résume en peu de mots : arrêter la croissance et passer à une société en équilibre stationnaire avec son environnement. Mais les moyens de promouvoir une évolution harmonieuse vers cet état d'équilibre, et en particulier de contenir la démographie, sont exposés en quelques pages qui ne disent nullement comment cela va advenir, comment le *programme d'action* peut, en pratique, être mis en œuvre. Que l'on songe qu'il ne s'agit de rien d'autre que de stopper le moteur de l'économie actuelle, la croissance de la production !

Le deuxième rapport au Club de Rome, qui date de 1974, s'organise autour d'un modèle à plusieurs niveaux qui est un raffinement du modèle global du rapport Meadows[1]. Il introduit une division du monde en neuf régions définies par une certaine homogénéité « des traditions, de l'histoire et du style de vie, du niveau de développement économique, des structures socio-politiques et de la similitude des problèmes auxquels les nations seront finalement confrontées[2] ». À l'usage, cette division s'est avérée beaucoup moins stable que ne le sont les frontières nationales, sans doute parce qu'aucun enracinement idéologique ne s'attache

1. Mihajlo Mesarovic et Eduard Pestel, *Stratégies pour demain, 2e Rapport au Club de Rome*, Paris, Éd. du Seuil, 1974.

2. *Ibid.*, p. 59.

aux limites qu'elle trace. C'est ainsi que, depuis la rédaction de ce rapport, l'Union soviétique s'est dissociée et que la division entre l'Europe occidentale et l'Europe ex-communiste s'efface.

Il est instructif de relire ce texte, plus de trente ans après sa parution. L'évolution de l'humanité, dans son interaction avec l'environnement, y est analysée comme celle d'un système unique. L'interdépendance des composantes de la saturation de l'environnement et le caractère global de la crise y sont clairement exposés. Mais, par une transition implicite et nullement fondée, les auteurs passent de cette analyse solidement ancrée dans la réalité à l'idée qu'une volonté globale de la société humaine puisse gouverner son destin. Cette rupture de la méthode et du fil logique, dont l'importance est évidemment capitale pour les objectifs de la réflexion, apparaît de façon transparente dans des phrases telles que : « L'humanité aura-t-elle la sagesse et la volonté de forger la stratégie nécessaire pour assurer cette transition[1] ? » La personnalisation de l'humanité, son assimilation à un individu doté d'une volonté sont ici parfaitement discernables et, bien sûr, rien ne les justifie, sauf une foi inexprimée dans la toute-puissance du politique, ou peut-être des « élites ». Sans même aller jusqu'à postuler l'existence d'une volonté centrale, assimiler le système humanité-Terre à un organisme doté de mécanismes régulateurs — comme l'est le plus modeste orga-

1. *Ibid.*, p. 32.

nisme animal — serait une hypothèse à peu près dépourvue de fondement. C'est en tout cas une hypothèse que les auteurs négligent d'exprimer et de justifier. Ils distinguent, sur cette base informulée, la croissance indifférenciée qui ne saurait se poursuivre indéfiniment et la croissance *organique* qu'ils appellent de leurs vœux, analogue, dans la description qu'ils en donnent, à celle qui a construit les organismes vivants. « L'humanité se trouve à un tournant décisif de son histoire : continuer sur la voie cancéreuse de la croissance indifférenciée, ou choisir celle de la croissance organique[1]. » Certes, mais comment se détermine le choix ?

Je ne crois pas utile d'entrer plus avant dans une critique des rapports au Club de Rome ; je veux seulement souligner qu'il existe une profonde différence entre les objectifs de ces travaux et ceux que je m'assigne dans cet essai.

Meadows comme Mesarovic et Pestel prévoient que l'évolution actuelle de la société conduira à un effondrement ; ils démontent les mécanismes qui, selon eux, conduisent à cet accident et se posent ensuite la question : que faire pour l'éviter ? Leur démonstration souffre, je le crains, d'une faiblesse beaucoup plus fondamentale que celle qui affecte la validité de leurs prévisions d'échéance et qui ont été souvent relevées. Elle énonce ce qu'il faudrait faire, mais elle ne s'interroge pas sur les leviers de l'action ni même sur l'existence de leviers suscep-

1. *Ibid.*, p. 32.

tibles de transformer les comportements collectifs. À l'évidence, bien que la source du phénomène réside dans des phénomènes physiques, sa solution, si elle existe, relève du domaine des sciences de la société. Ce que recommande le *Deuxième Rapport au Club de Rome* est exprimé dans des termes d'une désarmante naïveté. En voici quelques exemples : « Nous avons tous à nous éveiller à une conscience du monde, telle que chacun s'y considère comme un membre de la communauté mondiale [...]. Il faut définir de nouvelles règles de conduite pour l'utilisation des ressources naturelles, et tendre à un mode de vie compatible avec l'ère des restrictions qui s'annonce. [...] Dans nos rapports avec la nature nous devons tendre à l'harmonie et non à la domination » et, plus loin, on trouve une invitation à « considérer que le nationalisme étroit est définitivement dépassé »[1]. Ce sont là de bonnes pensées et il est difficile de ne pas souscrire à l'intention qui les dicte. Mais les voies et moyens d'atteindre les comportements qu'elles décrivent restent dans le vague le plus complet.

Or, entre une vision partagée par un groupe d'« intellectuels » et les déterminations génétiques ou culturelles qui gouvernent le comportement des grands groupes humains, il existe un fossé aussi profond que celui qui sépare la technique de la science-fiction, suffisamment large pour que s'y glisse l'utopie ou, à tout le moins, le rêve.

1. *Ibid.*, p. 152.

Il ne s'agit pas ici de contribuer à la réflexion sur le sens de l'histoire. Mon intention est de portée plus restreinte, elle est seulement de tenter de discerner comment pourrait se dérouler un événement sans précédent — unique comme le fut en son temps la découverte de nouveaux continents — et pour cela il faut nécessairement introduire, dans cette spéculation, la prévisibilité de l'acteur humain.

Les constructions des rapports au Club de Rome suscitent deux types de réactions. Elles opposent diamétralement ceux qui reconnaissent l'importance et l'urgence du problème global, mais dont les préconisations ne s'inscrivent pas dans une démarche réaliste, et ceux qui nient le problème, ou qui, sans le nier, considèrent que les crises apporteront avec elles leur solution. Aucune de ces réactions ne gouverne ni n'éclaire l'avenir. Il y a cependant un point sur lequel je peux suivre les auteurs du deuxième rapport. Après avoir noté que « toutes les crises des temps modernes [ont] été résolues à temps pour empêcher que soit mise en cause la marche triomphale vers le progrès », ils relèvent que, à la différence des crises du passé provoquées par des « ambitions néfastes », les crises présentes — et celles de l'avenir proche — tendent à avoir « des origines positives ; elles résultent d'actions qui, à l'origine, furent le fruit de meilleures intentions des hommes »[1]. Peut-on essayer de concevoir ce que sera la réaction de l'homme à ce

1. *Ibid.*, p. 33.

conflit entre les intentions qui déterminent ses activités et les réactions de la nature ?

## *La prévisibilité des comportements individuels*

Les réactions d'un individu aux événements contingents sont gouvernées à la fois par sa spécificité génétique et par le contenu de sa mémoire neuronale, ce que, par commodité, nous appellerons l'acquis culturel.

Il n'est guère possible de nier l'existence de ces deux composantes. La personnalité génétique détermine les traits généraux de l'espèce humaine qui sont affectés d'une variabilité individuelle et qui se transmettent, inchangés en moyenne, d'une génération à la suivante. Chez les animaux supérieurs, et en particulier chez les mammifères qui sont voisins de l'homme dans l'arborescence évolutive, les traits généraux du comportement sont régis par le patrimoine génétique. Chez les animaux domestiques, et plus spécialement les animaux commensaux comme le chien et le chat, mais aussi chez le cheval, le comportement peut être modifié par un processus d'éducation qui leur apporte l'équivalent de ce qu'est l'acquis culturel chez l'homme. Mais il est aisé d'observer que le dressage, outre qu'il est soumis aux aléas de la variabilité individuelle, ne suffit jamais à occulter complètement la base génétique du comportement. Comme l'enseigne la sagesse populaire, « les chats ne font pas des chiens ».

L'éducation peut atténuer cette différence, mais elle est impuissante à l'effacer. Quant à la question de savoir si les différences individuelles sont génétiquement transmissibles, elle n'intéresse pas directement ma réflexion. Elle est la base des opérations de sélection, mais l'homme ne s'est pas — ou pas encore — appliqué à lui-même ce qu'il pratique depuis longtemps sur les chiens, les chevaux et les roses, et rien n'indique que la nature, par l'effet de l'évolution, ait fait émerger des différences de comportement analogues aux différences physiques qui distinguent les races.

Chez l'homme, il est banal de constater que l'acquis culturel tend tantôt à réprimer les comportements ataviques, tantôt à en renforcer l'expression. On peut en trouver des exemples dans ce qui touche au recours à la violence ou au jeu de l'instinct de conservation.

La délimitation de la part du génétique et de celle du culturel dans le comportement individuel est l'objet de débats et de recherches très actuels. Dans une approche réductionniste émanant de la neurobiologie, on s'interroge sur ce qui, dans le cerveau humain, est « câblé » *(wired)* dans le réseau neuronal et ce qui relève d'un mécanisme de mémoire encore à peu près inconnu, qui n'est pas fondé sur la morphologie de ce réseau[1]. Le débat se complique du fait que la formation du cerveau

1. Laurence R. Tancredi, *Hardwired Behavior. What Neuroscience Reveals about Morality*, New York, Cambridge University Press, 2005.

se poursuit, pour une part importante, après la naissance de l'individu et en même temps que s'engage la constitution de l'acquis culturel. Les deux composantes sont donc irrémédiablement imbriquées. En témoigne le fait que le langage, s'il n'a pas été acquis à un certain âge, ne peut plus l'être.

Pour les besoins de ma réflexion, il n'est nullement nécessaire — et fort heureusement — d'introduire une délimitation précise du génétique et du culturel. Il suffit de constater qu'existent certains traits généraux communs aux membres de l'espèce et dont la manifestation peut être altérée — atténuée ou accentuée — par la charge culturelle dont l'individu est porteur. Cette ligne de pensée ne contredit aucunement le propos de Lévi-Strauss lorsqu'il écrit : « Aucune analyse réelle ne permet de saisir le point de passage entre les faits de nature et les faits de culture[1]. » Il est vrai que, comme le relève Jean-Jacques Salomon, l'identification d'un point de passage fournirait un fondement scientifique à l'eugénisme — ce qui n'est nullement mon propos — et que « si les sociétés anciennes ont rêvé d'agir par le social sur le biologique, les sociétés modernes rêvent d'agir par le biologique sur le social[2] ». Mais aller jusqu'à nier l'existence d'un substrat génétique des comportements est une position intenable. C'est

1. Claude Lévi-Strauss, *Les Structures élémentaires de la parenté*, Paris, PUF, 1949, p. 9.

2. Jean-Jacques Salomon, *Les Scientifiques entre pouvoir et savoir*, Paris, Albin Michel, 2006, p. 177.

nier, au sens étymologique du mot, la spécificité de l'espèce humaine. Autant prétendre, comme le feraient peut-être certains, que la station debout ou la vision de couleurs sont des « constructions sociales ».

## *Individus et comportements collectifs émergents*

Dans *L'Engrenage de la technique*, j'ai relevé que les actions individuelles possédaient une forme de prévisibilité sur laquelle Karl Popper a attiré l'attention des philosophes, et pour laquelle il a introduit le terme de « phénomène de Compton[1] ». Le cerveau humain est l'objet le plus complexe dont l'existence nous soit connue dans l'univers. Cependant, alors que dans le monde physique le comportement de certains systèmes qui pourtant sont simples échappe à toute prévisibilité, les actions d'un homme peuvent, sur la base d'informations qu'il émet, être anticipées à des échéances considérables, très supérieures à celles que les météorologistes s'acharnent à atteindre pour un objet, l'atmosphère terrestre, infiniment moins complexe. Si je m'engage à faire, dans six mois ou un an, une communication à un colloque, il est probable que je la ferai. Cet événement compliqué, la tenue du

1. A. Lebeau, *L'Engrenage de la technique*, *op. cit.*, pp. 44-47, et Karl Popper, *La Connaissance objective*, trad. de l'anglais par Jean-Jacques Rosat, Paris, Aubier, 1991, pp. 349-352. Popper définit « le problème de Compton comme le problème de l'influence de *l'univers des significations* sur le comportement humain ».

colloque et mon intervention, est donc l'objet d'une forme particulière de prévisibilité, le phénomène de Compton, ainsi nommé parce que le physicien Compton s'est intéressé au problème philosophique que pose son existence[1]. Les prévisions en question sont toutefois vulnérables à l'occurrence d'événements contingents comme le petit grain de sable qui, selon Pascal, se mit dans la vessie de Cromwell.

Le phénomène de Compton est évidemment lié à l'existence d'une mémoire inscriptible dans le cerveau humain, mémoire dont le contenu régit les actions futures. Sous des formes plus rudimentaires, on retrouve le même phénomène chez les êtres vivants dotés d'un système nerveux, mais il est absent du monde physique ou, plus précisément, il en a été absent jusqu'à ce que l'homme ait su créer des artefacts dotés d'une mémoire technique qui gouverne leur comportement ; ces artefacts possèdent ou, en tout cas, simulent la prévisibilité des comportements humains.

Je me suis intéressé à cette forme de prévisibilité parce qu'elle intervient de diverses façons dans l'évolution technique. Faute d'un degré élevé de prédictibilité des comportements individuels, les structures de production qui combinent l'intervention d'un grand nombre d'individus ne pourraient fonctionner. Elles fonctionnent parce que les individus qui en font partie ont un comporte-

1. Arthur H. Compton, *Freedom of Man*, Yale University Press, 1935, p. 53.

ment prévisible, au moins pour l'exécution des tâches qui leur sont assignées dans la structure. Plus généralement se pose une question d'une grande importance : la prévisibilité de Compton telle qu'elle se manifeste au niveau de l'individu est-elle susceptible d'engendrer une prévisibilité des phénomènes collectifs ? Le déterminisme que l'on observe dans certaines structures est-il transposable à des ensembles sociétaux beaucoup plus vastes et à la société globale ?

La réponse à cette question n'est rien moins qu'évidente ; elle relève d'une catégorie générale de problèmes qui consistent à déterminer les propriétés d'un ensemble à partir de celles de ses parties. La relation entre les propriétés des parties et celles du tout intervient dans tous les domaines de la connaissance, à commencer par la physique. Comme l'écrit Robert Laughlin : « Le monde naturel est régi à la fois par de l'élémentaire et par de puissants principes qui en découlent. Ces principes sont transcendants : ils restent valables même si l'élémentaire bouge un peu [...]. La nature [...] se compose simultanément d'éléments primitifs et de structures organisationnelles stables, complexes, qui se constituent à partir d'eux[1]. » En schématisant quelque peu, on pourrait dire que la relation entre la physique classique et la physique quantique illustre ce point. La première

1. Robert B. Laughlin, *Un univers différent* [2005], trad. de l'anglais par Paul Chemla, Paris, Arthème Fayard, 2005, pp. 11-12.

formule des lois qui régissent le comportement des systèmes macroscopiques faits d'un très grand nombre de constituants élémentaires, atomes ou particules ; la seconde énonce des lois qui régissent le comportement de ces constituants. Le réductionnisme postule que le passage du niveau élémentaire au niveau collectif est accessible à la compréhension ou, en d'autres termes, que les comportements émergents peuvent être déduits des lois qui gouvernent les composants élémentaires. Mais même dans le champ de la physique, cet objectif du réductionnisme est loin d'être atteint. Laughlin cite l'exemple d'un corps relativement simple, la glace, qui existe sous « onze états cristallins distincts, dont aucun n'a été correctement prédit à partir des principes premiers », c'est-à-dire à partir des lois qui régissent les propriétés de la molécule d'eau et ses interactions avec les molécules voisines[1].

Si l'on s'aventure dans les confins de la physique et de la biologie, on rencontre, par exemple, un problème non résolu et particulièrement irritant : il n'est pas encore possible de prédire la forme d'une molécule de protéine à partir de la connaissance de sa composition chimique, c'est-à-dire de celle de tous les acides aminés qui la composent. Or les protéines sont les briques élémentaires à partir desquelles sont constitués les organismes vivants, et leur fonction est étroitement déterminée par leur forme. Ainsi, même dans des domaines

1. *Ibid.*, pp. 61 et 287.

où les composants élémentaires sont relativement simples et parfaitement identiques, nous ne savons pas toujours déduire, des propriétés de ces composants, celles des agrégats ou des populations qu'ils forment.

Considérons maintenant un autre aspect de ce problème, l'existence de niveaux successifs d'agrégation et d'émergence dont il existe de nombreuses manifestations familières. Lorsque la nature assemble en cristaux des molécules de silice et fragmente ces cristaux en une multitude de grains de sable, elle crée un niveau d'agrégation, le sable. Les propriétés du sable devraient, dans une approche réductionniste, être directement déductibles des propriétés du grain de sable qui, elles-mêmes, procéderaient des lois qui gouvernent la molécule d'oxyde de silicium. Ces deux niveaux d'agrégation ne posent pas tout à fait le même problème parce que les grains de sable, à la différence des molécules, ne sont pas tous strictement identiques. Cependant, on peut caractériser le grain de sable moyen par sa forme et son volume assortis de paramètres statistiques représentant la variabilité de ces quantités. La « physique du tas de sable » s'attache d'abord à établir les propriétés de l'ensemble et à étudier la façon dont ces propriétés dépendent des paramètres qui définissent le grain élémentaire. Les propriétés du tas de sable ne sont nullement évidentes et encore moins aisément déductibles de la description des grains.

Cette stratification, ou cette hiérarchisation de la nature que nous révèle l'observation de phénomènes « simples », se prolonge à des niveaux plus complexes comme les populations d'êtres vivants eux-mêmes agrégats de cellules. Une fourmilière ou une ruche sont des agrégats d'individus, sinon identiques, du moins très semblables, dont le comportement collectif devrait, dans une approche réductionniste, être déductible des caractères des individus qui la composent, et il devrait en aller de même de la population humaine. Bien entendu, ce niveau de la connaissance est loin d'être atteint, et la question de savoir s'il pourra l'être un jour, ou même si l'on pourra beaucoup progresser dans cette voie, demeure ouverte. Point n'est besoin, d'ailleurs, de considérer des niveaux de complexité aussi élevés pour toucher aux obstacles que rencontre la démarche réductionniste. Dans le domaine relativement « simple » de la physique — simple, c'est-à-dire encore proche des composants ultimes de la matière —, les grandes lois de la physique classique sont des lois émergentes qui ont été établies par l'expérimentation sur des systèmes macroscopiques. Certaines de ces lois ont été reconstruites à partir des composants élémentaires ; la théorie cinétique des gaz en est le premier exemple, acquis au tout début du siècle dernier par Boltzmann. D'autres lois ont résisté, comme celles de la turbulence dans les fluides. D'autres, enfin, n'ont pu être comprises qu'à partir des mécanismes élémentaires ; c'est le cas de l'effet photoélectrique, dont l'interprétation en termes d'interactions particulaires valut le prix Nobel de physique à Albert Einstein. Quant à l'interprétation par Max Planck du rayonnement du corps noir, qui est à l'origine de la notion de quanta, elle a conduit à refondre entièrement la physique du niveau élémentaire sous-jacent.

Cette question des limites qu'il convient d'assigner à la pertinence de la démarche réductionniste prend souvent l'apparence d'un débat théologique avec toutes les violences — verbales en l'espèce — que cela comporte. Edward O. Wilson, par exemple, est un représentant éminent et militant du réductionnisme. Dans *Consilience*, il exprime sa foi dans l'unité du savoir[1]. Il définit la « consilience » comme le verrouillage transdisciplinaire des explications causales et le « holisme » comme la démarche synthétique qui conduit à l'unité de la science, démarche qui se heurte, dans sa progression, à la croissance exponentielle de la complexité, au fur et à mesure que l'on progresse vers les niveaux supérieurs de l'organisation[2]. Il note cependant que, « pour beaucoup de savants des sciences sociales, le [réductionnisme] est un vampire dans la sacristie » et il cite le célèbre sociologue James S. Coleman, qui fut le promoteur de l'intégration scolaire aux États-Unis, et qui affirme que « la tâche principale des sciences sociales est l'explication des phénomènes sociaux et non celle du comportement des individus isolés. Dans des cas particuliers, le phénomène social peut pro-

1. Edward O. Wilson, *Consilience. The Unity of Knowledge*, Londres, Abacus, 1999.

2. *Ibid.*, p. 91.

céder directement, par sommation, du comportement des individus, mais le plus souvent ce n'est pas le cas. En conséquence, il convient de se focaliser sur le système social dont il faut expliquer le comportement. [...] L'explication doit se centrer sur le système comme une unité, non sur les individus ou les autres éléments qui le forment[1] ».

Ce débat alimente une énorme littérature. Si j'ai cité quelques passages pour en faire apprécier la nature, ce n'est pas qu'il me semble important. Je le considère tout au contraire comme médiocre et inutile. Médiocre, parce qu'il est encombré de relents dogmatiques qui évoquent fâcheusement les querelles scolastiques d'un autre âge ; inutile, parce qu'il ne fait en rien progresser la connaissance. Son seul intérêt, à mes yeux, est d'être en soi un phénomène social que l'on pourrait étudier, qui agite des cercles intellectuels et que semble nourrir un certain chauvinisme disciplinaire. Il n'est pas futile d'entreprendre, comme l'a fait Wilson dans *Consilience*, un bilan — et même un éloge — des acquis de la démarche réductionniste, mais le passage de ce constat à un acte de foi dans l'universalité de cette démarche me paraît stérile, et relevant d'une sorte de militantisme déplacé.

En fait, la connaissance progresse tantôt par une démarche réductionniste, tantôt par l'étude directe des phénomènes émergents. La physique pratique l'une et l'autre sans beaucoup se soucier de leurs pertinences respectives. C'est surtout lorsqu'on

1. *Ibid.*, pp. 206 et 298.

atteint les niveaux supérieurs de la stratification et de la complexité, avec le vaste champ des sciences humaines, que la place faite au réductionnisme suscite un affrontement idéologique.

### *Phénomènes collectifs dans les sociétés humaines*

Pour fonder une réflexion sur l'enfermement, j'essaierai de construire un modèle très général du comportement humain. Il est nécessaire d'en effacer une multitude de détails qui, certes, en font la richesse, qui déterminent la diversité des groupes humains et qui alimentent la recherche sociologique. Ce faisant, je n'introduis aucun jugement de valeur entre le global et le particulier, je ne fais qu'éliminer ces détails où se loge Dieu selon les uns, et selon les autres le Diable. Le risque inévitable est d'éliminer des éléments significatifs, mais c'est un risque qu'il faut bien accepter.

Pour que l'on puisse parler de comportement collectif, deux conditions doivent être réunies : une population d'éléments qui possèdent des caractères communs et des interactions entre ces éléments individuels. Ces deux composantes, une population et des interactions, sont le fondement de tous les phénomènes collectifs, qu'il s'agisse de particules, d'atomes, de grains de sable, d'insectes sociaux ou d'hommes.

Je partirai de l'hypothèse que les masses humaines manifestent des comportements qui entretiennent des relations avec les caractères des individus formant ces masses, que ces caractères soient innés ou acquis. Les traits les plus généraux des comportements collectifs de l'espèce fournissent un point de départ. Il me semble utile d'y distinguer deux grandes catégories, ceux qui sont stables et qui traduisent une relation stable avec le milieu extérieur, ceux qui ont un caractère transitoire et que je qualifierai de *crises*. Les crises sont des réactions rapides qui se déclenchent en réponse à une désadaptation à l'environnement — ce terme étant pris dans son sens le plus général et non limité à l'environnement physique. Elles correspondent, en quelque sorte, à des périodes de réadaptation et de transformation des pratiques sociales ; elles combinent potentiellement, de ce fait, un aspect constructif et un aspect destructeur. Naturellement, les comportements sociaux stables n'évoluent pas uniquement par le déclenchement de crises ; ils sont aussi sujets à des adaptations lentes. Il est aisé d'identifier des exemples typiques d'adaptation progressive — comme le passage massif de la société paysanne à la société urbaine dans les années qui ont suivi la Seconde Guerre mondiale — ou de crises caractéristiques — comme précisément les guerres étrangères ou civiles —, mais entre les deux on trouve des formes intermédiaires.

La société humaine aux prises avec les tensions de l'enfermement pourra mettre en œuvre ces deux formes de changement : l'adaptation progressive et la crise.

### *Traits permanents des comportements humains*

Les comportements les plus stables des sociétés humaines procèdent de caractères permanents de l'espèce et reposent sur une base génétique. Ils ont été façonnés par l'évolution darwinienne et possèdent de ce fait une très grande permanence ; ils ne pourraient être modifiés que par une intervention technique sur le patrimoine génétique de l'espèce. Je laisse de côté, pour l'instant, la faisabilité et l'éventualité de cette intervention qui nourrit les fantasmes de nombreux auteurs comme Fukuyama, Kurzweil et Martin, ainsi que ceux de la nébuleuse post-humaniste.

Parmi les comportements collectifs qui sont le plus clairement associés au fondement génétique, on peut classer la tendance à former des groupes hiérarchisés ; elle découle, au niveau de l'individu, de l'établissement de relations de dominance. C'est ce comportement élémentaire qui fait de l'homme un animal social. Il est présent chez certaines espèces qui vivent en meutes ou en groupes, comme les loups ou les primates, et absent chez d'autres qui mènent une existence solitaire, comme le chat sauvage ou la panthère.

Autre trait de comportement collectif : l'instinct d'appropriation. Il se traduit par le fait que l'homme est un animal territorial, aussi bien au niveau de l'individu qu'à celui du groupe ; on peut conjecturer qu'il s'est étendu du contrôle du territoire à la possession de l'objet lorsque la technique a créé les premiers artefacts susceptibles d'appropriation.

L'instinct de reproduction, la préférence accordée à la progéniture et l'instinct de compétition sont présents au niveau de l'individu et reflétés au niveau du groupe dont ils structurent la hiérarchie. L'essentiel de la cohérence permanente entre l'individuel et le collectif se construit sur cette base, délibérément sommaire, des déterminations génétiques du comportement. Le terme d'*instinct* utilisé communément pour qualifier les traits universels de l'individu, instinct maternel, instinct de conservation, traduit le fait qu'ils forment le cadre commun et permanent dans lequel s'inscrit la complexité de l'identité humaine.

Je ne range pas le langage humain parmi les comportements génétiques fondamentaux bien qu'il soit, au niveau de complexité qu'il revêt, le propre de l'espèce humaine. D'abord, et bien qu'il repose sur l'existence du cerveau humain, et par conséquent sur un fondement génétique, le langage est un acquis culturel transmis de génération en génération par contact entre les individus. En témoigne directement la diversité des langues. Mais surtout, le langage n'est pas, en soi, un comportement collectif, c'est un outil dont dispose l'espèce pour développer les interactions entre ses individus. Il est de ce fait un vecteur des comportements. Il fait émerger des comportements collectifs et les infléchit, mais il n'en participe pas.

L'homme marque sa différence avec les animaux

supérieurs, non par sa base génétique, mais par sa capacité à s'approprier des acquis culturels qui altèrent — inhibent ou renforcent — les mécanismes innés du comportement. C'est là que la capacité d'acquérir et de pratiquer le langage joue un rôle essentiel. On l'a vu, cette combinaison de l'inné et de l'acquis n'est pas absente chez l'animal, mais le culturel n'y atteint ni l'intensité ni la diversité qui s'observent chez l'homme. Faut-il pour autant en conclure qu'il existe, entre l'homme et l'animal, une différence qualitative et non pas seulement quantitative, un hiatus que manifesteraient l'apparition de la conscience et la présence d'une âme ? On ne peut le faire que par un acte de foi étranger au processus d'acquisition de la connaissance et qui n'est nullement nécessaire au raisonnement que je tente de construire. Dans une hypothèse de continuité des processus de l'évolution darwinienne, qui est la seule à laquelle l'observation des faits, et singulièrement de l'unité du vivant, donne créance, l'observation des sociétés animales et de leurs réactions aux contraintes environnementales ne fournit certes pas le modèle de ce que seront les réactions de l'humanité, mais elle peut inspirer la réflexion.

S'il est encore utopique d'envisager des modifications techniques du patrimoine de l'espèce, en revanche on observe que la technique permet une transformation très rapide des acquis culturels. Cette transformation procède de plusieurs mécanismes distincts.

D'une part, la capacité de stockage, dans des

mémoires techniques, des informations de toute nature destinées aux cerveaux humains a crû démesurément. Depuis l'apparition de l'imprimerie au XV^e^ siècle jusqu'aux DVD contemporains, elle s'est étendue du langage capturé par l'écriture au son, puis aux images fixes et animées ; les quantités ainsi mises en mémoire et rendues disponibles excèdent infiniment les capacités du cerveau individuel. D'autre part, et surtout, la capacité de transmission et de diffusion des informations acquises ou stockées a augmenté dans des proportions non moins prodigieuses. Deux aspects de cette transmission doivent retenir particulièrement l'attention : son instantanéité et le fait qu'elle permette de fournir un message strictement identique à des populations de dimensions quelconques, indifféremment concentrées sur un territoire ou, au contraire, dispersées sur l'ensemble de la planète.

L'apparition de ces capacités remonte à un siècle. Dans son numéro du 26 juillet 1906, la grande revue scientifique anglaise *Nature* publiait ce texte prémonitoire : « Parmi les nombreuses réalisations dont l'ingénieur électricien peut se faire gloire, la télégraphie est celle dont il a le plus de raison d'être fier. Si l'on combine la télégraphie avec le sujet voisin de la téléphonie, il ne peut guère y avoir de doute que, par la mise en œuvre de ces deux sciences, il a provoqué, dans les affaires humaines, une révolution plus importante que tous les succès relevant de l'*engineering* lourd. [...] Avec la télégraphie, il nous a donné quelque chose d'entièrement nouveau — un art qui, alors qu'il annihile la distance, annihile virtuellement le temps[1]. »

Le terme de *mass media* exprime ce recours à la capacité de faire parvenir simultanément le même message à une population. Dans la capacité du culturel à régir non seulement les attitudes individuelles mais les comportements émergents, cette source d'uniformisation des acquis individuels est d'une importance capitale ; elle tend à imposer un formatage à la société. Par son intermédiaire, certains aspects de l'acquis culturel acquièrent une uniformité qui les rapproche de celle du génétique.

## *Le déclenchement des crises*

Peut-on identifier en termes très généraux les facteurs qui font passer la société d'une évolution progressive et, le cas échéant, harmonieuse au déclenchement d'une crise ?

Il convient de prendre en considération trois facteurs, l'acquis culturel de la population concernée, la façon dont s'y font les échanges d'information et la tension à laquelle elle est soumise, à quoi s'ajoute un élément contingent, le facteur déclenchant.

L'observation des crises du passé et des crises présentes conduit à relever un certain nombre de

1. *Nature*, « 100 Years Ago », 442, 26 juillet 2006, p. 361.

caractères communs. Pour l'illustrer, je m'appuierai sur une image qui n'a d'autre prétention que de fournir un soutien heuristique à la réflexion. L'image est celle du tas de sable qui est un objet d'attention et d'étude pour toute une école de physiciens[1]. J'aurais pu choisir, parmi les sociétés animales, un modèle beaucoup plus proche de la société humaine, mais j'aurais couru le risque de voir filer l'analogie, ce qui n'est pas mon propos. Si j'avais fait appel à une société de chimpanzés, il deviendrait tentant de glisser vers la comparaison de l'homme et du primate ; il l'est moins de pousser trop loin l'analogie de l'homme avec le grain de sable.

Le sable sec tend à former des talus en pente, à la différence d'un iiquide comme l'eau qui forme des flaques dont la surface est horizontale. La pente de ce talus — l'angle qu'il forme avec l'horizontale — peut croître jusqu'à une valeur maximale au-delà de laquelle se déclenchent spontanément des avalanches qui ramènent la pente en deçà de cette valeur. Pour une valeur de la pente inférieure de quelques degrés à cet angle maximal, mais supérieure à un angle dit « angle de repos », des avalanches peuvent être déclenchées par la plus légère intervention, par exemple l'impact d'un grain de sable supplémentaire. En deçà de l'angle de repos, le talus est stable. Il existe ainsi, entre l'angle maximal et l'angle de repos, une zone que

1. Étienne Guyon et Jean-Paul Troadec, *Du sac de billes au tas de sable*, Paris, Odile Jacob, 1994.

l'on qualifie de métastable et dont l'équilibre est vulnérable au moindre facteur de déclenchement. Les angles qui définissent le talus sont sensibles à la nature des grains et à leur état de surface, à la présence d'humidité, c'est-à-dire à des facteurs qui déterminent les interactions entre grains contigus. Les avalanches que déclenche la chute d'un grain de sable sur un talus métastable sont d'une dimension variable et intrinsèquement imprévisible. Tout au plus peut-on observer que leur fréquence diminue quand leur taille augmente, selon une loi puissance. Cela signifie simplement que leur fréquence est inversement proportionnelle à une fonction puissance de leur importance définie par la masse de sable mise en jeu. Mais il n'existe par ailleurs aucune relation entre les dimensions de deux avalanches successives.

Les propriétés qui gouvernent les avalanches de sable se retrouvent dans un grand nombre de phénomènes physiques à déclenchement brusque comme les tremblements de terre ou les avalanches de neige. La tentation est grande d'étendre leurs caractéristiques à des secteurs très éloignés de la physique des milieux granulaires et sujets à des crises comme les marchés financiers, les avancées de la connaissance scientifique, les guerres et, plus généralement, l'histoire, d'en faire un principe ubiquiste et unificateur d'interprétation. Mark Buchanan s'est engagé dans cette voie avec un ouvrage dont le titre, *Ubiquity*, résume l'ambition[1]. L'une des conclusions auxquelles il aboutit concerne le caractère intrinsèquement imprédictible des événements à déclenchement soudain, des avalanches aux krachs boursiers et aux guerres. Cependant, ce qui nous intéresse dans l'analogie avec les tensions de l'enfermement, ce n'est pas de prévoir l'heure de déclenchement ni l'importance des crises, c'est la question de savoir s'il se construit, dans la société humaine, une situation métastable analogue à celle du tas de sable lorsque l'angle de repos est dépassé. C'est là un objectif plus modeste. L'image que le tas de sable nous propose peut-elle nous aider à organiser une réflexion sur les crises sociétales ? Elle nous incite en tout cas à rechercher, dans l'évolution de la société, des éléments homologues de ceux qui interviennent dans le déclenchement des crises — les avalanches — dans des systèmes infiniment plus simples. Cela oriente notre attention vers l'uniformisation des acquis culturels dont on peut supposer qu'elle facilite les mouvements de masse, vers l'évolution des interactions entre les individus qui forment la société humaine, domaine où l'évolution technique exerce un effet déterminant, et, enfin, vers la montée des tensions dues aux limites de la cage écologique. Quant aux éléments déclenchants susceptibles de provoquer le passage brutal de l'évolution à la crise, leur nature

1. Mark Buchanan, *Ubiquity, the Science of History... and why the world is simpler than we think*, Londres, Weidenfeld & Nicholson, 2000.

n'a guère d'importance. Si un état « métastable » de la société est atteint, il se trouvera bien un Princip ou un Hitler pour déclencher la catastrophe.

*Les mouvements de masse*

Le nazisme est le type même d'une idéologie qui, après avoir investi une population pourtant armée d'un patrimoine culturel sans égal, l'a conduite à subir un régime totalitaire et à perpétrer des actions collectives immondes.

Quelle différence y a-t-il entre le peuple allemand tel que nous le connaissons aujourd'hui et le peuple allemand à l'apogée du nazisme ? Ni son patrimoine génétique ni ses caractères physiologiques ne marquent de différence appréciable. Sans doute les individus ont-ils été mieux alimentés que ceux qui ont eu l'infortune de grandir dans l'Allemagne de Weimar, mais cette différence ne peut certes pas expliquer les écarts énormes qui s'observent dans les comportements collectifs. Génotype et phénotype étant disqualifiés, seul reste comme source de ces écarts le contenu des mémoires neuronales des individus. Il s'agit là de contenus qui sont de nature à engendrer directement un comportement individuel, une réaction de l'individu confronté à une situation. En d'autres termes, ils doivent avoir le caractère d'une idéologie porteuse d'une prescription morale. Pour provoquer les effets collectifs que l'on a pu observer, ce contenu doit être suffisamment sommaire pour être implanté, sans variation importante, dans les cerveaux d'un grand nombre d'individus et manifester ses effets par des comportements individuels qui traduisent une « conviction ». La subtilité de la morale kantienne ne se prête pas à cette manipulation des esprits, mais l'idéologie nazie est assez rudimentaire pour y pourvoir. Naturellement, je ne prétends pas que tous les Allemands, à l'apogée du nazisme, adhéraient à l'idéologie hitlérienne. Hannah Arendt a lumineusement analysé les mécanismes selon lesquels une idéologie totalitaire prend le contrôle d'une masse humaine par l'intermédiaire d'une minorité et comment la contrainte ou la terreur, jointes au réflexe atavique de culte du chef, se substituent aux nuances de la conviction pour annihiler l'individu[1]. Ce que j'entends indiquer, c'est que, à la source des processus totalitaires, on trouve un contenu des mémoires individuelles suffisamment simple pour s'implanter et se propager sans difficulté, et singulièrement dans les cerveaux dont la charge culturelle est la plus réduite. L'analphabétisme est à cet égard un terreau privilégié. Un riche vocabulaire existe dans toutes les langues pour désigner ces formes de message qui uniformisent les comportements et à quoi se réduisent, dans ce qu'en retiennent les masses, les idéologies politiques ou religieuses les plus complexes : credo,

1. Hannah Arendt, *Les Origines du totalitarisme* [1951], Paris, Gallimard, coll. « Quarto », 2002.

slogan, devise, mot d'ordre... Leur effet est de simplifier ou de supprimer, entre les convictions et l'action, l'intermédiaire de la réflexion, source de diversité des comportements individuels. C'est le fondement commun de tous les fanatismes et de tous les fondamentalismes politiques ou religieux. Peu importe la complexité du fondement politique ou métaphysique dont est issue cette uniformisation de la prescription ; dans le cas du nazisme, il avait été élaboré par des cerveaux d'une désolante médiocrité, mais cette médiocrité de l'origine n'était nullement un obstacle à son emprise. Ce qui fait le pouvoir d'une idéologie, c'est qu'elle puisse s'exprimer sous des formes simplistes et aptes à se propager aisément. Les convictions qui forment la base des systèmes démocratiques ne sont nullement exemptées de cette contrainte, mais les y plier est plus difficile là qu'ailleurs. Dans la mesure où l'objectif de la démocratie n'est pas d'imposer un pouvoir, mais de maintenir une forme d'exercice du pouvoir, le recours aux mécanismes qui servent à imposer un pouvoir — religieux, dictatorial ou totalitaire — fait courir le risque d'une dénaturation du régime. C'est ce risque qui naît de la rencontre de la démocratie avec la menace totalitaire ou avec le terrorisme, et de la tentation de sacrifier ses pratiques, voire ses valeurs, à l'efficacité. On en voit l'effet dans les lois qui ont été promulguées à la hâte à la suite des attentats du 11 septembre.

La foi et le phénomène religieux ne sauraient être, à ce stade, exclus de la réflexion parce qu'ils sont omniprésents dans les groupes humains, que leurs manifestations sont parfaitement observables et que leurs prescriptions jouent un rôle important dans l'uniformisation des comportements collectifs. Il ne s'agit pas d'entrer dans le débat qui oppose ceux qui pensent que la religion et, plus généralement, les choix éthiques sont le produit de l'évolution de l'espèce et ceux qui leur assignent une source transcendantale. Edward O. Wilson s'est longuement penché sur cette question qui confronte, autour des bases de l'éthique, les empiristes et ceux qu'il nomme les « transcendantalistes ». Il schématise leur différend en ces termes : pour les transcendantalistes, « je crois en l'indépendance des valeurs morales, qu'elles viennent ou non de Dieu » et pour les empiristes, « je crois que les valeurs morales viennent de l'homme seul ; Dieu est une autre question »[1]. Posé en ces termes, le débat est sans issue parce que le conflit repose, non sur un savoir, mais sur une croyance.

Il m'a semblé possible, et prudent, de contourner cette controverse, ce que Wilson n'a ni pu ni voulu faire parce que l'objet de son étude était la nature même de la morale et de ses sources. Observer l'humanité et réfléchir sur son destin, comme on pourrait le faire sur celui d'une fourmilière, n'exige en revanche aucun recours à une transcendance. Pour éclairer ce propos d'une analogie, j'évoquerai de nouveau le domaine de la médecine. Le médecin, confronté à l'avenir des quelques milliers

1. E. O. Wilson, *Consilience*, *op. cit.*, p. 266.

de milliards de cellules dont la symbiose forme un organisme humain, se tient dans les limites de l'empirisme. Il n'a pas à considérer la question de savoir si son malade possède ou non une âme immortelle et, certainement, il agit comme si Dieu n'allait pas intervenir dans l'issue de son action. Sauf miracle renouvelé de la résurrection de Lazare, l'empirisme intervient seul pour maîtriser, quand cela est possible, le cours des choses. On objectera que, dans le cas de l'humanité, il n'y a pas d'équivalent du médecin. C'est peut-être vrai de l'application du traitement, mais non de la formulation du diagnostic et même du pronostic où tout un chacun peut s'instaurer médecin. On objectera aussi que le médecin a des objectifs généraux qui sont simples — ne pas nuire, améliorer et prolonger la vie du malade, alléger ses souffrances — et que ces objectifs ne se transposent pas aisément au cas de l'humanité. Le problème de la fin de l'existence ne se pose pas dans les mêmes termes pour l'individu, où il est banal, que pour l'espèce, où il est unique.

Une réflexion sur la mort de l'individu comme sur l'extinction de l'espèce humaine ne peut s'abstraire de toute référence à une transcendance, mais l'étude des maladies de l'un et des dérives de l'autre n'exige aucunement ce recours et c'est à cela que je m'en tiendrai.

La source religieuse ou politique des messages qui sont de nature à uniformiser les comportements n'a, dans cette optique, aucune importance. Seuls comptent leur propagation et leurs effets sur les comportements. D'ailleurs, sauf exception à la limite de l'histoire et de la légende, le message religieux et les prescriptions dont il est porteur sont relayés et propagés par un intermédiaire humain dont l'appartenance au politique ou au religieux est matière à opinion.

⋆

Dans ce qui suit, je postulerai que le heurt de l'humanité à l'enfermement planétaire met en jeu deux éléments : une évolution largement accessible à la prévision par une extrapolation intelligente des tendances observées et un mécanisme de crise alimenté par les tensions que l'évolution accumule. Reste à préciser ce sur quoi les tensions vont s'exercer, et pour cela il faut d'abord se donner un tableau schématique de la société contemporaine.

# 5

# Structures sociétales

> Ces grands corps sont trop malaisés à relever étant abattus, ou même à retenir étant ébranlés, et leurs chutes ne peuvent être que très rudes.
>
> DESCARTES, *Discours de la méthode.*

Les structures de la société humaine procèdent des comportements collectifs de l'espèce. Elles seront mises à l'épreuve par les tensions nées de l'enfermement; savoir si elles connaîtront une évolution, par prolongement ou accélération de leur « modernisation », ou si elles entreront dans une succession de crises et de ruptures destructrices, tel est le cœur du problème sociétal que pose la montée de ces tensions. Pour l'aborder, je tenterai d'abord de construire un tableau simplifié de la société en négligeant ce qui est de l'ordre de la minutie. Ce n'est pas que ce que je qualifie de minutie soit dépourvu d'intérêt; tout au contraire, c'est dans ce que je choisis de laisser de côté que s'exprime la richesse de la culture humaine. Mais je fais l'hypothèse que ce sont plutôt des caractères généraux et largement universels de la construction sociale qui vont déterminer l'avenir de l'espèce, et non pas les infinies nuances de l'acquis culturel. Le seul usage du tableau que je tente de construire est d'identifier les domaines où, faute que se manifeste à temps une réaction adéquate, pourront se produire des ruptures ou des effondrements. Il s'agit, en somme, d'identifier les vulnérabilités, les zones où, dès aujourd'hui, s'accumulent les tensions, et les fractures que l'on peut en attendre.

Cette démarche diffère de celle qu'empruntent les études des sciences sociales sur le processus de « modernisation » non seulement par son parti pris de schématisme, mais surtout parce que les notions de crise globale et de limites de l'environnement planétaire sont en général absentes de la réflexion des sociologues. Tout au plus y trouve-t-on exprimée la précaution qui soumet leur vision du futur à la poursuite de processus de développement. La confrontation des deux démarches est cependant riche d'enseignements.

## *Une structure schématique de la société contemporaine*

Si l'on cherche à dessiner une esquisse de la société contemporaine, de ses structures, de ses changements et de ses crises, on est conduit à combiner des composantes permanentes, présentes depuis les origines, inhérentes à l'identité biologique humaine, et des éléments liés à l'évolution de la société. Ces derniers procèdent d'un acquis séculaire que résume le mot « tradition », mais leur transformation contemporaine se fait pour l'essentiel sous la pression de deux facteurs, la croissance de la population mondiale et le développement du système technique.

La croissance de la population a conduit, on l'a vu, à une appropriation complète et permanente des terres émergées par des groupes humains structurés qui sont aujourd'hui, dans presque tous les cas, des États-nations. C'est l'aboutissement d'un processus amorcé lorsque l'homme, animal social, s'est attaché collectivement à un territoire par la pratique de l'agriculture. Le processus millénaire est aujourd'hui accompli. Il ne subsiste guère, des populations nomades, que des vestiges, pasteurs des zones semi-désertiques ou « gens du voyage » qui ont inséré tant bien que mal leur mode de vie dans les interstices des masses sédentaires. Le découpage de l'espace terrestre en territoires nationaux est achevé, laissant derrière lui, chez certaines nations parmi les plus récentes, la nostalgie de l'époque perdue où l'on pouvait repousser les frontières. À l'enfermement planétaire qui pèse sur l'humanité s'ajoute ainsi un confinement territorial des groupes humains qui fait, depuis bien longtemps, de la notion d'expansion un synonyme de guerre de conquête.

Cette mosaïque de territoires appropriés à des groupes humains distincts introduit deux questions de structure. Comment s'organise à l'intérieur de chacun d'eux la structure de pouvoir et comment s'y établit-elle ? Car l'homme n'est pas seulement un animal social et territorial, il est aussi, comme beaucoup d'animaux sociaux et comme la plupart, un animal hiérarchique. Comment, par ailleurs, se construisent les relations entre groupes humains séparés par des frontières ?

Dans ce cadre structurel se distribuent évolutions et crises sociétales, glissement vers la démocratie ou vers la dictature, révolutions et guerres civiles d'un côté, guerres étrangères, alliances, coopérations, colonisations et hégémonies de l'autre. Dans la forme que revêtent ces phénomènes — et même dans le fait qu'ils puissent se produire — le système technique et son évolution jouent un rôle déterminant. Il est, par exemple, de l'ordre de l'évidence que la « guerre mondiale » ne pouvait exister que lorsque sont devenus disponibles des moyens de transport et de communication à l'échelle de la planète. En outre, les évolutions techniques que l'on peut constater depuis la fin de la Seconde Guerre mondiale ont profondément transformé le terrain sur lequel le conflit mondial s'est épanoui au début du XX$^{e}$ siècle. Invoquer globalement l'« innovation technique » comme moteur de ces transformations, et plus généralement comme le moteur de ce que l'on appelle le « développement socio-économique », sans beaucoup se préoccuper de ce que recouvre le terme innovation, est totalement insuffisant et traduit souvent la répugnance à pénétrer dans les arcanes du système technique. L'interdépendance absolue de la société contemporaine et de sa technique exige que l'on se forme une image globale. On ne peut se contenter, à cette fin, de rester à la surface du phénomène technique. Il faut y pénétrer ; pour esquisser une tentative en ce sens, je centrerai successivement l'éclairage sur l'ensemble national et sur les interactions entre ensembles nationaux.

## *Les États-nations contemporains*

La relation entre le développement socio-économique et les structures des États-nations est un objet central d'étude pour les économistes et les sociologues. D'Adam Smith à Max Weber et à Karl Marx, la modernisation de la société dans sa relation au développement a donné lieu à des constructions intellectuelles préconisant les unes le libéralisme, les autres le communisme, sur un fondement commun qui fait du « progrès technique » le moteur de l'évolution de la société. Je reviendrai sur les études sociologiques récentes qui placent l'extension des pratiques démocratiques au centre de leur sujet. Dans l'immédiat, je cherche à dégager les traits communs les plus généraux des États-nations actuels, et plus particulièrement ceux de ces traits qui peuvent créer une vulnérabilité. Outre l'occupation d'un territoire national, l'identité d'un État-nation repose, d'une part, sur un ensemble de déterminations culturelles communes à sa population, héritées des générations antérieures — les traditions —, ou récemment acquises

— certaines idéologies —, d'autre part, sur l'existence d'une structure hiérarchique — l'État — qui maintient une certaine forme d'ordre dans la population nationale. Selon que le patrimoine culturel est homogène ou que, au contraire, il s'y manifeste des lignes de partage ethniques, linguistiques ou religieuses, la solidité de l'ensemble national se trouve renforcée ou affaiblie. Par ailleurs, la relation entre l'État et la population nationale revêt diverses formes. Selon que l'autorité exercée par l'État procède, en principe, de la « volonté du peuple » ou qu'elle est imposée par une minorité, on va des diverses nuances de la démocratie jusqu'à la dictature et, dans ses formes extrêmes, à l'État totalitaire, qui interdit l'expression de l'individualité. Ce sont ces diverses formes de l'ordre national qui coexistent à travers le monde et qui se heurteront aux effets de l'enfermement.

De nombreux auteurs ont analysé la tendance actuelle des formes démocratiques du pouvoir à se généraliser, jusqu'à voir dans leur universalisation la « fin de l'histoire ». Dans une analyse approfondie de cette généralisation, Ronald Inglehart et Christian Wetzel ont mis en évidence, par une approche empirique, des relations très générales entre le développement socio-économique, la progression des formes démocratiques de gouvernement et l'évolution des valeurs culturelles[1]. Au

1. Ronald Inglehart et Christian Welzel, *Modernization, Cultural Change, and Democracy. The Human Development Sequence*, New York, Cambridge University Press, 2005.

centre de cette étude du processus de modernisation, ils placent l'idée qu'il existe « un lien logique puissant entre les hauts niveaux de développement socio-économique et les changements culturels qui privilégient l'autonomie, la créativité, l'expression individuelle et la démocratisation[1] ». Mais ils ajoutent que « le progrès n'est pas inévitable. Les changements de valeur liés aux différents stades de la modernisation sont réversibles » et « un effondrement économique tend à engendrer des changements dans la direction opposée »[2]. Je reviendrai sur la capacité d'évolution des bases culturelles qui déterminent l'identité d'une population et dont l'étude forme un aspect central des travaux d'Inglehart et Welzel. Ce qui m'intéresse dans l'immédiat, c'est le lien, au demeurant très visible, entre le développement ou la stabilité socio-économique d'une nation et la stabilité de sa structure politique.

Inglehart et Welzel ont pu noter, par souci de rigueur, que « le progrès n'est pas inévitable », mais, dans la perspective que j'ai adoptée, il est certain que, mesuré à l'aune de consommation des ressources par l'individu, il est promis à s'arrêter. Ce qui, dans un environnement sans limites — ou dont on néglige délibérément les limites —, apparaît comme une éventualité imprécise et liée à des contingences locales devient, dans le contexte de l'enfermement, une perspective certaine. Cela

1. *Ibid.*, p. 21.
2. *Ibid.*

conduit à identifier les vulnérabilités des systèmes techniques sur lesquels reposent les nations, puis à examiner comment les contraintes, agissant sur ces vulnérabilités, peuvent déstabiliser les systèmes sociopolitiques.

Le fonctionnement des États-nations repose sur un système technique qui assure d'abord la satisfaction des besoins individuels, qu'il s'agisse des besoins élémentaires de l'organisme humain en nourriture et en eau potable, des conditions environnementales, ou des besoins qui se situent au-delà de la vie végétative et qui se sont révélés et diversifiés à la mesure des capacités de la technique d'y satisfaire.

## *Vulnérabilités nationales*

Tous les États-nations ne sont pas soumis aux mêmes contraintes et tous ne présentent pas les mêmes vulnérabilités, cependant il semble possible d'établir — en préalable à toute tentative pour prévoir les réactions aux contraintes nouvelles nées de l'enfermement — un inventaire général des vulnérabilités que l'on pourra décliner dans chaque cas particulier. Ces contraintes possèdent, au-delà de la diversité de leurs effets, un caractère global, porteur de menaces globales. L'évolution du climat signifie, pour les uns, désertification et, pour les autres, excès de précipitations, mais cette différence n'ôte rien au caractère mondial du phénomène. Cela peut, en revanche, rendre plus difficile la construction d'une attitude commune à l'échelle de la planète; nous avons vu Arrhenius se féliciter par avance du réchauffement du climat de la Suède, et sans doute ceux qui plantent des vignes sur les côtes sud de l'Angleterre auront-ils tendance à réagir de la même façon.

Dans un essai sur l'inégalité parmi les sociétés, Jared Diamond a remarquablement analysé l'évolution des différences entre les populations des divers continents dans leur relation aux ressources de leurs environnements physique et biologique[1]. Mais cette réflexion de Diamond s'inscrit pour l'essentiel dans une rétrospective historique de l'histoire humaine où prévalent les contingences locales ou régionales dans un environnement global à peu près stable. C'est ce cadre de réflexion qu'il s'agit de changer.

Parmi les vulnérabilités qui affectent les États-nations, on peut distinguer deux grandes catégories : celles qui sont inhérentes à l'ensemble national, à son territoire, à sa population, et celles qui naissent des dépendances extérieures. Les premières sont déterminantes pour la stabilité des systèmes nationaux, les secondes, dont l'importance est allée croissant avec la montée en puissance du système technique, concernent non seulement chaque nation mais la stabilité globale de la société humaine.

1. Jared Diamond, *De l'inégalité parmi les sociétés. Essai sur l'homme et l'environnement dans l'histoire* [1997], trad. de l'anglais par Pierre-Emmanuel Dauzat, Paris, Gallimard, 2000.

À la différence de l'enfermement planétaire, le confinement national n'est pas étanche. Il ne crée pas des ensembles isolés, mais des ensembles entre lesquels interviennent des échanges qui sont tout à la fois nécessaires à la survie des populations et vecteurs de dépendances et de menaces. De nombreux pays, et en particulier des pays peu développés, ne sont pas en situation d'autosuffisance alimentaire et sont protégés de la famine — quand ils le sont — par des apports venant du monde extérieur. Quant aux pays développés, ils dépendent très généralement d'apports extérieurs pour leurs besoins énergétiques. L'évolution du système technique a permis une croissance démesurée des échanges planétaires et des menaces qui les accompagnent sans pour autant supprimer les vulnérabilités locales.

Les clivages culturels qui peuvent exister à l'intérieur de la population accentuent les vulnérabilités intrinsèques des systèmes nationaux, mais ces clivages culturels ne font en général que refléter le jeu de vulnérabilités plus fondamentales. C'est ainsi que le génocide du Rwanda s'est greffé sur une fracture ethnique entre Tutsis et Hutus, mais qu'il a été déclenché par la montée d'une crise malthusienne. Comme l'écrit Gérard Prunier : « Les politiciens avaient bien sûr des raisons politiques de tuer. Mais si de simples paysans dans leur ingo [entourage familial] ont poursuivi le génocide avec un tel acharnement, c'est qu'une réduction de la population [...], pensaient-ils sans doute, ne pourrait que profiter aux survivants[1]. »

La croissance démographique incontrôlée à l'intérieur d'un espace national, en même temps qu'elle peut déstabiliser l'économie, engendre deux phénomènes qui s'observent un peu partout dans le monde : la formation de mégapoles et la montée de pressions migratoires.

Les mégapoles sont des agglomérations urbaines dont la population — dans la définition adoptée par l'ONU — dépasse huit millions d'habitants. Il en existe une trentaine dans le monde dont cinq ont dépassé le seuil des vingt millions. Leur existence et leur croissance témoignent d'une tendance profonde de l'espèce humaine à s'agglutiner dans certaines villes, que ce soit dans les pays riches ou dans les pays sous-développés. Ce sont des structures d'une extrême vulnérabilité. L'image de la fourmilière souvent utilisée pour les décrire est tout à fait trompeuse. Une fourmilière exploite l'environnement accessible à ses individus ; elle constitue un système autarcique qui ne dépend, pour sa survie, d'aucune intervention extérieure. Les habitants d'une mégapole sont au contraire dans l'incapacité de pourvoir eux-mêmes à leurs besoins élémentaires en nourriture, en eau potable et en énergie ; la survie d'une mégapole dépend du bon fonctionnement d'un ensemble de réseaux

1. Gérard Prunier, *The Rwanda Crisis : History of a Genocide*, New York, Columbia University Press, 1995, cité par J. Diamond, *Effondrement*, *op. cit.*, p. 392.

techniques dont l'arrêt engendre, en quelques jours, une crise « humanitaire » aiguë. James Lovelock, en quelques lignes pleines de talent, a évoqué les effets, sur la vie de sa famille, d'un simple arrêt de quelques jours de la fourniture en énergie électrique, arrêt du chauffage, de la télévision, de la radio, du téléphone; encore vit-il à la campagne et non dans une tour desservie par des ascenseurs[1]. Déjà lointains, mais présents encore dans la mémoire de certains d'entre nous, les désordres de la Seconde Guerre mondiale, dans un pays comme la France, ont frappé beaucoup plus durement les populations des villes, privées de nourriture et de chauffage, que celles des campagnes, pour lesquelles le retour à l'autarcie locale fut plus facile. La croissance de la population et sa tendance à s'agglutiner font qu'aujourd'hui tout conflit armé s'accompagne, presque inévitablement, d'une crise humanitaire qui se déclenche en quelques jours; on l'a vu en 2006 au Liban.

Les concentrations urbaines ne sont pas vulnérables seulement au maintien de leur approvisionnement, elles le sont aussi à la propagation d'épidémies, et leur sécurité sanitaire repose sur un système de santé en état de fonctionner efficacement. S'y ajoute le fait que leur croissance est un phénomène d'autant moins contrôlé que les ressources dont dispose l'État pour exercer ce contrôle sont plus faibles.

La croissance démographique rapportée à l'évo-

1. J. Lovelock, *The Revenge of Gaia*, *op. cit.*, pp. 68-70.

lution des ressources dont dispose le territoire national est une autre source de vulnérabilité. La désadaptation de la population aux ressources, quelle qu'en soit l'origine, croissance de l'une ou diminution des autres, peut transformer en crise aiguë des clivages nationaux latents, comme cela s'est produit au Rwanda. Elle peut aussi entraîner des pressions migratoires qui tendent à forcer « illégalement » les frontières nationales. Il semble bien que l'émigration africaine vers l'Europe, et en particulier vers l'Espagne et l'Italie, soit accentuée par la désertification progressive du Sahel. On peut mesurer à cet exemple la puissance des effets déstabilisateurs d'une évolution climatique sur une société structurée par le confinement national. Ces effets causent à leur tour des réactions diverses et généralement néfastes à un titre ou à un autre : construction de barrières physiques comme le mur qui doit isoler le Mexique des États-Unis, version contemporaine du mur d'Hadrien contre les barbares et de la Grande Muraille contre les Mongols, plaidoyers, dans les pays développés, pour une natalité accrue qui va à l'encontre d'un contrôle de la population mondiale, exploitation par les politiciens populistes des peurs de la masse, évoquant le « péril jaune » du début du siècle dernier. Ces peurs, dont il est difficile de dire qu'elles sont injustifiées, mais auxquelles le repliement national n'apporte aucun remède durable, reflètent l'interdépendance entre les vulnérabilités nationales et la vulnérabilité globale.

## *La société globale*

Les vulnérabilités de la société globale soumise à l'enfermement planétaire sont pour une large part analogues à celles des nations soumises au confinement national, à ceci près qu'il n'existe aucune échappatoire et que les clivages culturels, source de faiblesse des ensembles nationaux, sont, avec les relations entre États-nations, un caractère permanent de la société globale. Ces vulnérabilités procèdent pour l'essentiel du réseau de dépendances établi entre les nations, assorti des inégalités croissantes que schématise la distinction entre pays riches et pays pauvres.

La richesse des uns et la survie des autres reposent sur le fonctionnement d'un système d'échanges transfrontières assurés par des réseaux techniques qui transportent les matières premières, les produits alimentaires, les objets manufacturés et l'information. Le phénomène que l'on englobe sous les vocables généraux de *globalisation* ou de *mondialisation* n'est autre que la montée en puissance de ces échanges ; il est, on le sait, générateur de tensions et de conflits. Mais on sait également que l'effondrement des échanges provoquerait une catastrophe de dimension planétaire et que leur croissance n'est pas aisément réversible. Les « sanctions économiques » dont on menace certains pays, comme l'Iran et la Corée du Nord, consistent à introduire des obstacles spécifiques à ces échanges. Les moyens dont usent ces États pour éviter ces sanctions sont de même nature : c'est ainsi que l'Iran peut s'opposer à des sanctions en faisant peser une menace de rétorsion sur les approvisionnements en pétrole. Cette pratique, qui n'existait pas avant la Seconde Guerre mondiale, s'est progressivement instaurée comme une situation intermédiaire entre la paix et le conflit armé.

Le système international d'échanges repose, d'une part, sur la disponibilité de moyens techniques appropriés pour le mettre en œuvre, moyens matériels et moyens informationnels, d'autre part sur une structure internationale, sur un ordre mondial, établi tant bien que mal par des structures interétatiques.

Les vulnérabilités de ce système à la montée des tensions dues à l'enfermement peuvent procéder des vulnérabilités des structures nationales. L'effondrement, ou la mise au ban de tel ou tel État détenteur de telle ou telle ressource, introduit un dysfonctionnement dans le système d'échanges. Elles peuvent aussi procéder, dans la perspective que j'explore, de l'évolution de l'équilibre précaire sur lequel se fondent ces échanges, évolution dont les sources peuvent être diverses : l'épuisement de certaines ressources, l'importance relative de l'usage de divers matériaux énergétiques, pétrole, gaz, houille, et leur répartition géographique, la nouvelle distribution des zones de production et des zones de consommation, qu'il s'agisse de produits alimentaires ou de produits manufacturés, sont autant de facteurs auxquels le système d'échanges doit pouvoir s'adapter, dans sa dimension technique et dans sa dimension immatérielle que traduisent les échanges financiers et les actes contractuels.

Le système d'échanges est ainsi tout à la fois puissant et d'une grande fragilité. Sa puissance, on la mesure, par exemple, aux tonnages sans cesse croissants de marchandises transportées. Des événements locaux illustrent sa fragilité : la concentration de flux de transport dans certaines zones de la planète le rend vulnérable à des désordres ponctuels comme ceux qui ont entraîné, au milieu du siècle dernier, la fermeture du canal de Suez ou comme ceux qui pourraient conduire à la fermeture du détroit d'Ormuz. Il semble très probable qu'il ne résisterait pas à un conflit planétaire brutal, et on peut dès lors s'interroger sur la capacité qu'aurait la population mondiale de se replier sans désastre planétaire, comme elle l'a fait au cours du dernier conflit mondial, sur une autarcie régionale accrue. Au cours du dernier demi-siècle, les relations d'interdépendance se sont accentuées dans une mesure telle qu'une régression de cette nature est devenue problématique et provoquerait, de façon certaine, des catastrophes humanitaires.

L'interdépendance des États-nations a conduit à créer des organisations interétatiques permanentes dont l'archétype est la Société des nations, et qui organisent, ou tentent d'organiser, le dialogue entre États.

La plus grande partie de ces organisations internationales, constituées dans un passé récent, ont pour tâche exclusive de prévenir ou de contrôler les conflits, un peu comme le font, au niveau des individus ou des entreprises, les structures juridiques nationales. C'est là le rôle d'institutions comme le Conseil de sécurité de l'ONU ou comme l'Organisation mondiale du commerce. Il existe cependant des organisations qui traitent de domaines sur lesquels les intérêts des États convergent sans trop de difficulté. Le type en est l'Organisation mondiale de la santé, qui a la charge de contrôler les épidémies. Dans une position intermédiaire se situent des organisations comme l'AIEA (Agence Internationale de l'Énergie Atomique), chargée de responsabilités dans le domaine de la prolifération nucléaire, l'UNDRO (United Nations Disaster Relief Organisation) et le HCR (Haut Commissariat aux réfugiés) chargés de l'aide aux victimes de conflits ou de catastrophes. Pour ces dernières, les attitudes des États peuvent converger ou diverger. Mais il y a une constante : le fonctionnement de toutes ces institutions repose sur le dialogue entre États « souverains » et leurs règles de fonctionnement impliquent un consensus permanent ou, à tout le moins, un consensus initial. Leur évolution vers un gouvernement mondial capable d'imposer sa volonté aux États relève encore de l'utopie.

### *Les réseaux transnationaux*

Un schéma de la société mondiale réduit aux États-nations et à leurs relations d'interdépendance serait radicalement incomplet, même si on lui ajoutait les structures internationales de nature publique qui ont été créées par les États-nations pour réguler leurs relations. Il faut encore introduire les structures transnationales de nature non étatique qui organisent certaines activités à l'échelle multinationale, voire mondiale.

Ces structures ont en commun de reposer, pour leur fonctionnement, sur les capacités transfrontières du système technique et, en particulier, sur les performances croissantes du système de télécommunications. On peut distinguer celles de ces structures qui ont un statut légal et celles qui organisent des activités illégales, voire criminelles.

Parmi les premières, les compagnies multinationales, industrielles, bancaires ou de services sont la charpente sur laquelle s'appuie l'économie globale. Elles ne sont naturellement pas indépendantes des États qui assujettissent, ou tentent d'assujettir leurs activités à l'observation de règles relevant du droit national ou des traités. Mais la puissance économique de ces entités fait que leurs relations avec les États — y compris avec les États démocratiques — est un dialogue de puissance à puissance.

Les firmes dites multinationales n'ont pu commencer à exister que lorsque l'évolution technique a permis, à partir du XVIe siècle, le développement de transports maritimes internationaux. On pourrait dater symboliquement leur apparition de la création de la Compagnie anglaise des Indes orientales par la reine Elizabeth, en 1600. Mais, plus que la puissance sans cesse croissante des moyens de transport maritime, c'est le développement des échanges immatériels à travers les réseaux techniques de télécommunications qui a contribué à la montée en puissance des structures économiques transnationales. On a vu apparaître la circulation transfrontière des monnaies bien avant qu'il soit devenu possible de l'affranchir des transports de matière. Au XIIe siècle, alors que les navigations océaniques n'existaient pas encore, les banquiers lombards avaient établi un système bancaire qui s'étendait sur l'Europe, mais la puissance du système était limitée par la portée géographique des échanges et leur lenteur assujettie à des transports matériels. Ce n'est qu'avec l'apparition des liaisons instantanées, et la disjonction entre la circulation de l'information et celle des matières, que le système financier a pu accéder progressivement à une capacité de réaction instantanée et à sa puissance actuelle.

En parallèle avec les structures économiques sont apparues beaucoup plus récemment, sous le vocable générique d'ONG (organisations non gouvernementales), des structures qui se donnent généralement pour tâche de remédier aux conséquences humanitaires des conflits ou des catastrophes et, plus généralement, de suppléer aux déficiences du système étatique, soit en assistant les États, soit — comme c'est le cas pour Greenpeace — en s'opposant à leur action.

Toutes ces organisations transnationales s'inscrivent dans un contexte légal, mais il existe aussi des structures qui exploitent, hors de toute légalité et à des fins politiques ou criminelles, les possibilités d'action internationale qu'offre le fonctionnement du système technique.

Une analyse détaillée de ces divers types de structures, qui concrétisent la perméabilité des frontières entre États-nations, excéderait largement les limites de mon propos. Je me bornerai à une observation : il est remarquable que, quelle que soit la puissance du phénomène de globalisation économique porté par les structures transnationales et quelles que soient les possibilités offertes aux individus d'exercer, hors des frontières, des activités légitimes ou criminelles, le rattachement de chaque individu à une nationalité n'en est pas affecté. L'étiquette nationale continue à adhérer à chaque être humain tout au long de son existence et cela, même à l'intérieur de l'Union européenne où, dans beaucoup de domaines, les barrières frontalières ont disparu. C'est là une différence marquée entre les États américains, qui n'ont pas de nationaux, et les États européens qui conservent jalousement les leurs.

Pour finir, une constatation d'évidence : le développement économique, tel qu'il est conçu dans le modèle occidental, est lié de façon indissoluble — et cela dans une mesure qui n'existait pas il y a un demi-siècle — au fonctionnement des structures transnationales elles-mêmes appuyées sur le fonctionnement du système technique. L'effondrement de l'un ou l'autre de ces deux éléments serait synonyme d'effondrement économique global.

## *Incohérences du système sociétal*

Un tableau d'ensemble de la société mondiale met en évidence des éléments en apparence contradictoires, et une question importante est de savoir comment réagiront ces incohérences quand pèseront les contraintes de l'enfermement.

D'une part, les États-nations confinés dans leurs territoires nationaux et attachés à maximiser leur prospérité par leurs échanges avec l'extérieur et, à l'occasion, par l'usage de la force ; d'autre part, un système d'échanges indispensable au maintien du niveau de prospérité atteint par certains pays et non moins indispensable à la satisfaction des besoins élémentaires de nombre d'autres. Cette juxtaposition d'égoïsmes nationaux et du niveau d'entente internationale exigé par le réseau d'échanges s'accompagne d'inégalités énormes entre les niveaux de prospérité des nations et de disparités non moins considérables des systèmes politiques qui établissent un ordre à l'intérieur des nations.

Il suffit d'ouvrir un ouvrage de géopolitique pour constater qu'aujourd'hui cette discipline est exclusivement occupée des relations entre les États, de leurs puissances respectives — quels que soient les critères de leur évaluation. Certes, on y trouve des analyses concernant l'évolution des ressources, des niveaux de vie et des populations, mais elles sont toujours rapportées à la transformation des rapports de force entre États. La géopolitique procède d'une tradition tout à fait fondée jusqu'à une époque récente, qui considérait que le jeu des pièces n'altérait pas l'échiquier. Elle est hypnotisée par l'analyse des conflits passés ou à venir, comme le seraient des hommes qui, pris dans un grand orage, seraient fascinés par le danger des éclairs et ne verraient pas la montée des eaux qui va les noyer.

En contrepoint de cette antinomie intrinsèque entre souverainetés territoriales et dépendances planétaires, il s'en est établi une autre entre le pouvoir gouvernemental et le pouvoir économique, l'un ancré dans le territoire, l'autre appuyé sur les structures transfrontières. Les interactions entre les sphères du politique et de l'économique dans un monde où domine l'économie de marché tendent fréquemment vers le conflit idéologique. Mais ce conflit doit inévitablement s'accommoder de la dépendance mutuelle entre structures économiques et structures politiques. Karl Polanyi a précisé en quelques phrases la nature de ce phénomène caractéristique de la société contemporaine : « Un marché autorégulateur n'exige rien de moins que la division institutionnelle de la société en une sphère économique et une sphère politique. Cette dichotomie n'est en fait que la simple réaffirmation, du point de vue de la société dans son ensemble, de l'existence d'un marché autorégulateur[1]. »

1. Karl Polanyi, *La Grande Transformation. Aux origines politiques et économiques de notre temps*, trad. de l'anglais par Maurice Angeno et Catherine Malamoud, Paris, Gallimard, 1983, p. 105.

Dans l'ensemble complexe et imposant qui tente de réguler les relations entre États, et entre politique et économique, les problèmes liés aux limites de la planète ont fait une apparition timide, il y a un peu plus de vingt ans. L'évolution de leur rôle est à l'évidence un élément dans l'analyse de la confrontation aux limites de la Terre. Il traduit l'émergence d'une sensibilité de la société humaine à la dimension planétaire de certains problèmes.

⋆

Si j'ai cherché à tracer, dans ce qui précède, une description schématique de la société humaine, ce n'est pas dans le dessein d'en approfondir la connaissance, tâche vers laquelle convergent les efforts des sciences sociales, c'est pour disposer d'un outil, fût-il grossier, dont on puisse se servir pour analyser les tensions causées par l'enfermement et grâce auquel on ait quelque espoir de discerner ce que seront les réactions de la société humaine.

Il semble tout à fait utopique de penser que le cours des choses qui découlera de cette rencontre puisse faire l'objet d'une prévision détaillée. L'expérience la plus commune montre que les crises dont la prévision relevait du court terme sont rarement anticipées et que le « sens de l'histoire », quelle que soit la qualité des analyses rétrospectives qu'il alimente et des prévisions *ex post* qu'il suscite, ne donne nullement les clefs de l'avenir. Or, la rencontre de la société humaine avec l'enfermement planétaire sera un phénomène d'une extrême complexité et à propos duquel la réflexion ne peut être guidée par aucun précédent de même ampleur. Lorsqu'une guerre se déclenche, on peut user — pour tenter de discerner ce qu'en sera l'issue et si cette issue sera conforme aux intentions qui l'ont initiée — de l'expérience acquise dans des situations semblables. Moyennant la prise en compte des différences qui marquent le contexte et des effets de l'évolution technique, on peut, par exemple, fonder l'analyse du conflit irakien sur l'expérience du conflit vietnamien, et construire des scénarios vraisemblables de son évolution future. Mais cette démarche n'est pas transposable à une crise globale dépourvue de précédents. Les seuls éléments empiriques que puisse fournir l'observation de la société humaine sont, d'une part, l'analyse des situations d'enfermement qui ont pu exercer leurs effets sur des segments limités de population, d'autre part, l'analyse des crises qui marquent le cours de l'évolution sociétale, de leurs sources et des mécanismes qui sont intervenus dans leur évolution. La transposition à la crise globale de ces éléments introduira inévitablement une marge d'incertitude. Mais les expériences venues du passé et l'analyse de la situation actuelle sont les seuls matériaux dont on puisse disposer.

Une réflexion objective sur le futur de l'humanité est entravée par de nombreux obstacles dont les plus visibles sont qu'elle heurte certains intérêts ou certaines croyances religieuses ou laïques.

Tout le système économique occidental vise à

maximiser la croissance, généralement mesurée par celle du PIB, et à maximiser les profits des structures de production et de services. Dans cette optimisation, le long terme n'est pas pris en compte, et dès qu'on l'introduit sous quelque forme que ce soit, on s'écarte de l'optimum à court terme, ce qui signifie que des intérêts sont lésés sans qu'il en résulte, dans l'immédiat, de bénéfice perceptible. Il est facile d'illustrer d'exemples particuliers ce phénomène général. Réduire la consommation des automobiles heurte à la fois les intérêts des compagnies pétrolières, les stratégies des constructeurs et les préférences ou les habitudes des consommateurs. Rejeter l'usage du charbon dans les centrales électriques touche aux intérêts des compagnies minières, mais affaiblit aussi la croissance économique d'un pays comme la Chine. Dès lors, le plus simple pour les tenants des intérêts concernés est de nier la réalité de la menace — la déstabilisation du climat dans les exemples précédents — et d'utiliser à cette fin leurs accès aux médias, leur influence sur les centres du pouvoir politique et la vénalité de certains membres de la communauté scientifique. C'est ainsi que l'on voit la Maison-Blanche altérer un rapport de l'Environment Protection Agency pour en minimiser les conclusions concernant l'évolution du climat et ses effets. Ce n'est, à dire vrai, rien de nouveau s'agissant des conduites humaines dictées par la défense d'intérêts particuliers. Le seul aspect inhabituel tient à la relation directe qui s'établit, dans ce domaine, entre la prévision scientifique des altérations de l'environnement et des intérêts politico-économiques majeurs. D'où le caractère caricatural de l'intervention d'un juriste de la Maison-Blanche dépourvu de toute formation scientifique, amendant de sa main le contenu d'un rapport scientifique et donnant quelques jours plus tard sa démission pour rejoindre la compagnie pétrolière Exxon. Mais, mise à part cette relation directe à la science, il n'y a là, en matière d'éthique du comportement politique, rien de nouveau, et il serait naïf de croire que ce type de conflit entre le court terme et l'avenir a comme seule source l'évolution du climat; on le rencontre aussi lorsqu'il s'agit du massacre des espèces animales ou de la destruction des forêts. Il constitue une des bases du comportement de l'espèce humaine et pose un problème central à ceux qui se préoccupent d'éthique.

Le conflit entre les croyances religieuses et les réflexions qui visent à préserver le sort de l'espèce humaine recèle des abîmes de profondeur métaphysique où je ne m'aventurerai pas. Pour rester à la surface, je me bornerai à constater que la vision de l'avenir de l'homme ne peut être la même pour ceux qui croient à un Dieu qui intervient dans les affaires humaines et les autres. Les prescriptions religieuses qui portent sur les comportements individuels peuvent interférer avec une conception de la place de l'espèce humaine dans l'écosystème terrestre. C'est par exemple le cas de celles qui concernent la reproduction et que l'on peut interpréter, si on ne les considère pas comme des commandements divins intangibles, comme des transferts, vers l'espace des croyances, de comportements de maximisation du succès reproductif sélectionnés par l'évolution darwinienne.

La frontière entre préservation d'intérêts économiques catégoriels et protection des croyances religieuses est d'ailleurs incertaine. Les religions, au moins certaines d'entre elles — et singulièrement les monothéismes judéo-chrétiens —, n'ont jamais cessé d'être, au cours des siècles, des structures de pouvoir par lesquelles s'expriment peut-être la puissance de Dieu, mais, de façon beaucoup plus palpable, celle des intermédiaires entre le croyant et la divinité, c'est-à-dire celle des Églises.

La tendance à transformer en credo les conclusions d'une réflexion rationnelle se manifeste hors du champ de la relation de l'homme à la transcendance divine, transformant des doctrines — économiques ou autres — en religions séculières. Cette dérive de la rationalité vers le dogme était parvenue à un haut degré de perfection dans l'ex-Union soviétique. Elle n'est au fond que le miroir de la dérive par laquelle des prescriptions qui relèveraient aujourd'hui de l'universel « principe de précaution » — interdiction de consommer de la viande de porc, rejet de l'inceste — se sont transformées en tabous religieux. Il se pourrait bien que le « principe de précaution » ne soit pas, simplification médiatique aidant, protégé de ce glissement vers la foi.

Le glissement de la rationalité à la foi qui transforme les doctrines en idéologies, en systèmes prescriptifs auxquels l'individu doit conformer sans plus de réflexion son comportement, témoigne d'un caractère général de l'homme en tant qu'être social. Dans la façon dont la société humaine réagira à des contraintes globales, cet aspect de la nature de l'homme est promis à jouer un rôle déterminant.

# 6

# Évolutions et crises

> Dès lors ne serons-nous pas forcés d'empiéter sur le territoire de nos voisins, si nous voulons avoir assez de terre à pâturer et à cultiver ; et nos voisins de leur côté n'empiéteront-ils pas sur le nôtre, si, franchissant les bornes du nécessaire, ils s'abandonnent comme nous à l'insatiable désir de posséder ?
>
> PLATON, *La République*, 373d.

À considérer la complexité et la diversité des sociétés humaines, on est tenté de penser, sans autre examen, qu'existe un lien nécessaire entre cette complexité et la puissance de l'équipement neuronal dont dispose l'homme. Cependant, l'évidence de cette relation tend à s'évanouir lorsqu'on examine les choses de plus près.

En effet, d'autres espèces construisent des structures sociétales complexes. C'est le cas de l'abeille domestique *(Apis mellifera)*, dont le génome a été récemment séquencé. La recherche des origines génétiques du comportement social dispose ainsi de l'outil de base indispensable à une démarche réductionniste[1]. Mais ce n'est pas le succès ou l'échec de cette tentative qui m'importe ici. L'abeille dispose d'un patrimoine neuronal d'environ un million de neurones, soit $10^5$ fois moins que le cerveau humain. C'est sur cette dotation modeste des individus que se construit une organisation sociétale complexe dans laquelle les tâches assignées aux individus et leur spécialisation dans ces tâches sont rigoureusement définies. Cette société est stable lorsque l'environnement dans lequel elle existe est stable. Elle est capable de réagir collectivement à une agression. Les tâches accomplies collectivement sont organisées par des échanges d'information entre les individus. Un langage gestuel dont von Frisch a décodé la signification permet, par exemple, d'accroître l'efficacité de la collecte de nourriture par rapport à ce qu'elle serait pour des butineurs opérant isolément[2]. Tout cela est fort connu. Il ne s'agit pas ici de procéder à une description détaillée de la société des abeilles; les différences majeures avec les sociétés humaines interdisent un parallèle soutenu comme celui que l'on pourrait être tenté d'établir avec une société de primates. Les fondements de la société des abeilles sont de nature génétique, ce qui lui imprime plusieurs caractères : l'absence de variété, l'immuabi-

1. « The Honeybee Genome Sequencing Consortium. Insights into social insects from the genome of the honeybee, *Apis mellifera* », *Nature*, 443, 2006, pp. 931-949.

2. Karl von Frisch, *Dance Language and Orientation of the Honeybee*, Cambridge, Harvard University Press, 1967.

lité — ou, plus précisément, la lenteur de l'évolution qui procède du rythme de l'évolution darwinienne — et le fait que l'éducation n'y joue aucun rôle. L'origine génétique du comportement fait que l'individu ne s'écarte jamais du rôle social que lui assigne son origine. Il n'y a pas d'individus déviants.

À l'opposé de cela, les sociétés humaines sont fondées sur un apprentissage individuel des prescriptions sociales qui inscrit ses effets dans la mémoire neuronale. Elles sont de ce fait capables d'évoluer rapidement ; elles manifestent, par rapport aux structures que forment les insectes sociaux, une grande diversité, et elles pratiquent des techniques qui elles-mêmes évoluent rapidement. La base génétique des comportements élémentaires de l'homme a fait de lui, dès l'origine, une espèce sociale et non une espèce solitaire. Mais, dans la complexité des structures sociétales humaines, le fondement génétique est occulté par le patrimoine culturel transmis de génération en génération et assimilé par les mémoires neuronales. Il se manifeste cependant lorsque l'évolution sociétale va à l'encontre de ce que prescrit l'atavisme, par exemple en heurtant, par un contrôle autoritaire des naissances, l'instinct de reproduction et la préférence que l'individu montre pour sa descendance. Enfin, par rapport au rôle social que lui assigne son apprentissage de la société, l'individu fait preuve d'une capacité de distanciation que qualifient divers concepts allant de la liberté individuelle à la déviance.

On a exprimé parfois l'idée que les sociétés d'insectes sont plus « parfaites » que les sociétés humaines parce qu'elles réalisent l'intégration totale de l'individu dans un organisme collectif et qu'elles ne possèdent pas d'individus déviants. L'individu n'y exprime aucune liberté de comportement étrangère à ses déterminations sociales ; elles fonctionnent comme un système totalitaire qui se construirait sans qu'il soit nécessaire d'imposer des contraintes pour réprimer l'expression de l'individualité. Et, en effet, il est tout à fait remarquable que les sociétés d'insectes ont des armées — c'est le cas chez certaines espèces de fourmis —, mais n'ont pas de police. Elles ont besoin de se protéger contre les agressions, voire de mener des opérations de rapine, mais elles n'ont pas besoin d'une structure gardienne de l'ordre sociétal. Le comportement social des individus relève d'une mémoire inaltérable, transmise de génération en génération, et la question du maintien de l'ordre social ou de la préservation des idéologies ne se pose pas.

À l'opposé, les déterminations génétiques de l'homme étaient tout juste suffisantes pour que se créent à l'origine des bandes grossièrement hiérarchisées où l'ordre était le plus souvent maintenu, comme il l'est dans une meute de loups, par la supériorité physique du chef. Pour en arriver à des structures plus complexes gouvernées par une morale sociale, l'éducation des mémoires neuronales est le substrat indispensable. La question s'ouvre alors de l'importance relative de la détermination génétique et de la construction contingente dans cette morale sociale.

Mais, quelle que soit la part de l'une et de l'autre, il reste que le fonctionnement sociétal repose sur une base plus fragile que celle dont disposent les sociétés d'insectes ; il n'est maintenu que parce que la société se dote de structures propres à le garder en mémoire et à le maintenir.

Chez l'insecte, l'« idéologie sociale » est génétique ; chez l'homme, elle est, pour l'essentiel, une construction culturelle dont la stabilité dépend d'une rétroaction de la société qui soit capable de réduire les déviances. Dans une société nombreuse et complexe, la puissance physique du chef n'y suffit évidemment pas ; il y faut une structure collective. L'éternelle question surgit alors : *quis custodes ipsos custodiet ?* « qui gardera les gardiens eux-mêmes ? »

Cette comparaison des sociétés d'insectes aux sociétés humaines suscite plusieurs interrogations. Si un million de neurones adéquatement « câblés » suffisent à un individu abeille pour s'insérer harmonieusement dans la ruche et pour accomplir les tâches que lui assigne sa société, peut-on penser qu'il en faille cent milliards à l'individu humain pour réussir la même insertion ? Se pourrait-il qu'une capacité beaucoup plus réduite soit suffisante à l'insertion sociale, même si l'on tient compte du fait qu'un système nerveux « câblé » est — sans doute — moins exigeant en composants élémentaires qu'un système nerveux « programmé » ? Dans cette hypothèse, à quoi donc est employée la capacité excédentaire de l'encéphale humain et quelle est sa source dans l'évolution ?

Il est tentant d'associer la puissance neuronale de l'homme à sa relation avec la technique qu'il pratique et avec la complexité croissante des savoir-faire, des apprentissages et des langages qui en est inséparable. Distinguer en ces matières un effet et une cause n'a pas de sens ; mais il est certain que la complexité des comportements requis de l'individu par son interaction avec la technique est apparue dès les premiers stades de l'évolution, en même temps que les premières sociétés organisées en vue des tâches de production. On voit ainsi s'établir une relation entre la puissance neuronale de l'homme et certains des usages qu'il en fait, y compris, naturellement, les efforts de réflexion sur les structures sociales qui occupent les sociologues.

Mais peut-on, pour autant, admettre que l'insertion la plus élémentaire dans la société ne demande qu'un appareil intellectuel réduit ? Il y a lieu, à cet égard, d'établir une distinction claire entre ce qui est requis pour devenir membre d'une société, quelle qu'elle soit, et ce qui est nécessaire pour la concevoir et agir sur elle. La seconde catégorie d'activités de l'individu n'existe pas dans les sociétés d'insectes et c'est ce qui conduit à les considérer, selon le point de vue que l'on adopte, comme plus parfaites ou comme purement végétatives et machinales. Une capacité de rétroaction de l'individu sur la structure à laquelle il appartient introduit dans la société humaine une « imperfection » par rapport à l'ordre social parfait des insectes sociaux, mais crée en même temps un mécanisme d'évolution rapide.

On peut relever, dans le fonctionnement des structures sociétales, des phénomènes dont l'analyse vient à l'appui de cette idée. Lorsqu'on veut créer, dans une population, des groupes qui se comportent comme une société parfaite au sens des sociétés d'insectes, on soumet ces groupes à des contraintes qui suppriment toute capacité de mise en question par l'individu des prescriptions reçues et qui établissent une relation stricte entre ces prescriptions et ses réactions. C'est ce qu'exprime le texte classique qui donne une image quelque peu caricaturale de la discipline militaire idéale : « La discipline faisant la force principale des armées, il importe que tout supérieur obtienne de ses subordonnés une obéissance exacte et de tous les instants. » Cela signifie que, dans les situations de combat collectif, la marge de liberté du comportement individuel doit disparaître et ne s'exercer, en tout cas, qu'après l'exécution des ordres. On voit apparaître ainsi un antagonisme entre le degré de liberté dont dispose l'individu au sein de la structure sociétale et la « perfection » de cette structure au sens où l'individu se conforme plus ou moins parfaitement aux prescriptions que lui transmet le corps social. Est-il nécessaire de préciser que le terme de « perfection » que j'utilise pour qualifier une plus ou moins grande proximité avec une société d'insectes n'implique aucune idée de valeur, aucun des choix de valeurs qui dictent une préférence pour telle ou telle forme de société. Ce terme traduit seulement un concept sur la base duquel il est loisible de classer les diverses formes de société et d'analyser les évolutions auxquelles pourront donner licu les tensions de l'enfermement.

La forme de la relation entre l'individu et l'autorité sociale est l'élément central de cette classification qui va des diverses formes de démocratie jusqu'aux régimes totalitaires à travers les régimes autoritaires, despotiques ou dictatoriaux.

### *Le système totalitaire*

L'analyse des formes extrêmes de l'organisation sociale constitue un exercice utile, non seulement parce que le désir de leur barrer la route est commun à beaucoup, mais aussi parce qu'elles sont plus simples et laissent mieux discerner leurs composantes. Toute société repose sur un ensemble de valeurs sociales, sur un système d'éducation des individus et sur un appareil social qui a pour tâche de maintenir un ordre conforme à ces valeurs sociales. Par éducation des individus, je n'entends pas ici les apprentissages nécessaires à leurs interactions avec le système technique, mais seulement leur apprentissage des comportements sociaux. Les premiers sont pris en charge par le système éducatif, alors que le second est acquis de façon beaucoup plus diffuse. Il est souvent largement négligé par les démocraties, soit que les classes dirigeantes veuillent s'en réserver la maîtrise, soit que le risque d'embrigadement moral de la jeunesse commande la retenue. Il est, en revanche, très présent dans les systèmes totalitaires où, précisément, il s'agit d'uniformiser les messages culturels imprimés dans les cerveaux; de là des organisations comme les Jeunesses hitlériennes, chargées d'établir une uniformité individuelle dès l'âge où se constituent, de façon fortement irréversible, les bases culturelles du comportement.

Le régime totalitaire, dont le nazisme constitue pour les Européens un archétype, se caractérise par la convergence de deux éléments : d'une part, la propagation d'un message culturel uniforme d'une extrême simplicité et susceptible, comme tel, d'être absorbé par tout individu, quelle que soit sa capacité intellectuelle; d'autre part, le développement d'un appareil répressif, la police politique, qui interdit et réprime toute déviation individuelle par rapport à ce message culturel et qui, le cas échéant, élimine les déviants. La conjonction de ces deux éléments tend à créer une situation où l'individu n'a plus aucun droit de réflexion ou d'expression par rapport à l'idéologie et où aucun appareil juridique ne s'interpose entre l'individu et l'appareil policier, qui réprime toute déviation et qui, à la limite, interdit la pensée. En ce sens, le régime totalitaire repose sur une déshumanisation de l'individu, c'est-à-dire sur la négation de l'individualité, sur la répression des marques de diversité qu'implique une société fondée sur une base culturelle par rapport à une société fondée sur des déterminations génétiques. À la limite, la base idéologique perd toute importance et seule subsiste la soumission totale de l'individu. Bien entendu, la perfection en la matière ne peut être atteinte. « L'assassinat de l'individualité, pour reprendre les termes de Hannah Arendt, de ce caractère unique dont la nature, la volonté et le destin ont pourvu également tous les hommes » n'est pas une tâche aisée, et c'est surtout une tâche sans cesse recommencée[1]. Dans la mesure où elle se heurte à des déterminations naturelles immuables, on peut la qualifier d'utopique. Il reste que des régimes totalitaires sont apparus et se sont longuement maintenus, et que cela nous interroge sur le risque de voir surgir de nouveau la bête immonde à la faveur des épreuves qui menacent.

Dans cette vulnérabilité des sociétés contemporaines susceptibles de basculer dans le totalitarisme, la simplicité du message capable de mobiliser les masses et sa facilité à se propager dans les masses humaines revêtent une importance capitale. Peu importe que ce message ait une apparence religieuse, politique ou idéologique, l'essentiel est qu'il soit prescriptif et qu'il possède cette aptitude à se diffuser pour laquelle la simplicité est une qualité essentielle. On retrouve là l'idée, appuyée sur l'observation la plus courante, que

1. Hannah Arendt, *Le Système totalitaire*, Paris, Éd. du Seuil, 1972, p. 270.

l'appareil neuronal nécessaire pour adhérer à un mouvement de masse, qu'il soit politique ou religieux, est extrêmement réduit.

### *L'extension des régimes démocratiques*

Je n'entrerai pas ici dans une analyse des diverses formes que revêtent les régimes démocratiques, ni dans une définition de la frontière incertaine qui les sépare des régimes autoritaires. Je m'intéresse plutôt à l'expansion des régions contrôlées par un régime que l'on peut raisonnablement considérer comme démocratique et aux mécanismes qui gouvernent cette expansion. Inglehart et Welzel, déjà cités, ont conduit une étude exemplaire de ce phénomène. Exemplaire parce qu'elle repose sur la collecte et l'analyse d'une masse considérable de données empiriques. Je me borne à extraire de leurs conclusions ce qui touche plus particulièrement à mon propos. Ces auteurs associent le développement de l'institution démocratique à la montée des possibilités d'expression de l'individualité. Ils montrent que « le développement socio-économique, les valeurs d'expression individuelle et les institutions démocratiques sont étroitement corrélés parce qu'ils exploitent une même dimension sous-jacente. Chacune de ces composantes aide au développement d'une potentialité de la société humaine — à savoir la capacité des êtres humains à modeler leurs vies à partir de leurs choix autonomes[1] ». La démonstration s'appuie sur une étude empirique des relations entre le développement socio-économique et celui des institutions démocratiques qui libèrent la capacité d'expression des individus. Ces relations sont largement dominées par le fait que « le développement crée des conditions d'existence favorables qui contribuent à alléger les contraintes pesant sur les choix humains » ou qui, en d'autres termes, s'exercent en faveur des valeurs d'autonomie individuelle au détriment des valeurs de survie. La transformation des valeurs sociétales par le développement n'est pas instantanée. L'acquis culturel hérité de l'histoire — les traditions — exerce des effets retardateurs et, par là même, stabilisateurs. L'attitude occidentale qui considère la liberté individuelle et les droits de l'homme comme des valeurs universelles est-elle une manifestation d'arrogance ? Le débat demeure ouvert. Les valeurs asiatiques mettraient l'accent sur la conformité à la communauté plutôt que sur la liberté de l'individu. Je n'entrerai pas dans ce débat parce qu'il suppose un choix de valeurs qui est extérieur à mon propos ; ce qui retient mon attention, dans les analyses d'Inglehart et Welzel, c'est la relation qu'ils établissent empiriquement entre le développement économique et les conditions favorables au fonctionnement de la démocratie libérale, voire à son expansion, quels que soient par

1. R. Inglehart et C. Welzel, *Modernization, Cultural Change, and Democracy*, *op. cit.*, p. 285.

ailleurs les obstacles que cette expansion pourrait rencontrer.

La leçon la plus générale de leurs observations est qu'un changement des conditions socio-économiques induit une évolution des valeurs sociétales. Or c'est par cette exigence d'une universalisation du développement socio-économique que la propagation des valeurs de la démocratie libérale se heurte aux contraintes de l'enfermement. C'est un élément incontournable du problème de l'évolution des valeurs sociétales que nos auteurs ont ignoré, mais qui est implicitement présent dans leurs conclusions : « Comme nous l'avons établi, l'essor de la démocratie est inhérent aux degrés élevés du développement humain. [...] Il est douloureusement évident que le progrès et le développement humain ne sont pas certains. Mais ils sont possibles... » L'envers du tableau est que le développement doit connaître une fin et que, en outre, l'uniformisation jusqu'au niveau atteint par les démocraties occidentales est inaccessible. Cette cruelle certitude fait pendant aux analyses de Inglehart et Welzel.

### *Diversité et fragilités sociétales*

Le fondement culturel des structures sociétales humaines détermine des caractères qui leur sont communs : leur diversité, leur capacité d'évolution rapide et leur fragilité, tous ces caractères étant absents des sociétés animales fondées exclusivement sur une base génétique.

La diversité sociétale est un fait d'observation; elle concerne à la fois la structure de pouvoir qui maintient l'ordre social et les acquis culturels communs, les credos sociaux qui confèrent une certaine homogénéité à la masse des individus. La capacité d'évolution et la fragilité sont les deux faces d'une même réalité. Elles sont l'une et l'autre directement liées à la fragilité des acquis culturels, à leur caractère labile, et elles caractérisent les modes d'adaptation de la structure sociale à des tensions, qu'elles proviennent de son sein même ou d'interactions avec le contexte dans lequel elle se développe. Il existe, dans une société humaine quelconque, un État-nation par exemple, de puissants facteurs d'évolution qui sont de nature endogène. Ils provoquent soit des adaptations progressives, soit des crises qui sont, en définitive, des phénomènes de même nature. La distinction se fonde sur la rapidité de la transformation qu'ils induisent, rapportée à cette unité universelle qu'est la durée de la vie humaine, et sur l'intervention plus ou moins marquée du recours à la violence.

Pour une société humaine enfermée dans une enceinte territoriale, les sources primaires de tensions endogènes sont l'évolution technique et la croissance de la population qui, l'une et l'autre, transforment — et le cas échéant engagent dans une impasse — la relation de la société avec son environnement immédiat. Les sociétés d'insectes nc sont pas exemptes des problèmes de population et de ressources environnementales — bien que, naturellement, la composante technique de l'évolution en soit absente —, mais elles y répondent en essaimant ou en migrant, ce qui, au stade d'occupation atteint sur la planète, est interdit à la société humaine.

Quant aux tensions exogènes, elles sont issues de la dépendance de la société à l'égard des ressources extérieures à son territoire et la rivalité avec d'autres sociétés pour l'accès à ces ressources.

L'une et l'autre tension se résolvent par des adaptations progressives ou par des crises dont les formes ultimes sont la guerre civile et la guerre étrangère. La façon dont la structure de pouvoir réagit aux tensions joue un rôle déterminant dans la forme que revêt le processus de transformation. Il est dans la nature de la structure de pouvoir d'être un frein au changement et de chercher à persister dans son être. Selon qu'elle manifeste une plus ou moins grande capacité à maîtriser et à conduire l'évolution, elle laissera ou non la société atteindre le point de rupture où se déclenche la crise.

Les modes de résolution des tensions exogènes sont puissamment gouvernés par l'évolution technique qui change la nature des affrontements armés et qui transforme, par les télécommunications et les transports, les modes de négociation et de conciliation. Tous ces aspects concernent le monde fragmenté en communautés nationales tel que nous l'avons schématisé précédemment. La transposition de ces mécanismes à l'interaction de la société humaine avec l'environnement planétaire ne peut en être une simple extrapolation. Certains éléments qui font le succès ou l'échec d'un ensemble national, sa capacité à accaparer des ressources situées à l'extérieur de son territoire ou à intimider ses interlocuteurs, par exemple, sont évidemment absents de la relation de l'humanité à son environnement global. Plus généralement, c'est la rivalité entre groupes humains qui tend à perdre toute pertinence et, par conséquent, c'est un des comportements collectifs ubiquistes — dont on peut légitimement considérer qu'il est ancré dans le patrimoine génétique de l'espèce — qui devient inadapté et peut se transformer, de facteur de succès pour un groupe humain, en tare létale pour l'humanité.

Dans sa grande étude sur les choix qui conduisent les sociétés à survivre ou à disparaître, Jared Diamond a identifié les raisons qui provoquent des décisions « désastreuses », c'est-à-dire des décisions qui entraînent le déclin ou la disparition d'un groupe humain. Il y aurait beaucoup à dire sur l'usage du terme « décision », parce que, dans nombre de cas, il n'y a pas eu d'équivalent collectif d'une décision individuelle. Il vaudrait mieux parler de comportements collectifs qui ont été fatals à l'avenir de ces sociétés et s'interroger sur les sources de ces comportements. Quoi qu'il en soit, Diamond identifie quatre formes de « décisions désastreuses » : l'incapacité d'anticiper un problème avant qu'il ne se manifeste, l'incapacité de percevoir un problème alors qu'il est présent, l'incapacité de résoudre — ou même de tenter de résoudre — un problème alors qu'il est perçu et, finalement, le maintien d'un système de valeurs sociales inadaptées à la situation nouvelle. Il écrit : « Peut-être une clef du succès ou de l'échec pour une société est-elle de savoir à quelles valeurs fondamentales se tenir et lesquelles écarter, voire remplacer par de nouvelles [quand les temps changent] », et il souligne combien « il est douloureusement difficile de décider qu'il faut abandonner certaines de ses valeurs centrales quand elles semblent devenues incompatibles avec la survie »[1]. La question est en outre de savoir dans quoi sont enracinées ces valeurs centrales. Dans l'analyse de la disparition des colonies Viking installées sur la côte ouest du Groenland au X^e^ siècle, et qui s'y sont maintenues pendant 450 ans, Diamond souligne l'inadaptation de leur culture de fermiers à un environnement dans lequel a prospéré une population inuit de chasseurs-pêcheurs. Il ne s'agissait, en l'occurrence, que de traditions spécifiques attachées aux origines ethniques de cette population, et cependant elles ont été fatales lorsqu'il a fallu affronter un refroidissement du climat. Qu'en serait-il de l'abandon de valeurs plus universelles et enracinées plus profondément dans la nature de l'espèce humaine, voire dans son patrimoine génétique ?

1. J. Diamond, *Effondrement*, *op. cit.*, p. 495.

## *Crises et idéologies dans les États-nations*

La nature des évolutions et des crises est l'une des bases de la réflexion sur l'enfermement. Cette question est indissolublement liée à l'évolution du système technique, car les activités de la société humaine sont en harmonie étroite avec le système technique. Les problèmes que soulèvent ces activités ont leurs racines dans les caractéristiques de ce système. Il est dès lors dans la nature des choses que les crises qui frapperont la société soient affectées par l'évolution technique, au même degré que le fonctionnement normal des structures sociétales.

La pensée fruste selon laquelle l'évolution du système technique — après les avoir engendrés — résoudra ces problèmes est l'une des plus communes qui soient; si commune que, dans les cercles économiques, on se borne souvent à l'affirmer comme une vérité d'évidence, avec des formules éprouvées comme « le marché y pourvoira », sans tenter aucunement de la justifier.

Au stade d'évolution de la société humaine où elle est divisée en États-nations contigus dont les territoires sont bloqués dans l'espace planétaire, il est naturel, pour analyser les crises et leurs effets, de se fonder sur une première distinction entre les crises qui sont intérieures à un État-nation et celles qui opposent plusieurs États, les révolutions, d'une part, et les guerres, de l'autre. Aborder la question dans toute sa généralité relèverait d'une ambition démesurée. Je me bornerai à tenter de cerner la capacité des crises et des guerres contemporaines à résoudre les problèmes qui les provoquent. Cette ambition, plus modeste, est guidée par l'idée que les tensions nées de l'enfermement sont certainement susceptibles d'engendrer des crises — elles en engendrent, en fait, dès aujourd'hui — et que l'effet, positif ou aggravant, de ces crises sur leurs sources est un élément important de la réflexion.

Les crises qui se développent au sein d'un État-nation, et qui peuvent à l'occasion provoquer l'effondrement de la structure de pouvoir, possèdent, sous la diversité de leurs apparences, des caractères généraux. Elles opposent, à l'intérieur de l'État-nation, deux ou parfois plusieurs groupes humains ; l'appartenance à ces groupes est déterminée par une origine ethnique, la pratique d'une langue, d'une religion ou d'une idéologie. L'existence, à l'intérieur de l'État-nation, de fractures relevant de ces catégories constitue, comme je l'ai déjà relevé, un facteur de fragilité. Quelle que soit la nature de ces fractures, elles introduisent des disparités entre les acquis culturels qui prescrivent leurs comportements aux individus. Peu importe qu'elles soient politiques, religieuses ou fondées sur l'usage d'une langue, l'essentiel est qu'elles affirment une différence collective, une altérité sur laquelle peut s'engager l'affrontement. La faiblesse du pouvoir central est une autre source d'instabilité. Il est d'observation courante que, là où un régime autoritaire interdit l'affrontement entre fractions, sa disparition, quelle qu'en soit la cause, libère le développement de la crise. On en a vu des exemples en Yougoslavie avec la disparition de Tito et en Irak avec celle du régime de Saddam Hussein.

Lorsqu'une crise éclate, ses effets peuvent revêtir des formes très différentes, allant d'une scission à l'amiable de l'État-nation, comme celle qui a provoqué la partition de l'ancienne Tchécoslovaquie, jusqu'à l'affrontement sanglant. Elle peut entraîner le génocide d'une des fractions de la population, comme au Rwanda, ou l'effondrement de l'État, comme en Somalie. Ces formes extrêmes, mais fréquentes, de la crise ont des conséquences humanitaires qui peuvent être extrêmement lourdes : famines et épidémies viennent s'ajouter aux massacres. L'ensemble de ces circonstances peut susciter des interventions extérieures organisées par des structures internationales. Elles mettent en jeu une combinaison de forces armées et d'organisations humanitaires dont le déploiement est subordonné au bon vouloir des parties en conflit ou à leur incapacité de s'y opposer.

Mon dessein, en évoquant ce couple crise-intervention, n'est pas d'ajouter à la masse d'études dont il a fait l'objet, mais de mettre en regard les tensions dues à l'enfermement et les mécanismes de déclenchement et de propagation des crises locales. La généralisation de ces crises sous l'effet des tensions fait craindre une montée du désordre dans la société humaine confrontée aux contraintes de son environnement global.

Divers facteurs conjuguent leurs effets pour favoriser le déclenchement d'une crise. Il y a d'abord, comme je viens de l'indiquer, les lignes de fracture héritées du passé historique. C'est particulièrement le cas d'États-nations qui ont été constitués de façon quelque peu arbitraire après les conflits mondiaux : Tchécoslovaquie, Irak, Yougoslavie, ou comme un héritage de l'époque coloniale. Mais ces lignes de fracture peuvent relever d'un passé plus lointain, comme le rattachement de la Bretagne au royaume de France à la fin du XVe siècle ou la cohabitation des Hutus et des Tutsis au Rwanda. Les tensions qui s'exercent sur ces lignes de fracture sont de natures très diverses : l'insuffisance des ressources alimentaires au Rwanda, l'équilibre de l'accès à la manne pétrolière entre Sunnites et Chiites en Irak, le déséquilibre entre les prélèvements opérés sur les richesses par la classe dirigeante et le niveau de ressources de la population.

Un autre facteur joue un rôle non moins important, mais il est d'une nature différente en ceci qu'il est strictement propre à l'homme. En effet, si l'identification de l'individu à un groupe et la rivalité pour l'accès aux ressources peuvent susciter des conflits entre des groupes d'animaux appartenant à une même espèce, il s'y ajoute chez l'homme un élément culturel inscrit dans les mémoires neuronales. Dans l'affrontement de groupes humains à l'intérieur d'une nation, ce facteur est toujours présent. Je n'entends pas dire par là qu'il n'est pas impliqué dans les conflits internationaux, mais sa présence y est plus récente. Les soldats qui se sont affrontés à Fontenoy n'étaient certainement pas portés par une idéologie; ceux de l'an II l'étaient et dans la Première Guerre mondiale, il a bien fallu, pour mobiliser le peuple de part et d'autre, avilir artificiellement l'adversaire. Mais les crises internes d'un État-nation se développent toujours sur un fondement idéologique.

Que faut-il pour qu'une idéologie, quelle que soit sa nature, serve à mobiliser les masses pour un conflit? Il faut d'abord qu'elle soit simple, c'est-à-dire accessible à l'individu, si modeste que soit son bagage culturel. C'est un caractère inséparable de la capacité de mobiliser les foules. Il faut aussi qu'elle possède une nature « prescriptive », c'est-à-dire qu'elle établisse une relation avec l'action. Les idéologies religieuses occidentales sont à cet égard des archétypes parfaits. La substructure théologique dont elles procèdent peut être d'une subtilité et d'une complexité qui en imposent, mais ce qui en émane en termes de prescriptions pour le modeste croyant est d'une simplicité dont Villon a exprimé l'essence :

*Femme je suis povrette et ancïenne,*
*Qui riens ne sçay; oncques lettre ne lus.*
*Au moustier voy dont je suis paroissienne*
*Paradis paint, ou sont harpes et lus,*
*Et un enfer ou dampnez sont boullus;*
*L'ung me fait paour, l'autre joye et liesse.*
...
*En ceste foy je vueil vivre et mourir.*

Sur « ceste foy » ont fleuri interminablement, au XVIe siècle, les guerres de Religion.

Un autre caractère, dont la nature est plus insaisissable, concourt à l'efficacité d'une idéologie, c'est sa capacité à se propager au sein d'une population, à y propager, en quelque sorte, une épidémie. La simplicité est une composante nécessaire de ce facteur, mais ce n'est pas une composante suffisante. Ce que Malcolm Gladwell a nommé le « *stickiness factor* » caractérise toutes sortes de messages et pas seulement les idéologies[1]. Il intéresse au premier chef les professionnels de la publicité et du marketing soucieux de créer une tendance, mais son domaine de pertinence est beaucoup plus vaste et, peut-on dire, universel. Il gouverne des phénomènes comme les rumeurs, les modes, la diffusion des addictions et des notoriétés. Sa capacité à se propager et à s'introduire dans les esprits détermine l'efficacité des messages qui sont le fondement des comportements collectifs. La multiplication des porteurs de ce message crée une uniformisation des réactions et des comportements individuels, et cette uniformisation détermine les caractères du comportement collectif.

J'ai évité de me référer, pour résumer ce qui précède, au concept que recouvre le néologisme « mème » (de l'anglais *meme*) parce que ses fondements empiriques sont passablement nébuleux et

1. Malcolm Gladwell, *The Tipping Point : How Little Things Can Make a Big Difference*, New York, Back Bay Books, 2002, p. 89-132.

l'usage qui en a été fait passablement confus. Le terme a été introduit par Richard Dawkins dans son ouvrage le plus connu, *The Selfish Gene*, pour établir un parallèle entre l'évolution génétique, fondée sur la transmission de réplicateurs, les gènes, et l'évolution culturelle. « Tout comme les gènes se propagent dans le pool génique en sautant de corps en corps par le biais des spermatozoïdes et des ovocytes, les mèmes se propagent dans le pool des mèmes en sautant de cerveau en cerveau par un processus qui, au sens large, pourrait être qualifié d'imitation[1]. »

Je ne vois dans cette idée guère plus qu'une analogie dont les limites sont vite atteintes, car elle n'a d'autre intérêt que de mettre l'accent sur la capacité qu'ont certains messages de se propager aisément d'un cerveau à l'autre. Elle conduit à s'interroger sur les facteurs qui facilitent le stockage de ces messages et leur transmission, sur leur résistance à la déformation et sur la place qu'occupe ce mécanisme dans la constitution d'un paysage culturel uniforme. Mais dans l'approfondissement de cette interrogation, l'analogie cesse vite d'être de quelque usage que ce soit et, en outre, à la différence du fondement moléculaire du gène, celui du mème demeure insaisissable.

Comme c'est parfois le cas de certaines créations sémantiques, le terme de « mème » a quelque peu échappé à son créateur pour engendrer une

1. Richard Dawkins, *Le Gène égoïste* [1976], trad. de l'anglais par Laura Ovion, Paris, Odile Jacob, 2003, chap. XI.

descendance scientifique douteuse, la « mémétique », qui rassemble le meilleur et le pire. Si j'ai hésité à évoquer Dawkins, c'est qu'il a versé dans une analogie entre le gène et le même — nouveau réplicateur — qui possède peut-être des vertus didactiques et heuristiques, mais qui est surtout propre à égarer la réflexion[1]. Les commentateurs et continuateurs de sa pensée n'ont pas manqué de filer l'analogie au-delà de son domaine de pertinence. N. K. Humphrey écrit par exemple : « Les mèmes devraient être considérés techniquement comme des structures vivantes et non pas simplement comme des métaphores. Lorsque vous plantez un mème fertile dans mon esprit, vous parasitez littéralement mon cerveau, le transformant ainsi en un véhicule destiné à propager le mème, exactement comme un virus peut parasiter le mécanisme génétique d'une cellule hôte. Ce n'est pas seulement une façon de parler[2] ». L'usage abusif de l'analogie, qui a déjà contribué à obscurcir la compréhension des phénomènes d'évolution technique, joue ici le même rôle néfaste. Le jugement de Stephen Jay Gould s'y applique parfaitement : « Les comparaisons entre l'évolution biologique et l'évolution culturelle ou technologique humaine sont en général plus désastreuses que bénéfiques[3]. » Les différences en la matière

1. *Ibid.*, pp. 257-272.
2. Cité *ibid.*, p. 261.
3. Stephen Jay Gould, *La Foire aux dinosaures. Réflexions sur l'histoire naturelle*, Paris, Éd. du Seuil, 1993; coll. « Points sciences », 1997, p. 79.

sont plus intéressantes que les analogies ; le phénomène de la propagation, de cerveau en cerveau, de fragments d'information mérite d'être considéré comme un phénomène en soi, parfaitement distinct de la propagation de l'information génétique. Ni le support biologique de ces messages dans les organes neuronaux, ni les modes de transmission n'ont la moindre ressemblance avec les éléments correspondants de l'information génétique. Aucune analogie avec l'information génétique ne fournit de lumière sur certaines particularités de ces lambeaux d'information propres à « parasiter » l'acquis culturel. Pourquoi certains messages prescriptifs se maintiennent-ils, presque inchangés sur des périodes très longues, alors que d'autres n'ont qu'une existence fugace ? La longévité est ainsi un trait commun à beaucoup de prescriptions religieuses, au demeurant diverses. Qu'est-ce qui rend un message propre à se propager rapidement et sans déformation significative, mise à part sa simplicité qui est une qualité nécessaire mais non suffisante ? D'où provient sa puissance épidémique ? Et, enfin, quel rôle joue l'évolution technique dans la propagation de ces messages prescriptifs ?

Sur ce dernier point, aucun parallèle ne peut être maintenu entre gènes et mèmes. S'il est vrai que le développement des systèmes de transport a produit un brassage du *pool* génétique humain, la transmission continue à relever du processus biologique traditionnel dans lequel le système technique n'intervient pas, ou rarement, et de façon tout à fait accessoire. En revanche, la propagation des messages culturels de cerveau en cerveau emprunte de façon majoritaire les voies fournies par les techniques informationnelles. Si le bouche à oreille, aidé du téléphone, peut encore dominer dans la diffusion de rumeurs locales, les mouvements d'opinion à l'échelle régionale ou planétaire sont rendus possibles par les systèmes techniques informationnels. Internet est, à cet égard, l'outil le plus récent et le plus puissant, mais la capacité d'agir à grande distance sur une masse humaine est apparue à un stade nettement antérieur de l'évolution des techniques informationnelles. Elle a commencé à produire ses effets avec la radiodiffusion, largement utilisée au cours de la Seconde Guerre mondiale à des fins de propagande. On se souviendra que la révolution iranienne de 1979 a été préparée, dans une population où le taux d'illettrisme était important, par la circulation clandestine d'audiocassettes transmettant au peuple la parole de l'ayatollah Khomeyni. En un peu plus d'un siècle, l'évolution technique a rendu possible, avec tout ce que cela autorise pour les comportements collectifs, la diffusion instantanée de l'information et son accessibilité sans le préalable d'une éducation autre que l'acquisition d'un langage.

*

Pour appréhender les réactions de la société à l'enfermement planétaire, j'ai choisi un parti de réduction à l'essentiel qui met en jeu deux éléments : une évolution progressive des caractéristiques de la société globale, d'une part, et, d'autre part, des crises causées, dans le cas le plus général, par les tensions que l'évolution accumule.

La démarcation entre ces deux composantes n'est nullement tranchée. Elle peut se fonder sur les constantes de temps qui caractérisent l'une et l'autre rapportées à la durée de la vie humaine et, par ce biais, aux modes d'intervention que l'on peut envisager. C'est ainsi que le développement de techniques nouvelles, la démographie et des altérations de l'environnement, comme le réchauffement du climat ou la raréfaction de certaines ressources non renouvelables, induisent des évolutions que l'on peut espérer orienter en s'attaquant à leurs sources. Un « choc pétrolier » suscite une crise dont on est réduit à traiter les effets parce qu'il est trop tard pour influer sur les causes.

Une distinction plus fondamentale entre évolution et crises tient à l'existence, s'agissant des crises, d'un phénomène de déclenchement qui est absent dans l'évolution. La présence de ce phénomène introduit une différence majeure entre la prévisibilité des évolutions et celle des crises.

La prévision des évolutions relève d'une démarche d'extrapolation intelligente des tendances observées. Cette démarche se heurte à des horizons temporels de prévisibilité qui dépendent de la nature des phénomènes étudiés et de la forme de la prévision recherchée, déterministe ou probabiliste ; elle conduit à identifier des impasses liées à la saturation de l'espace planétaire ou à l'épuisement de ses ressources.

La prévision des crises relève d'une logique toute différente, qui tient à ce que la prévision déterministe du déclenchement est en général inaccessible. Ce à quoi il est souvent possible d'accéder par l'analyse des sources présentes, c'est à la probabilité d'une crise, mais le déclenchement relève en général de facteurs contingents, accidentels, dont la survenue ne peut être prévue.

Il existe de nombreux exemples de phénomènes naturels, en principe infiniment moins complexes que ceux qui agitent la société humaine, qui relèvent de cette forme d'imprévisibilité. J'ai proposé précédemment, comme une métaphore de la société humaine, la façon dont se produisent les avalanches qui se déclenchent sur un tas de sable lorsque la pente du talus dépasse une certaine valeur. Un autre exemple est fourni par les incendies de forêt qui ravagent régulièrement les forêts méditerranéennes. On sait évaluer, en fonction de facteurs comme le degré de sécheresse de la végétation, la température de l'air et le vent, la probabilité d'un déclenchement de l'incendie qui peut atteindre, en certaines occasions, un niveau de quasi-certitude. Mais on ne sait pas préciser le lieu et l'heure du déclenchement, qu'il soit naturel ou criminel. Les tremblements de terre relèvent d'une logique analogue. La tension qui s'accumule entre les deux lèvres d'une faille de l'écorce terrestre est accessible à l'observation scientifique et permet une évaluation du risque de séisme, mais, en l'état actuel des connaissances, la prévision de l'instant où se produit la rupture demeure inaccessible. Plus proche de notre sujet, la prévision des crises financières et de leur ampleur n'est pas un domaine d'excellence de la science économique.

Les phénomènes du monde physique qui relèvent de cette forme d'imprévisibilité ont en commun un caractère général : ils impliquent l'intensification, sous des formes variées, d'un déséquilibre énergétique qui est dissipé dans le déclenchement. Ils reposent sur ce que l'on désigne par le terme d'« état métastable ». L'analogie entre une société humaine où s'accumulent des tensions et le tas de sable dont la pente atteint le domaine métastable doit évidemment être utilisée de façon très mesurée. Il n'est nullement assuré que la construction, pour les systèmes physiques, de modèles mathématiques de l'instabilité puisse être transposée à la société ou même, de façon plus modeste, mais qui serait fort utile, à l'éclatement des « bulles financières ». Cependant, cette analogie heuristique conduit à formuler certaines questions. L'homogénéisation d'une population humaine par l'imposition aux individus d'une idéologie prescriptive uniforme est-elle un facteur qui favorise la mobilisation de cette population dans une crise massive, tout comme le comportement collectif du tas de sable est favorisé par l'uniformité des grains élémentaires ? L'analyse de la propension des régimes autoritaires à s'engager dans des conflits armés ou la tendance, réelle ou supposée, des démocraties à ne pas se faire la guerre ressortit à cette voie de réflexion.

On rejoint ici des idées sur les foules et, singulièrement, sur le « simplisme des sentiments des foules », que Gustave Le Bon a exprimées à la fin du XIX^e^ siècle. Les fondements essentiels de leurs comportements sont « les sentiments, bons ou mauvais, manifestés par une foule [qui] présentent ce double caractère d'être très simples et très exagérés. [...] La simplicité et l'exagération des sentiments des foules les préservent du doute et de l'incertitude[1] ».

L'effet des crises sur la société humaine est un autre aspect de l'analogie qui intéresse directement mon propos. L'avalanche ou, dans le cas d'un tremblement de terre, le glissement de la faille ont pour effet de supprimer la source immédiate du phénomène, de faire, au moins pour un temps, retourner le système d'un état métastable à un état stable. Une source plus lointaine, le mouvement des plaques tectoniques ou l'action de l'expérimentateur sur le tas de sable, peut, à terme, rétablir l'instabilité, mais l'effet immédiat est de supprimer la source locale de la crise. Peut-on en dire autant des crises qui affectent le cours de la société humaine ? Il y a lieu, comme on peut le faire pour les séismes, de distinguer la source locale de la crise et l'origine plus lointaine des tensions qui l'ont provoquée. Un séisme

1. Gustave Le Bon, *Psychologie des foules* [1895], Paris, PUF, « Quadrige », 2006, p. 25.

n'a aucun effet sur le mouvement général des plaques tectoniques qui l'a déclenché. Qu'en est-il des effets, sur les tensions globales nées de l'enfermement, des crises qui affectent la société humaine ?

# 7

# Inadaptations à l'enfermement

> On dirait que l'exercice du pouvoir, qui est comme une énorme extension de la main, s'accompagne d'un rétrécissement concomitant de la vision.
>
> BERTRAND DE JOUVENEL, *L'Art de la conjecture.*

Nombre des évolutions qui affectent la société contemporaine ne peuvent se poursuivre indéfiniment sans conduire à des impasses. Cependant, leur perpétuation est implicitement contenue dans le dogme de la croissance. On s'abstient en général de parler de croissance durable pour éviter une contradiction dans les termes qui soit trop flagrante, mais le vocabulaire pudique de « développement durable » — hypocrisie ou naïveté — dissimule mal la même réalité. Comment échapper à cette contradiction entre croissance et limites, tel est le problème central auquel est confrontée la société humaine. À l'intérieur de cette interrogation globale, le rôle des crises mérite une attention particulière parce qu'elles sont l'un des modes de réaction des structures sociétales. Il convient donc d'apprécier leurs effets sur l'adaptation de la société aux limites planétaires.

À l'échelle locale, la relation entre les crises et le déclenchement d'évolutions favorables a été souvent soulignée. John F. Kennedy serait à l'origine d'une interprétation, probablement erronée, des deux caractères chinois qui forment le mot crise et dont l'un signifierait danger et l'autre occasion. Mais cette vision des incidences de la crise concerne ses effets plus ou moins durables sur les tensions qui l'ont directement provoquée. Elle ne peut être transposée sans précaution à un effet sur ses origines lointaines si, toutefois, ces dernières existent. Dans le passé historique, les crises n'avaient pas de dimension globale pour au moins deux raisons : l'humanité n'exerçait pas d'effets globaux sur son environnement et elle ne disposait pas des moyens techniques qui déterminent une capacité de réaction globale. Cela n'exclut pas que les crises qui ont émaillé l'histoire possèdent des caractères communs et que l'on puisse y discerner des types et des catégories, mais cela rend vaine la recherche de causes communes autres que celles qui tiennent en permanence à la spécificité humaine. Il en va tout autrement des crises liées aux limites de la planète qui ont en effet une origine commune, et la question de leur rétroaction sur cette origine, saturation de l'espace et épuisement des ressources, mérite examen.

Les formes que revêtent ces crises, les instruments avec lesquels la société les affronte, les voies qu'elle emprunte et les constructions culturelles sur lesquelles elle s'appuie pour les gérer sont héritées du passé historique. Cet héritage est-il susceptible de se prêter à une action sur l'évolution globale de la société humaine ? Infléchir les comportements globaux est une tâche rendue extraordinairement difficile par le fait que toute inflexion visant le long terme entraîne inévitablement des tensions à court terme. Comme l'écrit James Lovelock : « En tant que civilisation, nous ne sommes que trop semblables à un être adonné à une drogue qui le tuera s'il continue à la prendre et le tuera si elle lui est soudainement retirée[1]. » Le problème de l'addiction à la croissance est tout entier contenu dans cette image. Les outils disponibles, forgés pour la gestion du court terme, peuvent-ils aider à des inflexions du comportement de cette société que Lovelock juge « totalement impréparée par sa tradition humaniste à être confrontée à sa plus grande épreuve[2] ».

Les crises qui, dans le passé, ont affecté la société faisaient s'affronter le plus souvent un ou plusieurs groupes humains. Il existe cependant des crises dépourvues de ce caractère ou dans lesquelles il n'est qu'un aspect accessoire. Ce sont, par exemple, les crises qui résultent de l'attaque d'un virus ou d'une catastrophe naturelle ; mais, dans l'immédiat, je m'intéresserai à la catégorie où l'opposition entre groupes humains joue un rôle central. Ces groupes, quels qu'ils soient, sont dotés

1. J. Lovelock, *The Revenge of Gaia*, *op. cit.*, p. 6.
2. *Ibid.*, p. 7.

d'une structure de pouvoir. La réaction de ces pouvoirs politiques à l'émergence d'une crise mobilise des outils de réflexion et des outils d'action. Les éléments centraux de ces deux catégories sont la science économique, qui identifie les ressorts sur lesquels il convient d'agir, et la force armée, moyen ultime de l'action, dont l'intervention, ou la menace, peut imposer la volonté de son détenteur. Le rôle de ces deux outils du pouvoir politique dans leur rapport à l'évolution de la société mérite donc une attention spécifique.

### *La science économique et l'enfermement*

La science économique — autrefois plus proprement nommée « économie politique » — a établi avec le pouvoir politique une relation très particulière. Dans sa dimension académique, elle se donne pour tâche centrale d'interpréter les activités de production, d'échange et de consommation et de prévoir leur évolution. Elle utilise comme outil principal un type particulier d'information, la monnaie, mesurée en unités qui, à la différence des unités physiques, jouissent du privilège douteux de varier dans le temps. J'ai fait observer précédemment que, lorsque la discipline économique considère l'évolution du système technique comme extérieur à son domaine propre, elle s'interdit de prévoir le long terme. Ce dont elle traite à une époque donnée relève d'un certain état du système technique et n'a de sens que moyennant le fonctionnement de composantes de ce système — sources d'énergie, transports, télécommunications, etc. — à un certain stade de leur évolution. Les projections économiques, quelle que soit leur fiabilité, reposent sur une hypothèse implicite concernant l'état du système technique.

Pour des interprétations portant sur le passé historique, cette dépendance à l'égard de la technique ne pose pas de problèmes insurmontables. C'est ainsi que l'on peut étudier l'évolution de l'économie de l'Empire romain sur la base des connaissances détaillées que l'on possède sur son soubassement technique[1]. Pour l'époque contemporaine, le rythme de l'évolution technique est trop rapide pour que l'on puisse en négliger les effets dans les projections à court terme. Il faut donc l'introduire — sous l'appellation d'« innovation » — comme un facteur qui altère les projections. On interprète par ce biais les phénomènes d'oscillations rapides et quasi périodiques — les cycles de Kondratiev — qui affectent la croissance économique. Les efforts de certaines écoles d'économistes pour appréhender de façon plus approfondie l'interaction entre la technique et l'économie prennent très rarement en compte les problèmes de saturation de la biosphère. Tout au plus, quand on le fait, c'est à l'endroit d'un problème particulier, comme l'épuisement de la res-

1. Aldo Schiavone, *L'Histoire brisée. La Rome antique et l'Occident moderne*, trad. de l'italien par Jean et Geneviève Bouffartigue, Paris, Belin, 2003.

source pétrolière, auquel il faut trouver une solution spécifique. L'idée que l'humanité est engagée dans une impasse globale est très généralement étrangère à la pensée économique, bien qu'il y ait à cela des exceptions.

Une des raisons profondes de cet aveuglement est, outre son histoire, la nature des rapports de l'économie aux structures de pouvoir, rapports très différents de ceux que pratiquent les sciences de la nature et les techniques. Ces dernières disciplines demeurent extérieures au pouvoir politique, quel que soit l'intérêt poli, parfois teinté de quelque compréhension, qu'il leur manifeste. Entre le pouvoir politique et l'économie tend au contraire à se développer une sorte de symbiose qui fait de cette discipline un outil du pouvoir et conduit même des économistes à passer du rôle de conseiller à celui d'acteur. Il existe, de Salazar à Raymond Barre, maints exemples d'économistes qui ont accédé au pouvoir dictatorial ou démocratique. La relation entre les structures détentrices d'une capacité technique et les structures du pouvoir politique s'organise d'ailleurs le plus souvent, non pas directement, mais par un intermédiaire économico-financier, dont l'existence d'un ministère de l'Économie, des Finances et de l'Industrie est, en France, une illustration.

Cette fréquentation des structures de pouvoir par la science économique lui imprime plusieurs caractères et, en premier lieu, la priorité au court terme qui correspond à l'horizon temporel de l'action politique. Le long terme des économistes

— quinze ans — et leur très long terme — trente ans — sont étriqués à l'échelle de l'histoire.

Mais à ces problèmes intrinsèques la proximité du pouvoir politique ajoute inévitablement, dans la pratique de la discipline, une composante idéologique qui, sauf exception, est étrangère aux sciences de la nature. François Mitterrand l'a exprimé très clairement — et non sans une pointe de cynisme — lorsqu'il a écrit : « Idée centrale : dans le combat des exploités du monde entier contre l'oppression de la classe dominante [...] les théoriciens de l'économie ont un rôle décisif à jouer [...] la réponse de quelques-uns parmi les plus grands est déjà formulée. Ceux-là savent que l'économie n'est qu'une branche des sciences humaines, c'est-à-dire une discipline dont l'approche, les méthodes échappent à la rigueur de sciences exactes, bref qu'elle reste essentiellement politique[1]... » Inséparable de toute détermination idéologique s'introduit ainsi un choix de valeurs implicite ou explicite. Les effets de ce choix peuvent être très visibles, comme dans l'affrontement entre le système marxiste et le système libéral. Ils peuvent aussi être plus dissimulés dans les rouages de la pensée économique. Mon dessein n'est pas ici d'entrer dans une analyse des mérites respectifs du système soviétique, dont on considère généralement qu'il a conduit à la dictature et à l'échec, du système chinois, dont l'avenir dira ce

1. François Mitterrand, *L'Abeille et l'Architecte*, Paris, Flammarion, 1978, pp. 50-51.

qu'il est et ce qu'il vaut, et des diverses variantes du système occidental. Je cherche seulement à identifier, dans la spécificité économique du modèle occidental, les particularités qui auront une incidence sur la confrontation à l'environnement planétaire. Il ne s'agit donc pas de rapporter ces particularités à un choix de valeurs ou à une idéologie politique, mais seulement de tenter d'apprécier leurs effets.

L'objectif général que le système libéral assigne à une économie nationale, et en fonction duquel il juge de sa santé, est la croissance. Cette croissance est mesurée par l'évolution d'une quantité, le produit intérieur brut (PIB), qui fait la somme de toutes les richesses produites et tous les services fournis au cours d'une période déterminée, généralement une année. Divisé par le chiffre de la population, le PIB fournit une quantité, le PIB par tête, qui mesure la richesse *moyenne* dont dispose chaque individu. Les insuffisances du PIB comme outil de mesure de la santé économique d'une nation ont donné lieu à une vaste littérature. Un premier exemple de ces faiblesses concerne tout ce que l'on regroupe sous le nom de « paradoxe de la vitre brisée » : un accident de la route qui endommage un véhicule conduit à une augmentation du PIB parce le travail du réparateur est comptabilisé comme production tandis que la destruction de patrimoine n'est pas prise en compte. Cela signifie qu'à une échelle globale le PIB est inapte à refléter l'effet économique des catastrophes parce qu'il ne comptabilise pas les destructions de richesse. Il mesure les effets éventuels de ces catastrophes sur le niveau de production, mais il méconnaît la diminution du patrimoine. En revanche, il fait entrer dans le calcul les activités de reconstruction, de sorte que le passage d'un cyclone dévastateur comme Katrina sur La Nouvelle-Orléans peut provoquer une croissance du PIB des États-Unis. Ces insuffisances — allant de la vitre brisée à la catastrophe majeure — sont englobées par la notion d'« externalité » qui désigne les effets externes des activités de production et de services, positifs ou négatifs, qui n'entrent pas dans le calcul du PIB.

En définissant la croissance comme une augmentation du PIB et la récession comme sa diminution, on évacue donc de l'appréciation de la situation économique le concept de patrimoine, richesse naturelle ou résultat accumulé du travail humain. Lorsque ce patrimoine est affecté par une catastrophe naturelle, cette lacune n'a pas d'incidence sur la conduite des activités humaines autres que celles de prévention. Il en va tout autrement lorsque cette détérioration est due à l'activité humaine — et je rappelle au passage que le réchauffement climatique est non pas une catastrophe naturelle, mais une catastrophe anthropique. Il conviendrait, pour conférer aux termes de croissance et de récession une signification à long terme, d'en donner une définition nouvelle qui consolide la création de richesse par l'activité humaine et l'évolution du patrimoine, qu'il soit contenu dans l'environnement, comme les ressources minières, ou créé par les activités humaines du passé. Un État-nation qui possède sur son territoire des ressources non renouvelables — pétrole, gaz, minerais — et qui les exploite crée de la richesse au sens actuel du PIB, mais il consomme son patrimoine ; le résultat consolidé peut être positif ou négatif. C'est la somme de ces deux termes qu'il faudrait prendre en compte pour évaluer sa politique économique à l'échelle de l'histoire.

Lorsque l'externalité négative qui s'attache aux activités de production d'un État affecte l'économie d'un autre, voire celle de l'ensemble de l'humanité, la situation devient plus complexe. C'est le cas pour les pollutions qui altèrent l'atmosphère, les océans et les eaux douces qui circulent à la surface des continents ou qui stagnent dans leurs profondeurs. Ces composantes fluides de l'environnement ne connaissent pas les frontières politiques. Pour tenter de préserver le patrimoine qu'elles constituent, une concertation internationale est requise. La privatisation qui servit, au XVII^e siècle, à préserver les pâturages anglais, thème de la célèbre *tragédie des communes*, leur est physiquement inapplicable.

Je n'entrerai pas ici dans le débat qui s'établit autour du rapport entre le PIB — et plus spécifiquement le PIB par tête — et le bien-être de la population. Le PIB par tête, outre qu'il n'est qu'une mesure comptable, est une moyenne qui, bien évidemment, occulte les inégalités.

Cette brève incursion dans le champ de l'économie n'a pas pour ambition d'évoquer une réforme de cette discipline telle que la préconise, par exemple, le prix Nobel d'économie Joseph Stiglitz[1]. Il s'agit seulement d'identifier les sources de l'incapacité de l'économie, distordue par son adossement au pouvoir politique, à prendre en compte les contraintes à long terme qui pèsent sur l'avenir de l'humanité.

Les « forces du marché » auxquelles certains se fient pour résoudre les problèmes du futur sont, il est vrai, le ressort fondamental de la croissance. Mais à la source des forces du marché — seul mécanisme qui se soit montré capable d'engendrer une dynamique durable de croissance — il y a toujours la recherche, par un individu ou un groupe humain, de son intérêt immédiat, d'où il résulte que, comme on l'a souvent relevé, le marché est myope. Il est, en fait, délibérément myope et il néglige la détérioration du patrimoine. Il est en outre indissolublement lié à la croissance de la production dans la mesure où il repose sur la compétition entre les entités productrices, et la croissance au sens du PIB possède pour le pouvoir politique un attrait irrésistible, ne serait-ce que parce qu'elle est, dans le court terme, le remède le plus efficace que l'on connaisse au chômage. Il ne s'agit pas ici de nier que la maîtrise des lois de l'économie soit d'une importance capitale pour gérer le court terme. Trois dévaluations successives du franc, le blocage des salaires et une période

1. « Où va le monde Joseph Stiglitz? », cinq entretiens réalisés par Jacques Sarasin avec Joseph Stiglitz, DVD, 2007.

d'austérité ont enseigné aux socialistes français que ces lois ne se plient pas aux caprices de l'idéologie ni aux fantaisies du pouvoir. Mais il est non moins vrai qu'une certaine pratique de l'économie, distordue par sa relation avec les horizons bornés du pouvoir politique, prive la société de toute vision des horizons lointains.

La thèse selon laquelle il est dangereux de plaider pour un arrêt de la croissance économique, pour une société à croissance nulle, repose sur des arguments qui ne manquent pas de solidité. En premier lieu, personne n'a une idée claire de la façon dont une telle société pourrait fonctionner et encore moins de la façon dont une transition vers un tel état de la société pourrait être maîtrisée. Mais, à ces arguments objectifs qui sont le constat d'une aporie, se conjugue une motivation qui n'est pas de même nature : l'inclination résolument conservatrice que l'on cherche à habiller d'apparences plus seyantes que celles dont usa Louis XV lorsqu'il prononça son célèbre « Après nous le déluge ». En définitive, la discipline économique, sinon dans sa conception la plus générale, du moins dans la forme que lui impose son dialogue avec le pouvoir politique, est profondément inadaptée à traiter de ce que, dans son langage, il faudrait appeler le très long terme, mais qui est le court terme de l'histoire. Les facteurs qui contribuent à la rendre inopérante sont nombreux : recours exclusif à un outil de mesure inadapté, la monnaie, rôle dominant des facteurs exogènes dont l'évolution est inaccessible à l'outil économique, non prise en compte du « patrimoine naturel », c'est-à-dire de toute richesse qui n'est pas le fruit du travail, qui n'est pas produite ou qui l'a été il y a si longtemps qu'elle a disparu des comptes. Tous ces aspects concourent à fonder l'élaboration des décisions exclusivement à partir des nécessités du court terme. On prépare ainsi le heurt avec les nécessités du long terme. La voix de Joseph Stiglitz qui appelle à une profonde réforme de la pensée économique, pour éminente qu'elle soit, demeure encore relativement isolée.

### *Rôle passé et présent de la guerre*

> Comme si c'était peu de la guerre des princes,
> Guerre entre les couvents, guerre entre les provinces,
> Tous voulant dévorer leur voisin éperdu,
> Morsures d'affamés sur un vaisseau perdu !
>
> VICTOR HUGO, *Ruy Blas*.

La fonction originelle des forces armées est la guerre. Dans une perspective historique, la guerre apparaît comme une composante permanente — on est tenté de dire normale — de l'activité humaine. Les peuples nomades qui parcouraient les steppes d'Asie ne faisaient pas la distinction entre l'état de paix et l'état de guerre. Ce n'est que progressivement que la guerre a revêtu ce caractère de crise et d'affrontement entre États-nations qui a culminé dans les guerres mondiales de 1914 et de 1940.

Au cours des six décennies qui nous séparent

aujourd'hui de la Seconde Guerre mondiale, le contexte de la guerre s'est profondément transformé. On doit y voir l'effet de l'évolution des moyens techniques dont disposent les forces armées et du changement de l'équilibre des forces entre les nations qui s'affrontent.

Le premier élément joue un rôle majeur. La combinaison, rêvée par John von Neumann, de la bombe thermonucléaire et de l'engin balistique a créé la possibilité de détruire instantanément les concentrations urbaines d'une nation adverse, c'est-à-dire l'essentiel de sa population et de ses structures de pouvoir. L'apparition de ces armes a inhibé l'explosion de la guerre entre le bloc occidental et le bloc communiste qui était dans le prolongement logique de la Seconde Guerre mondiale. Faut-il y voir un recul des détenteurs du pouvoir de déclenchement devant les conséquences désastreuses d'un conflit nucléaire ? Peut-être. Mais on peut aussi y discerner l'effet d'un facteur entièrement nouveau : l'incapacité des hommes de pouvoir à se protéger des conséquences immédiates et létales de leur propre décision. Il est communément admis qu'un conflit nucléaire majeur comporterait, dans sa toute première phase, la « décapitation » des structures de pouvoir de l'adversaire. Ce facteur est sans doute important dans l'appréciation du risque de catastrophe que comporte la prolifération nucléaire. Il est lié à la capacité des dirigeants à se comporter de façon rationnelle, c'est-à-dire à protéger leur intégrité physique. Et il est vrai que l'on ne voit guère de dirigeants religieux ou politiques exercer la fonction de kamikaze ; ils réservent ce rôle aux jeunes gens dont ils se sont employés à déterminer le comportement, mais il reste que c'est là, pour la sécurité humaine, une base fragile, sujette à la folie ou à l'accident.

Une autre transformation profonde du contexte où s'exerce la guerre résulte du creusement des inégalités de puissance militaire entre les nations développées — au premier rang desquelles, en position détachée, les États-Unis — et le reste du monde. Le temps n'est plus où l'issue des guerres européennes était incertaine ; un affrontement armé, comme la guerre du Golfe ou la première phase de la guerre d'Irak, est joué d'avance. Encore faut-il noter que, dans ces affrontements, la puissance des ressources que le système technique met au service des forces armées n'est utilisée que très partiellement. Techniquement parlant, l'éradication des structures, des ressources et de la population d'une puissance de dimension modeste ne poserait pas de problème à une puissance comme les États-Unis si elle agissait sans retenue. Il y a là une différence notable avec les guerres mondiales dans lesquelles les ressources de la technique ont été employées sans mesure, à l'exception peut-être des gaz de combat pendant la Seconde Guerre mondiale. La modération observée dans l'usage des moyens de destruction — pour insuffisante qu'elle puisse paraître — résulte du dessein de justifier la guerre en termes d'objectifs et de valeurs. Objectifs plus ou moins avouables, mais valeurs proclamées, sinon déterminantes. La nécessité de « justifier » la guerre est clairement liée à la façon dont se maintient la structure de pouvoir dans une démocratie et, plus directement, au mécanisme électif qui confronte le pouvoir à la critique et le rend vulnérable à l'opinion de la masse. Dans le cas de la guerre d'Irak, on peut soupçonner légitimement que le contrôle des ressources pétrolières était un objectif fondamental, aisément discernable derrière la volonté claironnée à l'opinion de protéger la sécurité des États-Unis et de promouvoir la démocratie.

La question se pose alors, toute considération éthique mise de côté, de la capacité de ce type de conflit à atteindre ses objectifs qui, bien évidemment, ne se confondent pas avec la victoire militaire, qu'il s'agisse de s'assurer un avantage économique ou de transformer les structures politiques de la société attaquée, par exemple d'y imposer la démocratie.

L'un ou l'autre objectif implique le rétablissement d'un ordre social, ordre quelconque pour le premier, ordre répondant aux valeurs démocratiques pour le second. Dans la poursuite de ces objectifs, une autre évolution du système technique introduit un obstacle majeur, c'est l'efficacité des armes légères et leur production de masse, qui transforment le rapport de force entre une armée d'occupation et une guérilla et qui, en pratique, interdit le rétablissement de la paix en l'absence d'une adhésion de la population concernée. La fascination exercée par les armes de destruction massive et par la sophistication technique des armements occidentaux a détourné l'attention des effets de l'évolution technique sur les ressources dont disposent les diverses formes de résistance à une force « régulière ». Plusieurs éléments y conjuguent leurs effets : pour l'armement, l'efficacité des armes légères, leur production de masse et la difficulté de contrôler leur dissémination ; pour l'organisation, les moyens modernes de télécommunication permettant la création de structures diffuses qui ne reposent pas sur la maîtrise d'un territoire et qui se ramifient à l'intérieur et au-delà des frontières. La victoire militaire, qui, dans les siècles derniers, était la conclusion de la guerre et le préalable à la négociation de traités de paix établissant un nouvel ordre, tend ainsi à se vider de sa signification. On peut remporter la victoire et perdre la guerre.

La guerre d'Irak fournit une illustration exemplaire de ces considérations : victoire militaire rapide obtenue par la supériorité des armements occidentaux, destruction inconsidérée des structures et des moyens matériels de l'État, puis enlisement dans un conflit sans bataille et sans front, alimenté par les divisions politiques et religieuses qu'a libérées la destruction de l'État dictatorial. Dans cette seconde phase du conflit auquel les forces armées et les armements occidentaux sont inadaptés, leur supériorité s'estompe ; les objectifs finaux, économiques et politiques, restent hors d'atteinte, et l'opinion des démocraties, qui n'aime pas l'échec, bascule dans la réprobation.

Ajoutons que la guerre a perdu son aura héroïque, dont le souvenir demeure pourtant partout présent dans les rues de nos villes. Le temps est passé où Chateaubriand s'enorgueillissait de ce qu'il appelait : « Ma guerre d'Espagne, le grand événement politique de ma vie » et d'avoir engagé la légitimité royale à, « pour la première fois, brûler de la poudre sous le drapeau blanc, à tirer son premier coup de canon après ces coups de canon de l'Empire »[1].

On peut dès lors se demander quelle sera la place de la guerre et celle des forces armées dans l'évolution future de la société humaine. Il convient, une fois de plus, de s'attacher en telle matière à ne pas confondre ce qui pourrait sembler désirable avec ce qui risque de se produire.

Les forces armées sont confrontées à deux types de situations. Il y a celles dont l'archétype est la guerre froide et qui, dans le meilleur des cas, conduisent à un blocage *(stalemate)* accompagné d'un énorme effort d'armement. L'avenir n'en est pas débarrassé. On peut en voir les prémisses dans le renouveau de la Russie, dans la montée en puissance de la Chine. La prolifération nucléaire y ajoute un élément d'imprévisibilité, cependant que le développement des interdépendances économiques entre blocs potentiellement adverses crée une incitation nouvelle à refuser l'affrontement direct. Cette composante de la situation globale fournit

1. François René de Chateaubriand, *Mémoires d'outre-tombe* [1848], Paris, Le Livre de Poche, 1999, p. 1039.

aux forces armées les arguments nécessaires au renforcement de leurs moyens, mais non l'occasion de les utiliser. Avec l'arme balistique nucléaire, on a ainsi échangé les guerres sanglantes du passé récent contre une paix armée assortie d'un risque de catastrophe globale. La concrétisation de cette catastrophe rendrait à peu près vaine toute tentative pour envisager l'avenir au-delà ; je ferai donc, pour poursuivre la réflexion, l'hypothèse qu'elle n'aura pas lieu.

Mais c'est dans les conflits de petite dimension, comme la guerre d'Irak, que les forces armées trouvent à s'employer. Conflits asymétriques, caractérisés par la disparité des moyens dont disposent les adversaires et par l'absence d'un risque de déclenchement nucléaire. Ces conflits sont généralement provoqués par des crises internes à telle ou telle région qui motivent une intervention extérieure dont l'objectif peut être, à des degrés divers, de protéger des accès aux ressources ou des voies de communication, mais aussi de rétablir l'ordre, de protéger les populations et de reconstruire l'État-nation affecté par la crise. Dans ce type d'intervention, les forces armées doivent accomplir des tâches très nouvelles. Dans un passé récent, leur objectif était le plus souvent, on l'a déjà dit, de remporter la victoire dans un conflit symétrique. Dans les guerres coloniales, il s'agissait, après avoir réduit les résistances, de protéger une nouvelle structure de pouvoir mise en place et contrôlée par l'envahisseur, fondée sur les nationalités distinctes du colonisateur et du colonisé, l'une dominante, l'autre dominée. Il s'agit maintenant de reconstruire ou de protéger un État et une population affectés par une crise et de leur restituer les moyens d'une existence collective autonome. C'est là, pour les forces armées, une tâche qui requiert un processus d'adaptation difficile et, singulièrement, une capacité de traiter avec les structures sociétales qu'elles trouvent dans la zone d'intervention. Il s'agit aussi d'un type de tâche dont la multiplication dans l'avenir semble assurée. Toute force armée tend à être, par nature, un instrument de destruction; c'est sa vocation héritée des millénaires passés, quelle que soit, d'ailleurs, la pureté des idéaux au service desquels cet instrument peut être mis. Je ne plaiderai certainement pas l'idée que la destruction du régime hitlérien appelait de la retenue dans l'usage de la force. Mais l'usage d'une force armée pour la résolution d'une crise appelle plus que de la retenue dans l'emploi de la capacité de destruction; elle requiert la faculté de construire et de réduire les réactions hostiles suscitées par l'usage de la force et la présence d'une armée d'occupation. Il s'agit d'établir une relation constructive avec les structures humaines qui existent dans la zone d'intervention. Des réflexions sur ce thème ont été engagées en Europe et elles indiquent certainement la voie d'un développement de l'utilité sociale des forces armées[1]. Je ne crois pas nécessaire de paraphraser

1. Voir *A Human Security Doctrine for Europe, The Barcelona Report of the Study Group on Europe's Security Capabilities*, Barce-

ici le contenu de ces études, mais seulement d'exprimer l'idée que, dans cette voie, l'avenir offre aux structures militaires un champ d'activité, sauf pour elles à s'enfermer dans l'attente d'un conflit majeur, renouvelée du *Désert des Tartares* et que l'on espère indéfinie.

Cela ne doit pas dissimuler le fait que la force armée est, potentiellement et infiniment plus qu'elle ne l'a jamais été, un outil de destruction de la niche écologique de l'homme. Son usage immodéré a acquis le pouvoir de précipiter le déclin de l'espèce. À l'échelle qui s'impose, celle de la planète, on est passé de l'artisanat local qu'était la dévastation du Palatinat rhénan par les armées de Louis XIV à la possibilité technique d'une apocalypse nucléaire. Il faut garder à l'esprit la menace que le général Curtis Le May adressait au Nord Vietnam : « On va les bombarder jusqu'à ce qu'ils retournent à l'âge de pierre. » Cette menace est beaucoup plus globale que ne l'avait perçue l'imagination bornée de son auteur.

## *Idéologies*

Le pouvoir n'use pas de la force armée ou de la discipline économique en toute liberté. Les masses sur lesquelles il entend exercer son action sont munies d'idéologies qui le contraignent, que

---

lone, 2004, et Geneviève Schméder, « Une doctrine de "sécurité humaine" pour l'Europe », Paris, *Défense Nationale*, 2006.

ce pouvoir émane directement de ces idéologies — comme celui des chefs religieux dans les théocraties — ou qu'il en soit le prisonnier par ses promesses, son passé et son image, comme c'est le cas des élus des démocraties. Je ne crois pas nécessaire d'établir une distinction entre les idéologies religieuses et les idéologies laïques parce que le seul aspect qui m'importe est leur pouvoir prescriptif. C'est l'usage de Karl Marx, « qui appelait idéologique (par opposition aux faits économiques) tout ce qui est représentation ou croyance, systèmes philosophiques ou religieux[1] ». De ce point de vue étroit, et pour ce qui est des prescriptions religieuses, seule compte leur puissance actuelle, et non leur nature. Il ne s'agit pas de nier la valeur des débats sur leur origine, vérité révélée selon les uns, produits de l'évolution naturelle avantageant la survie du groupe selon les autres. Ce débat oblige à plonger dans le passé au-delà de l'époque historique car, comme l'observe Marcel Gauchet dans son ouvrage sur l'histoire politique de la religion : « Le religieux a été, jusqu'à présent, une constante, à très peu près, des sociétés humaines[2]. » C'est vrai sans doute pour l'historien, mais non pour le paléontologue, occupé à scruter l'émergence du phylum humain, car il a bien fallu qu'à un certain stade de l'évolution le phénomène religieux émerge. Je ne chercherai pas non plus à

1. André Lalande, *Vocabulaire technique et critique de la philosophie*, Paris, Presses universitaires de France, 1947, p. 444.

2. Marcel Gauchet, *Le Désenchantement du monde* [1985], Paris, Gallimard, « Folio essais », 2005, p. 42.

approfondir la façon dont les idéaux laïques se dégagent progressivement des prescriptions qualifiées de divines. Il suffit à mon propos de considérer l'état actuel des idéologies qui exercent leurs effets sur les comportements collectifs et qui interagissent avec les structures de pouvoir.

Il convient alors d'être attentif à la distance qui s'établit entre la formulation de la prescription et les comportements individuels ou collectifs censés la traduire. Le cinquième commandement du Décalogue, « Tu ne tueras pas », offre là ample matière à réflexion. Comme on l'a souvent relevé, cette prescription s'applique au sein du groupe — la tribu d'Israël, en l'occurrence — et nullement aux êtres humains extérieurs au groupe, pas plus, d'ailleurs, qu'aux animaux. On objectera qu'il s'agit de l'Ancien Testament, mais la pratique du christianisme n'a rien changé, en fait, à cet état de choses, sinon comment comprendre l'immense traînée de sang que trace son sillage au long des siècles ? « Les nôtres, n'épargnant ni le sang, ni le sexe, ni l'âge, ont fait périr par l'épée environ vingt mille personnes et, après un énorme massacre des ennemis, toute la cité a été pillée et brûlée. La vengeance divine a fait merveille[1]. »

Nous rencontrons, avec l'interprétation sanglante du cinquième commandement, un problème d'une grande généralité et d'une grande portée que l'on peut formuler ainsi : les idéologies,

1. Arnaud Amaury, légat du pape, Lettre à Innocent III sur le sac de Béziers, 1209.

qui sont des contenus culturels présents chez les individus d'un groupe, sont-elles capables de faire plier les déterminations génétiques de l'espèce, ou sommes-nous condamnés à céder aux tendances innées qui nous poussent à l'affrontement, quitte à aménager nos prescriptions culturelles par des interprétations appropriées ? Cette question est d'une importance capitale dans toute tentative pour construire une vision de l'avenir.

Les déterminations génétiques de l'espèce ont été façonnées par son évolution dans un environnement illimité et ne sont nullement adaptées au caractère fini de l'espace planétaire. Un premier inventaire de ces déterminations m'a conduit à retenir l'instinct de conservation, l'instinct de reproduction, la préférence donnée aux descendants et l'instinct d'appartenance à un groupe.

Il est tout à fait remarquable que chez l'homme la puissance de la détermination culturelle soit capable de faire plier l'instinct de conservation. Le suicide politico-religieux des kamikazes modernes en fournit une illustration quasi quotidienne. Encore faut-il relever que, pour obtenir ce résultat, deux éléments — la fidélité au groupe et la promesse d'une récompense dans l'au-delà — conjuguent leurs effets à l'élément culturel central, la foi religieuse. On utilise l'une des déterminations génétiques de l'individu, l'instinct d'appartenance, pour contrer les effets d'une autre, l'instinct de conservation et, pour plus de sûreté, on le leurre par la promesse d'une récompense.

Dans cet héritage du passé de l'espèce, la composante la plus puissante et la seule capable de faire reculer toutes les autres semble bien être la fidélité au groupe. On la retrouve dans toutes les structures de la société ; elle est présente dans d'innombrables aspects des comportements individuels. Les attitudes qui s'en écartent sont flétries par un riche vocabulaire chargé d'une forte connotation morale : désertion, défection, trahison, passage à l'ennemi, félonie, forfaiture, cependant que d'autres termes célèbrent les efforts pour s'y conformer : fidélité, héroïsme, abnégation, esprit de sacrifice. Dans son expression collective, c'est cette détermination qui porte au-dessus des courages individuels « l'héroïsme » avec lequel une troupe affronte le danger, source d'inspiration inépuisable pour le poète. Mais en borner les effets au militaire et au politique serait faire preuve d'aveuglement à l'endroit de son ubiquité. Les plus pacifistes des cercles de pensée ne manquent pas de se diviser en écoles qui s'opposent à coups d'arguments, souvent d'invectives, et pratiquent ce qu'ils appellent eux-mêmes le terrorisme intellectuel. Chacun est prié de se rattacher à l'une ou à l'autre école et qui s'y refuse se voit assigner, *volens nolens*, un label, tant il est vrai que la simple volonté de se placer à l'extérieur de ces débats a des relents de trahison. Ceux-là mêmes qui se donnent pour mission de maîtriser la relation de l'homme, sinon avec la planète, du moins avec l'environnement, les écologistes, ont pour premier réflexe de définir leur action en termes de luttes et de conflits auxquels se conjugue une autre tendance de l'espèce, la quête du pouvoir. Les rationalisations ne font pas défaut à cette attitude, dont la première est naturellement la recherche de l'efficacité, mais elle dissimule mal ce qui en fait, du massacre des hérétiques aux faucheurs volontaires, l'unité profonde, même si, au fil des siècles, elle a pu gagner en dérisoire ce qu'elle a perdu en tragique.

Or rien n'est plus contraire à la maîtrise de la relation de l'espèce humaine avec sa planète que cette tendance à la division et à l'affrontement collectif, fondée sur la fidélité au groupe. Le problème planétaire appelle une solidarité planétaire qui transcende les intérêts sectoriels. Savoir si une construction culturelle nouvelle pourra faire reculer le plus puissant des comportements collectifs ataviques, l'instinct du groupe, voilà une question fondamentale. Elle réclame une attention particulière pour tout ce qui, dans le présent, peut faire soupçonner ou espérer son émergence. Je souligne ici qu'il ne s'agit pas de savoir si un groupe restreint — un groupe d'intellectuels — serait susceptible de formuler une telle construction, mais de savoir si elle pourrait se diffuser et propager ses effets dans les masses humaines sans pour autant se dénaturer. De tels propos évoquent les utopies mondialistes qui ont fleuri au siècle dernier. Mais le bilan sommaire du passé souligne surtout le fait que rien, ou presque rien, dans les comportements de l'homme et dans les disciplines de réflexion qu'il s'est données, n'est propre à faire face aux contraintes qui vont peser sur l'espèce.

## *Utopies mondialistes*

L'élaboration des visions utopiques du futur est une production de l'esprit qui prend des formes très diverses, allant des jeux de la science-fiction affranchis des contraintes de la réalité à des constructions qui se veulent des avertissements. *Le Meilleur des mondes* d'Aldous Huxley et *1984* de George Orwell ont fait entrer cette catégorie dans la littérature. Mais ce qui intéresse ma réflexion, c'est une forme très particulière d'utopie qui possède deux caractères : elle prend comme objet l'ensemble de l'humanité et elle vise directement à l'action. Ce que l'on peut appeler utopie mondialiste a fleuri dans les années qui ont suivi la Seconde Guerre mondiale, dans un climat dominé par la peur de l'apocalypse nucléaire. Le sentiment de la responsabilité scientifique a clairement joué un rôle dans la constitution d'un mouvement pour un gouvernement mondial, dont Bertrand Russell a été la figure charismatique. Si je qualifie ce mouvement d'utopie, c'est parce qu'il n'a entraîné aucun changement significatif dans la structure de la société mondiale. Einstein, dont on peut dire qu'il l'a cautionné plutôt qu'il ne s'y est impliqué concrètement, a parfaitement cerné le cœur du problème dans une lettre à John L. Balderstone qui date de décembre 1945 : « S'agissant de savoir si la création d'un État mondial est possible dans les conditions économiques et psychologiques actuelles, le problème essentiel est de savoir si les

États nationaux devraient préalablement renoncer à leur souveraineté pour éviter le risque d'une nouvelle guerre imminente. [...] À mon avis l'État mondial devrait se contenter d'être le détenteur exclusif de la puissance militaire, chaque État particulier étant *de facto* dans l'impossibilité d'utiliser à sa seule convenance les troupes et les matériels stationnés sur son territoire[1]... » Il revient sur cette idée en 1948 dans un texte adressé à des savants soviétiques : « Si nous nous en tenons au principe de la souveraineté illimitée des États, cela revient à admettre que chaque État se réserve le droit de défendre ses objectifs par le moyen d'une guerre. Chaque nation doit alors être prête pour cette éventualité, c'est-à-dire qu'elle doit tendre de toutes ses forces à être plus forte que chacune des autres[2]. » On touche là à une spécificité de l'État-nation, à ce qui fait la différence de nature entre la France et une de ses régions, à ce « monopole de la violence légitime » qui, selon Max Weber, définit l'État moderne et qui procède directement, dans les comportements humains, de la défense du groupe. On peut seulement constater que la crainte de la catastrophe nucléaire n'a pas entamé cette détermination centrale de l'homme qui trouve son expression élaborée dans la souveraineté nationale. Les entreprises visant à concilier la préservation de l'intérêt général avec le respect de la souveraineté,

1. Albert Einstein, *Écrits politiques*, in *Œuvres choisies*, vol. 6, Paris, Éd. du Seuil, 1991, p. 188.
2. *Ibid.*, p. 223.

de la défunte Société des nations à l'Organisation des Nations unies, sont construites pour contourner ce noyau de résistance ou pour ne l'entamer qu'avec les plus infinies précautions. Les fusions d'États-nations réussies dans un passé historique récent illustrent, à l'échelle régionale, le jeu des forces qui pérennisent l'existence d'un groupe humain. Les États-Unis se sont constitués sous la pression d'un risque extérieur, l'impérialisme britannique qui menaçait plus l'existence des États que ne le faisaient les abandons de souveraineté au sein d'une fédération. De là vient que la défense contre les ennemis extérieurs a été confiée à l'État fédéral et que les États n'en conservent, avec leurs gardes nationales, que des vestiges symboliques. Mais, dans le cas de l'Europe, le processus d'union des États-nations s'est élaboré sur une base toute différente. Il s'agissait, non de s'armer contre une menace extérieure, mais de fonder la paix entre voisins, entre les anciens ennemis héréditaires, sur un réseau de dépendances économiques et de relations humaines qui fasse obstacle à la guerre. Chacun voit bien que, dans les progrès lents mais continus de cette démarche, ce qui résiste le plus fermement, c'est tout ce qui relève du couple défense-sécurité, la défense nationale arc-boutée sur les symboles du passé et, surtout, la structure qui incarne ce passé et qui en tire la pérennité de son existence, le ministère des Affaires étrangères.

Ce que n'a pas suffi à créer la menace de l'anéantissement nucléaire, le heurt avec les limites de la planète réussira-t-il à le déclencher? L'obstacle qu'opposent les comportements humains est de même nature — l'égoïsme collectif qui s'édifie sur les fidélités individuelles —, mais l'interlocuteur, si l'on peut qualifier ainsi la planète, est d'une autre nature. On peut tenter avec plus ou moins de succès de bloquer la prolifération nucléaire en usant de la menace et de la promesse. On peut se laisser aller à espérer que la limitation de la détention d'un arsenal nucléaire à un nombre réduit de nations qualifiées de « responsables » sera suffisante pour écarter le risque d'un déclenchement. Mais on ne peut pas négocier avec la Terre ni la menacer; c'est un partenaire avec lequel la notion de compromis n'a pas cours.

# 8

# L'émergence de la confrontation

L'analyse de l'épreuve par la société humaine des limites de son environnement planétaire, et de ses effets sur l'avenir de l'espèce, demande que l'on choisisse une unité de temps appropriée. Cette unité est le siècle, familier aux historiens et dans une certaine mesure aux anthropologues, mais étranger aux économistes. Ce n'est pas la décennie chère à la myopie politique ; ce n'est pas non plus le millénaire qui rythmait l'évolution des civilisations préhistoriques, parce que l'accélération de l'évolution culturelle — et singulièrement de sa dimension la plus pertinente, l'évolution technique — l'ont rendu impropre.

Comme Malthus et d'autres l'ont éprouvé, le paramètre le plus difficile à préciser est l'échéance temporelle ; cependant, tout indique que l'enfermement sera sensible dans le siècle ou dans les deux siècles qui viennent. La maîtrise de ces effets dessinera l'avenir, quel qu'il puisse être.

Je ne m'intéresse pas ici aux moyens de maîtriser cet avenir, mais seulement aux moyens d'appréhender ce qu'il pourra être. Ma démarche s'écarte, je le répète, de celle de Hans Jonas qui part d'une réflexion sur les fins, laquelle requiert un choix de valeurs qui est un préalable à l'agir[1]. En substituant au « que faut-il faire ? » le « que va-t-il se passer ? », j'ai écarté au moins provisoirement de ma réflexion non seulement la question du « comment agir ? », mais aussi celle du « pourquoi agir ? » qui en est inséparable et qui impose la question des fins. Je n'entends pas non plus, c'est une évidence, nier la pertinence des réflexions qui ont pour objet d'agir sur le cours des choses. La mienne peut être considérée comme un préalable, la recherche d'un fondement objectif dont il serait souhaitable que l'action s'inspire.

Ce fondement est complexe parce qu'il met en jeu l'interaction de deux éléments, eux-mêmes complexes, la société humaine et l'environnement planétaire. Une approche tentante est de modéliser tout ce qui peut l'être dans ces deux composantes et dans leurs interactions, comme l'ont fait, dans un passé déjà lointain, les auteurs du rapport Meadows. On peut certainement regretter que la voie qu'ils ont indiquée n'ait pas été plus systématiquement explorée, d'autant que la puissance des outils informationnels nécessaires à cette fin s'est considérablement accrue depuis l'époque où a été établi le premier rapport sur les limites de la croissance.

Il existe cependant deux limitations intrinsèques à ce que peut apporter cette démarche. En premier

1. H. Jonas, *Le Principe responsabilité*, *op. cit.*

lieu, comme je l'ai déjà relevé, un modèle ne fournit pas l'explication des résultats qu'il produit, et ce caractère est d'autant plus accusé que le modèle est plus complexe. Dans un domaine comme la prévision météorologique, dont le substrat est purement physique, on ne fait pas l'économie d'une interprétation critique des sorties de modèles par des spécialistes humains, les prévisionnistes. Les progrès sont le produit de cette combinaison entre puissance de calcul et intelligence humaine. On cherche en même temps à reconstruire, sous une forme intelligible, des phénomènes atmosphériques que révèlent les modèles et dont la subtilité avait, dans le passé, échappé à l'observation directe. En d'autres termes, la compréhension de l'atmosphère terrestre s'élabore à partir d'une synergie entre la simulation numérique et la compréhension humaine. Il semble que cette alliance puisse être transposée à l'analyse du comportement de l'ensemble société-environnement planétaire, même si la possibilité de quantification de certaines composantes est beaucoup plus douteuse.

La seconde limitation qui s'impose est plus radicale. Elle met en question l'objectif que l'on s'assigne. Si cet objectif est de prévoir la suite de la trajectoire qui mène à la collision et, le cas échéant, de chercher les moyens de l'éviter, un modèle fondé sur l'extrapolation des comportements constitue un instrument adéquat. Les mécanismes d'évitement peuvent être analysés par l'introduction d'inflexions dans les tendances observées. C'est en somme ce que fait le GIEC lorsqu'il fonde ses projections de l'évolution climatique sur des hypothèses sociétales portant sur l'évolution des rejets de gaz à effet de serre. Mais cette approche, dont le fondement est l'extrapolation objective ou hypothétique, trouve ses limites lorsqu'on aborde la collision. Observons d'ailleurs que l'objectif des auteurs du rapport Meadows n'était pas d'analyser cette collision, mais de l'éviter. L'image d'une population de bactéries proliférant dans un milieu de culture nous fournit une illustration de ce propos. Tant que le milieu de culture n'est affecté que de façon négligeable par la prolifération, celle-ci se poursuit de façon exponentielle ; lorsque le milieu s'appauvrit, la croissance se ralentit, mais l'ensemble du système peut encore être modélisé moyennant la prise en compte de cet appauvrissement dans le modèle. En revanche, lorsqu'une certaine limite est atteinte, des phénomènes se produisent — comme l'apparition de formes de résistance des bactéries — qui sont étrangers à toute continuité. Pour les prévoir, une connaissance du système qui ne se réduise pas au rythme de reproduction est indispensable. Or le but de notre démarche est précisément de réfléchir sur les formes et les effets de la collision, non plus de bactéries avec les limites de leur milieu nutritif, mais de l'espèce humaine avec celles de la planète. Le terme de « singularité » est souvent utilisé pour évoquer ou symboliser, plus que pour définir, cet accident dans la trajectoire de l'humanité.

Comme je l'ai déjà dit, il n'existe aucun précédent à ce phénomène. Beaucoup de grandes espèces ont disparu dans le passé, mais l'extinction des dinosaures n'est certainement pas le fait de leur pullulation ou des dégâts environnementaux qu'ils ont pu commettre. D'autres grandes espèces disparaissent aujourd'hui du fait de l'homme, mais aucun animal supérieur n'avait encore accédé à ce statut d'animal « géophysique », capable d'altérer l'environnement global. Il existe, dans l'évolution de la vie, des phénomènes de modification de l'environnement planétaire par des micro-organismes, mais ils ne peuvent guère nous servir à bâtir des analogies parce que toute composante culturelle en est évidemment absente.

Faute de précédent global, on peut chercher des images de notre destin d'espèce dans le sort de sociétés isolées. On a usé et abusé, à cet égard, de l'exemple de l'île de Pâques[1]. Il offre sans doute une image brutale du déclin d'une société incapable de comprendre les mécanismes de son interaction avec son environnement insulaire, au point d'avoir parfait elle-même son enfermement en détruisant jusqu'au dernier les grands palmiers dont les troncs, convenablement façonnés, lui donnaient accès à la navigation hauturière. La plupart des exemples d'effondrement sociétal étudiés par Jared Diamond relèvent de la même incapacité des sociétés primitives à maîtriser leur relation à l'environnement, faute de disposer des outils culturels

1. J. Diamond, *Effondrement*, *op. cit.*, pp. 85-138, et A. Lebeau, *L'Engrenage de la technique*, *op. cit.*, p. 247.

nécessaires pour le comprendre et des structures nécessaires à l'action. Les sociétés contemporaines possèdent bien évidemment une intelligence beaucoup plus profonde de leur interaction avec l'environnement terrestre. Elles pratiquent aussi une réflexion sur le caractère autodestructeur de certains comportements collectifs, parmi lesquels la guerre. Plus généralement, elles ont créé les outils culturels nécessaires pour réfléchir sur leurs propres comportements, que ces derniers soient culturels ou génétiques. Mais la question est de savoir comment ces acquis culturels pourront se diffuser dans les masses humaines et y produire leurs effets ; ils sont assurément très inégalement partagés et aussi, dans la mesure où ils heurtent des idéologies de masse, très inégalement acceptés. Cependant, leur existence permet de poser une question fondamentale qui était sans objet dans les sociétés primitives : l'arsenal culturel immense dont elle dispose permettra-t-il à l'humanité d'esquiver l'impasse où l'ont conduite des comportements collectifs résultant de l'héritage génétique de l'espèce ?

Posé en ces termes, le problème n'a aucun précédent. Il existe bien des ensembles nationaux qui sont confrontés à des problèmes aigus de ressources environnementales, mais ces ensembles ne sont nullement isolés ; leurs frontières ne sont nullement étanches. Ils cherchent donc hors de ces frontières la solution à leurs problèmes de ressources, ce que permet, autre différence avec les sociétés primitives, la puissance du système technique. Un premier exemple de cette dépendance à l'endroit de ressources situées hors des frontières est celui de la Rome antique[1]. L'Empire romain était enfermé, non certes dans la planète, mais dans la zone, d'extension imprécise, à laquelle les moyens techniques de l'époque limitaient sa capacité de contrôle. On peut aujourd'hui prendre comme exemples le comportement de la Chine aussi bien que celui des États-Unis et, à dire vrai, de toutes les nations occidentales qui puisent dans les ressources du tiers monde. C'est au contraire leur extrême pauvreté, l'absence d'accès aux moyens techniques qui enferment certaines nations dans leurs frontières et les conduisent à chercher d'autres issues, comme ce fut le cas au Rwanda lors du génocide.

Exporter hors des frontières les problèmes qui affectent un ensemble national peut les résoudre pour un temps, mais ne peut que hâter l'émergence des problèmes globaux. On atteint ainsi la situation paradoxale où se trouve une société humaine divisée en États-nations. Ces États s'éloignent d'autant plus de l'autarcie qu'ils sont plus riches et voient d'une part leur dépendance extérieure s'accentuer, d'autre part la dégradation du reste du monde s'accélérer du fait de leur action. La pratique immodérée par certains d'un développement puisant dans les ressources extérieures à leur territoire ne peut que hâter l'entrée dans la zone de collision avec la planète,

1. A. Schiavone, *L'Histoire brisée*, *op. cit.*

collision pour laquelle ce recours extérieur n'existe pas.

### *Les composantes sociétales de la collision*

Pour se former une idée des aspects que va revêtir la confrontation aux limites planétaires, il faut tenter de discerner les composantes les plus importantes de l'interaction de la société avec son environnement : d'un côté, les structures fondamentales de la société, de l'autre, émanant de l'environnement planétaire mais aussi de l'évolution de la société elle-même, ce que l'on peut appeler les « menaces ». À cette fin, la description de la société humaine peut être ramenée, comme je l'ai indiqué plus haut, à un nombre réduit d'éléments : une division en territoires nationaux de l'espace habitable, des structures de pouvoir dont les unes sont ajustées à ces territoires et d'autres sont diffuses, des masses humaines imprégnées de façon plus ou moins homogène d'idéologies, un rapport de dépendance mutuelle entre ces idéologies et les structures de pouvoir, et, pour finir, un système technique qui permet aux composantes nationales d'interagir fortement entre elles à l'échelle de la planète.

L'ensemble de ces éléments est le résultat d'une évolution demeurée indépendante, jusqu'à une époque très récente, de toute influence des limites globales de l'espace vital. Elle n'a de ce fait subi aucune adaptation à la prise en compte de ces limites. L'une des composantes du système technique, ce sont les armes capables d'exercer une menace de destruction massive à une distance quelconque. L'expérience montre que ce système d'armes, au stade d'évolution qu'il a atteint, exerce deux effets opposés sur les relations entre les nations. D'une part, la menace de destruction totale de l'espèce humaine que fait peser son utilisation massive tend à empêcher les conflits ouverts entre détenteurs d'armes balistiques et nucléaires, d'autre part, en raison de l'efficacité des armes légères, la prise de contrôle d'un territoire par une force d'occupation sur le modèle des guerres coloniales du XIXe siècle tend à devenir impossible. En somme, la puissance de destruction a crû au point qu'elle est devenue inutilisable et, par ailleurs, la capacité de la force armée d'imposer un « ordre » dans les relations entre nations a fortement régressé. On en voit des illustrations diverses dans les conflits qui ont marqué un passé récent — guerre froide, Vietnam — ou qui sont en cours. Au total, mis à part des interventions mesurées qui visent à corriger des désordres locaux, il n'y a rien d'autre à attendre, sinon de l'existence, du moins de l'usage des armes, qu'une accélération de la montée des problèmes globaux.

Une autre composante du système technique permet, par le transport des biens et des personnes, une exploitation transfrontière des ressources de la planète. Une troisième composante, la composante informationnelle, permet la propagation et l'échange instantané d'informations dans tout l'espace planétaire.

Cette société humaine, qui se sert d'outils techniques extrêmement récents dans des structures héritées d'un passé beaucoup plus lointain, a développé, au cours des dernières décennies, des outils de connaissance de plus en plus capables de comprendre et de prévoir les évolutions que l'homme impose au monde physique et au monde vivant. Ils ont été créés par ce que l'on a coutume d'appeler la « communauté scientifique ». Cette communauté a constitué un réseau mondial qui met en relation des laboratoires et des équipes localisés dans divers pays. Les connaissances sont échangées continuellement et il se forme ainsi, du fait de ce réseau, un *pool* mondial des connaissances acquises. Ce modèle fonctionne de façon exemplaire dans l'appréhension de la menace climatique. Dans d'autres domaines, comme celui de l'épuisement des ressources énergétiques, son fonctionnement se heurte à davantage d'intérêts sectoriels à court terme.

L'évolution du *pool* de connaissances sur les menaces de l'enfermement commence à susciter des réactions des pouvoirs économiques et politiques. Ces réactions procèdent, comme il est naturel, de l'intention, d'une part, de prendre en compte la menace globale, d'autre part de la volonté de protéger les intérêts à court terme dont ces structures ont la charge, intérêts principalement nationaux dans le cas des gouvernements. À cela s'ajoute, comme un élément d'incertitude, les limitations intellectuelles de certains détenteurs du pouvoir. Tout cela, qui ne concerne qu'une fraction très réduite de la population humaine, laisse de côté une question fondamentale : la perception des limites planétaires est-elle susceptible de s'étendre au-delà de ce cercle restreint, d'affecter les idéologies et les croyances qui gouvernent les masses humaines et de transformer leurs comportements ?

## *La combinaison des menaces*

Les menaces qui pèsent sur l'humanité, malgré leurs natures très diverses, procèdent de sources communes, et il existe entre elles des fortes interactions qui tendent à leur conférer un caractère global.

Je ne m'intéresse pas dans ce qui suit au risque de catastrophe accidentelle qui éradiquerait l'espèce. On ne peut guère que spéculer sur la probabilité d'une catastrophe de cette nature, sur les moyens matériels ou psychologiques de réduire cette probabilité ; de bons esprits ne se sont pas privés de le faire. Ceux que cette question intéresse pourront utilement se plonger dans les écrits de Martin Rees[1], de Jean-Pierre Dupuy[2] ou de Richard A. Posner[3]. La seule certitude que l'on puisse atteindre en telle matière est que, si une telle catastrophe venait à se produire, l'analyse des

1. M. Rees, *Notre dernier siècle ?*, *op. cit.*
2. J.-P. Dupuy, *Pour un catastrophisme éclairé*, *op. cit.*
3. Richard Posner, *Catastrophe Risk and Response*, New York, Oxford University Press, 2004.

obstacles auxquels va progressivement se heurter l'espèce humaine perdrait, du fait de la disparition de l'acteur central, tout intérêt.

Les menaces que fait peser l'évolution de la société ont, à l'opposé des catastrophes éventuelles, le caractère d'une certitude globale assortie d'un réseau complexe d'incertitudes particulières concernant l'intensité de leurs effets et leurs échéances. Dans un tableau d'ensemble de ces menaces, on peut distinguer les sources — évolution technique et croissance démographique — et leurs effets, les divers aspects de la dégradation de l'environnement planétaire. Cette dégradation revêt deux aspects : la consommation des ressources et l'altération par les déchets. S'agissant de l'environnement physique, ces deux aspects peuvent être regroupés dans la même notion ; ils expriment la consommation des déséquilibres thermodynamiques accumulés dans la planète au cours de son histoire cosmique — un processus irréversible. La destruction de l'habitat des êtres vivants et leur consommation à des fins alimentaires ou énergétiques introduisent une irréversibilité d'autre nature, la « destruction de complexité » qui résulte de l'extinction des espèces.

Entre ces composantes du phénomène global existe un jeu complexe d'interactions. L'importance de ces interactions — voire leur existence — est déterminée par l'état du système technique. Pour illustrer ce mécanisme, je prendrai l'exemple de la croissance démographique. Elle a été favorisée par les progrès de la technique médicale et de l'accès aux ressources alimentaires. La mortalité infantile a diminué, et la durée moyenne de la vie a augmenté, inégalement, il est vrai, d'un pays à l'autre. Le tiers monde a bénéficié, à travers la « révolution verte », des effets de la recherche agronomique. Le progrès des systèmes de transport a donné les moyens d'enrayer les famines n'importe où dans le monde et les progrès du système informationnel ont permis d'alerter les opinions publiques sur les situations d'urgence alimentaire ou sur les épidémies. L'effet conjugué de ces interventions du système technique a été d'affranchir l'humanité, au moins pour un temps, de la régulation par la famine et par la mortalité infantile, et par là même de favoriser une croissance globale de la population mondiale. Le cap de six milliards d'individus est largement dépassé. Cela entraîne, on l'a vu, deux conséquences inéluctables. D'une part, la population ne peut continuer à croître au rythme actuel sans se heurter à des barrières physiques, d'autre part, et surtout, le niveau déjà atteint exclut la possibilité de niveler les inégalités aux normes occidentales. Mais le système technique permet aussi le jeu de rétroactions négatives dont l'effet est de réduire le rythme de la croissance démographique. C'est, en particulier, le résultat de la conjonction de deux éléments, l'un et l'autre produits de l'évolution du système technique : le développement de techniques de contraception et leur diffusion dans les pays du tiers monde, appuyée sur un effort d'éducation. Le taux de croissance est passé par un maximum de 2,02 %

entre 1960 et 1970 pour retrouver entre 2000 et 2005 le niveau de 1,2 % qu'il avait avant la Seconde Guerre mondiale. C'est sur la base de ces tendances que l'ONU a établi des projections qui prévoient une stabilisation vers la fin du siècle de la population mondiale aux alentours de 9 milliards. Ce qui m'intéresse, dans cette projection, ce n'est pas la plus ou moins grande probabilité qu'elle se confirme, c'est le fait qu'elle est le résultat d'une constatation assortie d'une interprétation et qu'elle ne mesure nullement les effets d'un effort global de contrôle. Cette stabilisation n'est pas due à la prise de conscience d'une menace globale appelant une action internationale concertée, comme celle qu'a suscitée l'altération de la couche d'ozone stratosphérique. Elle n'est même pas la conséquence de l'addition des actions de structures de pouvoir nationales. Dans les pays développés, le pouvoir politique exprime au contraire sa satisfaction de voir le taux de croissance de sa population nationale excéder celui des pays voisins, autrement dit, en regard du contrôle de la surpopulation globale, sa satisfaction d'être à la traîne. Il n'y a guère que la Chine qui fasse exception, mais grâce à la conjonction de deux éléments : la nécessité, parfaitement perçue par le pouvoir politique, d'abaisser le taux de croissance démographique pour maintenir un taux de croissance économique élevé, et un régime autoritaire capable d'empêcher les individus de se reproduire librement. Dans un régime démocratique, l'action du pouvoir politique sur un comportement individuel si directement ancré dans le patrimoine génétique ne peut guère aller au-delà de l'incitation, qu'elle s'exerce dans un sens ou dans l'autre.

On peut constater sur une multitude d'exemples que cette incitation, lorsqu'elle se manifeste, n'est presque jamais motivée par le problème de la pullulation planétaire. Elle est ordinairement déterminée par des considérations propres à l'ensemble national ou aux relations qu'il a avec ses voisins. Il n'y a guère que les organisations non gouvernementales qui, poussées par des préoccupations humanitaires, s'attaquent régionalement aux méfaits de la surpopulation. Ainsi, lorsque l'ONU établit ses projections, elle ne cherche pas à constater le résultat d'une action concertée, comme peuvent le faire les scientifiques qui surveillent la couche d'ozone pour mesurer les effets du protocole de Montréal, elle tente d'extrapoler une évolution dont les sources sont diffuses et qui n'est nullement gouvernée par une action centrale.

Nous voyons ainsi, avec l'évolution démographique, la conjonction de trois éléments qui seront présents dans tous les aspects de la confrontation aux limites de la planète : une pulsion darwinienne — dans ce cas particulier l'instinct de procréation — qui a favorisé l'épanouissement d'idéologies diverses, une société solidement divisée en ensembles nationaux, des structures de pouvoir dont l'action est déterminée, pour ses traits essentiels, par des préoccupations à court terme concernant leur zone d'intervention. Sur ces structures pèseront les effets de la limitation des ressources et de l'altération de l'environnement, qui seront d'autant plus prononcés que l'effectif total de la population terrestre sera plus élevé.

Entre les différentes dimensions de l'interaction avec l'environnement existent des couplages très nombreux. Voici un exemple simple. L'épuisement des gisements de pétrole et, à échéance plus éloignée, de gaz exercera à l'évidence une tension sur le système économique mondial ; on sera contraint de réduire de façon plus ou moins rapide la consommation en hydrocarbures fossiles et on devra recourir à d'autres sources d'énergie et de matériaux. Cette réduction ne sera pas sans conséquence sur l'enrichissement de l'atmosphère en dioxyde de carbone, mais le sens dans lequel elle jouera sur l'altération du climat est incertain. Le recours à des énergies « propres » comme le nucléaire ou l'éolien irait dans le sens d'une diminution. Dans le développement de l'agriculture énergétique, rejets et prélèvements tendraient à s'équilibrer. En revanche, le recours au charbon, plus riche en carbone que le pétrole et le gaz, aggraverait la situation. Par ailleurs, le développement de l'agriculture énergétique entrera en concurrence avec la production de ressources alimentaires. Or, à l'égard de ces composantes du problème, les divers protagonistes nationaux ne se trouvent pas dans la même position stratégique, et ils auront tendance à privilégier telle ou telle démarche en fonction de cette spécificité. Il ne semble guère aisé de convaincre la Chine, qui possède de vastes réserves de charbon, de ne pas les employer au service de son développement futur. Son refus de ratifier le protocole de Kyoto — pourtant modestement contraignant — s'interprète aisément dans ce sens. Nous rencontrons, avec cet exemple du couplage entre approvisionnements énergétiques et altération du climat, deux phénomènes très généraux qui interviendront dans la plupart des réactions à l'enfermement : l'interdépendance des différentes dimensions du problème global et les divergences entre l'intérêt global et les intérêts particuliers des acteurs. C'est en les rapportant à ces conflits fondamentaux qu'il convient d'examiner les premières réactions aux contraintes que commence à exercer l'enfermement.

### *Les premières réactions sociétales*

Au stade actuel, les premiers effets des limites de la planète apparaissent comme autant de phénomènes isolés. Leurs sources directes sont bien perçues dans leur diversité, mais l'unité de leur cause profonde l'est moins. Les interactions, qui contribuent à globaliser le phénomène à partir de ces éléments constitutifs, ne jouent encore que faiblement. Aussi les réactions de la société humaine tendent-elles à isoler tel ou tel aspect du phénomène et à tenter d'en contenir les effets.

L'examen de ces premières réactions présente cependant un grand intérêt. C'est à partir d'elles que l'on peut attendre — ou espérer — la constitution d'une réaction globale quelle qu'elle soit et quel que soit le futur auquel elle conduira.

La perception de la menace, qui est loin d'être un phénomène simple, exige d'abord que l'existence de la menace soit clairement établie — ce qui est le fait d'un cercle restreint —, puis que sa perception soit largement diffusée dans les structures de la société et dans les masses humaines.

Prenons l'exemple de l'explosion démographique du XX^e^ siècle. Sa connaissance est solidement établie et ne fait l'objet d'aucune contestation significative. Son extrapolation aux décennies qui viennent, même si l'on exclut toute catastrophe imprévisible, présente une incertitude à peu près irréductible. Elle tient, comme je l'ai déjà souligné, à ce que le phénomène s'enracine directement dans des comportements individuels fortement déterminés par l'évolution darwinienne et sur lesquels s'est édifiée une superstructure culturelle. Les idéologies, les tabous et les démarches éducatives s'y affrontent en une mêlée inextricable. Dans le cas du phénomène de pullulation humaine, dont le caractère global est évident et qui fédère toutes les autres menaces, le niveau de perception est faible. Les structures de pouvoir ne l'abordent que rarement et presque jamais en se référant à la menace globale. Leur action s'exerce souvent à contresens, en fonction des problèmes d'équilibre avec les États voisins, et lorsque les flux migratoires menacent l'équilibre de leur zone de pouvoir. La perception par les masses humaines les plus affectées, dans les pays du tiers monde, est exclusivement dominée par les problèmes locaux de surpopulation, à quoi s'oppose, dans la détermination des comportements individuels, la recherche de la sécurité personnelle que peut apporter une nombreuse descendance. Dans les mégapoles, l'environnement social, si médiocre soit-il, crée une sécurisation qui est moins dépendante de la descendance et davantage fondée sur des solidarités locales. On y observe une diminution de la croissance démographique qui en est sans doute l'effet. Quant aux médias de masse, dont le rôle pourrait être déterminant dans la diffusion de cette perception, ils sont d'une grande discrétion, sans doute parce que toute prescription s'ajoutant au constat heurterait dangereusement certaines idéologies.

Ce n'est qu'au niveau des organisations internationales que le problème global est perçu et étudié, mais sans que le savoir correspondant s'accompagne de préconisations. Il est trop clair que la présence de deux éléments — la liberté individuelle qui s'attache aux activités de procréation et l'effet direct qu'aurait toute interférence internationale sur les équilibres entre nations — décourage toute velléité d'intervention.

On constate sur cet exemple qu'il n'existe pas, *a priori*, de relation simple entre la clarté avec laquelle une menace peut être constatée, la diffusion de ce constat dans les masses humaines et l'importance de la réaction à ces éléments.

L'altération de la couche d'ozone stratosphérique par les chlorofluorocarbones (CFC) est, comme nous l'avons vu, l'exemple même d'une situation diamétralement opposée à celle de la démographie.

### *Les réactions à l'altération du climat*

L'altération du climat par l'enrichissement de l'atmosphère en gaz à effet de serre fournit un sujet d'une grande richesse à l'analyse des réactions sociétales. Le phénomène puise sa source, non dans une activité accessoire comme la production de CFC, mais dans la production d'énergie et de ressources alimentaires, c'est-à-dire qu'il intéresse directement la satisfaction des besoins fondamentaux de l'individu. Il confronte les structures de pouvoir à des décisions très incommodes car l'échéance des effets positifs que l'on peut en attendre est très éloignée par rapport à l'horizon habituel de la décision politique. En outre, ces effets consisteront au mieux à préserver l'état actuel de l'atmosphère ou, de façon plus réaliste, à ne pas dépasser un niveau de pollution jugé « tolérable ». Ils ne peuvent aboutir, à échéance prévisible, à la restitution de l'état de l'atmosphère dont dépend le climat terrestre auquel les civilisations humaines se sont adaptées. En revanche, ces décisions ont des impacts immédiats qui sont perçus négativement par certains acteurs économiques majeurs, comme les compagnies pétrolières ou charbonnières, mais aussi par les individus confrontés à des augmentations de prix.

En regard de cette difficulté intrinsèque de la décision politique, la relation entre scientifiques et décideurs politiques revêt un caractère très inhabituel. Elle vise ordinairement à examiner comment les avancées de la science peuvent être mises au service de la société et utilisées, par le processus d'innovation, pour produire de l'énergie, développer des systèmes de transport et de télécommunications ou accroître la production alimentaire. Mais, dans le cas de l'altération du climat, la relation entre connaissance scientifique et décision est d'une nature plus directe. La technique et sa maîtrise par l'acteur industriel n'interviennent plus comme un intermédiaire entre la connaissance et la transformation des pratiques sociétales qu'elle appelle.

À cela s'ajoute que le langage des sciences de la nature est avare de certitudes. Il est au contraire attentif à préciser les marges d'incertitude qui s'attachent aux prévisions qu'il formule. On ne peut éliminer ce caractère sans dénaturer la démarche scientifique, mais inévitablement il donne prise aux négationnismes soucieux de la préservation d'intérêts immédiats. Dans le cas du climat, l'incertitude combine deux sources : l'une, proprement scientifique, qui provient de l'imperfection des modèles, et l'autre, sociétale, qui se rapporte aux hypothèses que l'on fait sur l'évolution des rejets, c'est-à-dire sur l'ampleur des mesures correctrices. Ces deux sources sont de nature différente, mais, de même que leurs effets se combinent dans les prévisions, de même elles se confondent inextricablement dans les présentations médiatiques et dans l'esprit du public.

Une altération importante du climat, qui est une composante majeure de la niche écologique globale, crée un problème sans précédent dans le cours de l'histoire. Ce n'est pas, loin de là, la totalité du problème de l'enfermement, mais il en rassemble toutes les composantes. Il est donc particulièrement intéressant d'examiner comment la société réagit à cette première manifestation d'un problème global.

J'aborderai successivement, dans ce qui suit, les négationnismes qui tendent à empêcher la prise en compte de la menace et les réactions qui, au moins en intention, ont un caractère positif.

La source des négationnismes est généralement l'opposition entre les intérêts à plus ou moins court terme qu'ils visent à préserver et les enjeux à long terme qui sont liés à la protection de la niche écologique globale. L'altération du climat n'est pas le seul domaine où ils fleurissent, mais elle en offre une moisson riche et diverse dont on retrouve les types dans les autres aspects de l'enfermement. Au-delà de leur source commune, les négationnismes déploient une grande diversité de méthodes et de modes d'expression, diversité qui reflète celle de leurs porte-parole. On y trouve gens de toutes sortes, y compris une petite composante de scientifiques qui, tout naturellement, prétendent s'attaquer aux fondements mêmes du problème, c'est-à-dire à la validité des prévisions. L'argument le plus fréquemment avancé par ces scientifiques consiste à soutenir que, dans les sciences de la nature, on peut avoir raison seul contre tous. C'est une affirmation indubitable ; la vérité scientifique ne s'établit pas par un processus démocratique et le consensus n'est pas une preuve, tout au plus une présomption. Il est non moins vrai qu'il ne suffit pas d'être seul pour avoir raison. Je ne parle pas ici des débats qui ont lieu au sein de la communauté des climatologues pour faire progresser la connaissance et dans lesquels s'opposent des voix discordantes sur tel ou tel aspect d'une démarche commune. Je parle de ces scientifiques — qu'il me semble inutile de nommer — qui, par exemple, nient globalement le fait qu'une source anthropique est à l'origine principale de l'évolution du climat. Ces scientifiques ont en commun deux caractères : ils n'appartiennent pas à la communauté des climatologues, ce sont des spécialistes d'autres disciplines, et ils s'expriment, non dans la littérature scientifique, mais directement dans les *mass media*, quotidiens en mal de lecteurs ou chaînes de télévision en quête d'Audimat. On peut s'interroger sur ce qui les motive — quête de notoriété, inféodation à des intérêts économiques —, sans doute n'est-il ni charitable ni d'ailleurs utile de chercher à approfondir la question.

Un autre courant négationniste est issu du milieu des sciences sociales et, plus précisément, de l'économie. L'ouvrage de Bjørn Lomborg, *L'Écologiste sceptique* (publié une première fois en danois en 1998, puis repris dans une version révisée en 2001 par Cambridge University Press) en offre une manifestation exemplaire[1]. Lomborg était, lorsqu'il produisit cet ouvrage, un jeune maître de conférences qui enseignait l'usage des statistiques dans un institut de sciences politiques danois. Il n'avait jusque-là rien publié sur ce sujet. Cependant, il n'est pas d'usage, dans le domaine des sciences de la nature, d'accepter un quelconque principe d'autorité. Aussi, plutôt que faire à Lomborg un procès en incompétence, j'essaierai de juger l'arbre à ses fruits. Pour se former une opinion, rien ne peut servir de substitut à la lecture du livre, ce qui n'est pas une mince entreprise : 743 pages dans la version française dont près de 500 de texte et plus de 250 autres garnies de 3 000 notes et de 1 500 références bibliogrphiques. Certes, l'ouvrage est imposant. Sa lecture est fastidieuse mais facile, ce qui n'est pas en soi un défaut. Le discours ne s'encombre ni de raisonnements complexes ni de vocabulaire technique : les nombreux diagrammes sont de lecture aisée et, cependant, bien qu'il ait endossé les habits de la science et que les Presses de Cambridge lui aient donné l'onction de la respectabilité, cet ouvrage, par divers aspects, fait naître la suspicion chez le lecteur familier de la littérature scientifique.

Le premier de ces traits, et le plus apparent, est le langage. La polémique est d'ordinaire absente du langage des sciences de la nature et la certitude ne s'y exprime qu'avec parcimonie. On cherchera vainement la trace d'un langage polémique dans le

1. B. Lomborg, *L'Écologiste sceptique*, *op. cit.*

rapport du GIEC[1], y compris dans les messages qu'il adresse aux cercles politiques. Or, polémique et certitude sont omniprésentes dans l'écrit de Lomborg, indice de ce que son objet final n'est pas d'établir une compréhension nouvelle de l'environnement, mais de fournir les assises et le langage d'une attitude politique. La certitude s'exprime sans détour, dès le sous-titre : *Le véritable état de la planète*. Quel scientifique oserait se passer sur ce sujet de l'interrogation ? Les titres et les conclusions des chapitres successifs offrent une riche collection d'affirmations sans nuances. Le langage polémique est utilisé habilement, parfois à un niveau presque sub-liminal ; il transparaît dès le titre de la première partie, « La litanie », utilisé pour qualifier péjorativement les thèses de ceux qui expriment, parfois de façon excessive, leur crainte sur l'évolution de la planète. On jugera peut-être qu'à cette litanie des craintes Lomborg oppose une litanie contraire, non moins monotone.

Ces aspects nous conduisent à la question des sources. Lomborg ne se réfère jamais, et pour cause, à ses propres travaux, ni n'émet, sur tel ou tel aspect du problème, une théorie qui lui soit propre. Il n'a jamais rien publié dans les domaines abordés. Cela lui évite de donner la mesure de ses connaissances ou de son ignorance, comme le fit imprudemment Haroun Tazieff lorsqu'il exposa aux géophysiciens médusés que les chlorofluorocarbones ne pouvaient altérer la couche d'ozone

1. www.ipcc.ch.

au-dessus du pôle Sud parce qu'ils étaient émis dans l'hémisphère Nord. Pareille mésaventure ne saurait advenir à Lomborg, qui se fonde exclusivement sur ce qu'ont publié les autres. Une telle démarche est parfaitement recevable dans son principe, mais elle pose au premier chef la question du choix de ce qui sert de base à une analyse contradictoire. La démarche de Lomborg, si elle se voulait scientifique, dictait la nécessité d'une sélection rigoureuse des sources qui ignorât tout ce qui relève du tapage médiatique ou militant. C'est ce qu'il n'a pas fait et cette omission adultère toute son entreprise. S'il s'était borné à se référer à des publications scientifiques primaires, il aurait augmenté la difficulté d'accéder à un large public, mais il aurait pu obtenir, autrement que par le vacarme, l'audience de ceux qui travaillent, dans les différents domaines disciplinaires, à comprendre l'évolution où l'homme entraîne la planète. Au lieu de cela, il a mélangé le primaire, le secondaire et le militant, comme le font, dans un dessein diamétralement opposé, les tenants de l'écologie dite totalitaire, de sorte qu'il n'a fait que construire une image inversée de leur discours.

Le seul domaine où il s'est heurté à une difficulté sérieuse est celui du réchauffement de la planète parce qu'il fait l'objet, de la part de la communauté scientifique, d'un vaste effort de compréhension organisé à l'échelle mondiale. Les rapports du GIEC sont des modèles de rigueur, non seulement par la méthodologie utilisée, mais aussi par le soin apporté à identifier les marges d'incertitude et les interrogations qui subsistent. Les tentatives pour mettre en question les conclusions contenues dans les rapports du GIEC, comme celle de la Maison-Blanche faisant appel à la National Academy of Science pour les réfuter, ont abouti à les consolider et surtout à démontrer qu'il n'y a pas, dans le monde, deux sciences. Aussi Lomborg, après quelques efforts pour affaiblir ces conclusions et un usage discret de termes péjoratifs pour qualifier le « jargon du GIEC », se résigne-t-il à considérer l'évolution du climat comme « une question importante » et concentre-t-il son attention sur la forme des mesures à prendre. Une phrase résume alors l'esprit de sa conclusion : « Ce qui importe pour notre avenir et celui de nos enfants n'est pas pris en compte dans le cadre du GIEC mais dans celui de l'OMC. » Ainsi, bien qu'il en ait les apparences, *L'Écologiste sceptique* n'est pas un ouvrage scientifique au sens habituel du terme et le fait que les Presses de Cambridge aient choisi d'en publier la traduction lui donne une caution prestigieuse, mais ne change rien à la valeur des arguments. Le relais vers la notoriété a été pris par la presse économique et financière libérale, et, en premier lieu, par *The Economist* qui proclama : « Voici l'un des livres les plus riches sur la politique publique — et pas seulement sur la politique environnementale — qui ait été écrit pour le lecteur intelligent au cours des dix dernières années. » Puis les louanges hyperboliques se succèdent ; le *Time Magazine* considère Lomborg comme « l'un des cent hommes les plus influents du monde » et *Business Week* le désigne comme l'une des « cinquante étoiles de l'Europe ». Cet enthousiasme de la presse économique libérale est différent d'un simple succès médiatique ou d'un engouement pour une pensée scientifique nouvelle ; il relève du champ politique. Pourquoi des financiers conservateurs et des économistes libéraux manifestent-ils une telle admiration pour une thèse controversée sur un sujet dont les bases scientifiques leur sont étrangères, autant et plus qu'à l'auteur de cette thèse ? La source profonde de cette réaction est l'existence d'un conflit global entre la croissance économique et les limites que lui imposent les dimensions finies de l'habitat planétaire.

Cependant, réfuter les écrits des écologistes militants ou des négationnistes me semble une entreprise vaine, car chacun sait que la rigueur ne fait pas partie des contraintes qu'ils se donnent. Rien ne sert non plus de prendre pour cible ce qu'ont pu écrire les journalistes, fussent-ils ceux du *Los Angeles Times*, pour traduire ce qu'ils ont compris de ce qu'on leur a dit des problèmes de la planète. Le seul résultat d'une charge contre « l'écologie totalitaire » — pour reprendre le vocabulaire du préfacier de Lomborg, Claude Allègre — est de montrer, ce que chacun sait déjà, qu'elle verse sans scrupule dans l'excès. Mais cette démonstration n'apporte aucune lumière sur l'état de la planète.

Je reviendrai un peu plus loin sur l'antinomie fondamentale entre le modèle économique dominant et l'existence de limites temporelles à la croissance.

Le fait que cette antinomie est à la source du négationnisme économique est bien illustré par l'affrontement quasi idéologique qui s'est développé, au début des années 1970, autour des conclusions du rapport Meadows préparé par une équipe du MIT[1]. Pour comprendre la nature du débat, on se référera à la critique systématique établie par une équipe de l'université de Sussex et parue sous le titre *Models of Doom*[2]. Cette critique identifie de nombreuses faiblesses du *rapport Meadows*, mais l'essentiel est ailleurs. On le trouve dans la seconde partie de l'étude de Sussex intitulée *Le Contexte idéologique* : « Que reste-t-il des efforts de Forrester[3] et Meadows ? y lit-on. Rien, nous semble-t-il, qui puisse être d'un usage immédiat pour l'action des décideurs politiques[4]. » À quoi l'équipe du MIT répond : « Malthus a été enterré de nouveau[5]. »

La confrontation s'organise autour de deux conceptions opposées de l'espèce humaine. L'une, fermement enracinée dans la tradition judéo-chrétienne, considère que l'homme est une créature à part, capable de développer « une technologie ou

1. D. L. Meadows *et al.*, *The Dynamics of Growth in a Finite World*, Cambridge, Wright-Allen Press, 1973.

2. *Models of Doom*, *op. cit. supra* (p. 76, n. 1), p. 217.

3. Jay W. Forrester, *Principles of Systems*, Cambridge, Wright-Allen Press, 1968. Cet ouvrage a fourni les bases méthodologiques de l'étude du MIT.

4. *Models of Doom*, *op. cit.*, p. 215.

5. *Ibid.*, p. 217.

un changement social pour surmonter un obstacle, et que ces développements se produisent instantanément dès que l'obstacle est perçu », la conception opposée dit que l'homme est une espèce parmi celles qui ont le mieux réussi, mais que « son succès le conduit à détruire et à simplifier le réseau naturel sur lequel il s'appuie et qu'il comprend très médiocrement ». Et les tenants de cette conception ajoutent très lucidement : « Nous ne voyons aucun moyen objectif de résoudre ces différences de vue sur l'homme et sa place dans le monde[1] »; c'est là le propre des conflits idéologiques.

Naturellement, la querelle s'alimente de la recherche de faiblesses objectives dans l'argumentaire malthusien, qui certes n'en est pas dépourvu. Elles relèvent de plusieurs catégories : extrapolation pessimiste de la croissance démographique — croissance qui échappe cependant à tout contrôle global —, sous-estimation des effets de l'innovation technique sur la production, sous-estimation des réserves critiques comme le pétrole. Toutes ces faiblesses conduisent à des erreurs importantes sur le délai d'apparition des phénomènes de saturation. C'est par les mêmes faiblesses que les prédictions pessimistes de Malthus ont été durablement discréditées. Partant de là, s'engage une argumentation beaucoup moins objective, qui consiste, moyennant une extrapolation de ces erreurs et un acte de foi dans les vertus illimitées de l'innovation, à repousser les échéances au-delà

1. *Ibid.*, p. 239.

de ce qui appellerait une action immédiate. Car ce qui est la cible, c'est l'affirmation qu'il est nécessaire d'engager dès aujourd'hui une évolution qui conduirait vers une société à croissance nulle. Il est vrai qu'on ne sait guère comment engager cette évolution et que les préconisations du rapport Meadows ont, à cet égard, un fort parfum d'utopie sociale, mais ce défaut de faisabilité n'est guère invoqué pour les rejeter. L'hostilité que suscite l'utopie d'un « état stable » se concentre sur ce qui pourrait mettre en question l'attitude *business as usual*; elle vise sa capacité de « restreindre, pour ne pas dire de paralyser, les actions des décideurs qui traitent les problèmes courants et urgents, action dont l'effet global pourrait bien fournir le *feedback* négatif le plus puissant pour réfuter les courbes qui prédisent la catastrophe finale[1] ». Ce qui est en cause, en définitive, et ce qu'il s'agit de protéger, c'est le lien privilégié qui s'est établi entre les économistes et les structures de pouvoir.

La démarche de Lomborg, très différente dans sa méthode de celle de l'équipe du MIT, en offre dans sa conclusion globale une image inversée. Rien d'étonnant, dès lors, qu'elle suscite de la part des économistes libéraux un enthousiasme qui est à l'opposé de ce que fut leur rejet des analyses d'inspiration malthusienne.

Il existe une dernière catégorie d'attaque négationniste qu'illustre un livre de Michael Crichton, dont la réputation d'auteur de *best-sellers* n'est plus

1. *Ibid.*, p. 215.

à faire. Ce livre, *State of Fear*, est bâti sur une recette classique, la lutte entre un chevalier blanc, le professeur Kenner, éminent scientifique doublé d'un sportif de très haut niveau, et l'Environmental Liberation Fund, un groupe d'environnementalistes fanatiques acquis à l'action violente[1]. Le déroulement de l'histoire est construit, dans une logique classique d'affrontement, autour de catastrophes artificielles que les éco-terroristes tentent de déclencher et que l'action du professeur Kenner fait échouer. Jusque-là, rien d'étranger aux ingrédients ordinaires du *best-seller*, mais s'intercalent, en contrepoint dans le récit, de longs passages dans lesquels le professeur Kenner délivre son message. Par sa bouche, ce n'est pas, bien entendu, le scientifique de haut niveau qui parle, mais l'auteur, dont les qualifications à cet égard sont modestes. Crichton, surtout connu pour avoir écrit *Jurassic Park*, possède un diplôme de Harvard, mention ethnologie, et un diplôme de médecine de la même université. Cette formation ne fait pas de lui un expert des questions de climat et les propos de son personnage s'en ressentent. Je me bornerai à relever quelques-unes des failles patentes de ses démonstrations. Il y en a bien d'autres, mais un échantillon suffira pour juger ce qu'en vaut l'aune.

Un long discours sur la composition de l'atmosphère nous apprend que, rapporté à la longueur d'un terrain de football (américain) de 100 yards,

1. M. Crichton, *State of Fear*, *op. cit.*

l'azote occupe 78 yards, l'oxygène conduit ensuite jusqu'à 99 yards et l'argon couvre la plus grande partie du yard restant pour ne laisser que 3 pouces, dont le dioxyde de carbone occupe un pouce. « Un pouce sur un terrain de football de 100 yards. Et savez-vous de combien il a augmenté, trois huitièmes de pouce. [...] On veut vous faire croire que ce changement minuscule a conduit la planète vers un dangereux réchauffement », comment imaginer que ce soit important ? La démonstration semble belle, mais elle ignore un fait absolument fondamental, connu depuis le XIX^e^ grâce aux travaux de Tyndall : les gaz majeurs de l'atmosphère sont transparents dans l'infrarouge et n'engendrent pas d'effet de serre. Le dioxyde de carbone et la vapeur d'eau — qui a échappé curieusement à l'attention de l'auteur — absorbent l'infrarouge, d'où leur nom de gaz à effet de serre. Appliqué à une serre agricole, le « raisonnement » de Crichton conduirait à nier qu'une épaisseur d'un millimètre de verre puisse changer le « climat » des centaines de mètres cubes d'air qu'elle emprisonne.

Plus grave encore, et surtout plus révélateur d'un fond solide d'ignorance — à moins qu'il ne s'agisse de mauvaise foi —, la confusion entre prévision déterministe du temps et prévision du climat : « Personne n'essaie de prédire le temps plus de dix jours à l'avance. Les modélisateurs prédisent ce que sera la température cent ans à l'avance. » C'est une erreur majeure, et au demeurant élémentaire, qu'affirmer que, parce qu'on ne sait pas faire de prévision déterministe au-delà d'un certain horizon temporel, on ne sait rien dire, au-delà de cet horizon, des moyennes qui définissent le climat. Crichton aurait pu songer, avec un peu de bon sens, que si l'on ne peut prévoir quel temps il fera à Berlin le 12 octobre 2106 à 17 h 30, on peut cependant affirmer qu'en cette année-là, le climat du mois de juillet y sera plus chaud que celui du mois de décembre.

Il n'est pas inutile non plus de relever l'usage que fait Crichton d'un type d'argument plus grossier, mais efficace. N'est-ce pas Lénine qui disait : on ne discute pas avec un adversaire politique, on le déshonore ? Crichton ne répugne pas à cette éthique lorsqu'il fait parler son chevalier blanc sur l'IPCC, institution hautement respectée de la communauté scientifique et, comme telle, adversaire majeur qu'il s'agit de disqualifier.

Une autre cible de choix est le protocole de Kyoto dont l'effet serait, à supposer que les États-Unis le signent, « de réduire le réchauffement de quatre centièmes de degré Celsius en 2100 ». Comment concilier, d'ailleurs, cette affirmation péremptoire avec l'impossibilité précédemment affirmée de prédire le climat, voilà ce que l'auteur ne s'attarde pas à nous dire.

Pourquoi Crichton s'est-il engagé si vigoureusement dans le camp négationniste ? On peut penser qu'il est naturel, pour un auteur de *best-sellers*, de rechercher les sujets à la mode pour en faire la trame de ses ouvrages, et Crichton, dans d'autres livres, l'a fait avec un grand succès. Mais, dans le cas de *State of Fear*, il y a plus que cela. L'argumentaire pesant dont s'assortit le texte nuit plus à sa qualité commerciale qu'il ne la sert. Le site Internet de l'auteur et le texte de ses conférences témoignent en outre d'un engagement dont la source nous échappe. Je laisserai de côté cette question pour répondre à une autre : pourquoi attacher de l'importance à ce qui n'est, en définitive, qu'un événement mineur et purement médiatique ? C'est que précisément, par sa dimension médiatique, il exerce une influence sur l'opinion publique, sur la perception que le grand public acquiert des événements climatiques. James Lovelock le comprend parfaitement et il écrit : « Le public est susceptible d'être beaucoup plus influencé par des auteurs comme Michael Crichton que par des scientifiques[1]. » Dans le triangle relationnel qui s'établit entre la communauté scientifique, les instances politiques et l'opinion publique, l'écart de perception entre les structures de pouvoir et l'opinion publique est d'une importance essentielle car il est de nature, au moins dans les démocraties, à paralyser l'action politique ou à lui fournir un alibi. Il doit être parfaitement clair qu'en écrivant cela je n'amorce nullement un plaidoyer contre la liberté d'expression. Je me borne à identifier les effets que produisent ceux qui usent du relais médiatique, effets dont procèdent les responsabilités qu'ils endossent.

Pourquoi une telle floraison de réactions passionnément négatives aux mises en garde des cli-

1. J. Lovelock, *The Revenge of Gaia*, *op. cit.*, p. 48.

matologues ? Divers ingrédients se combinent là, dont certains n'ont qu'un caractère anecdotique. J'ai moi-même rencontré un écologiste militant qui niait fermement l'existence d'un effet de serre anthropique. Comme on me l'expliqua, la source de cette attitude paradoxale résidait dans un rejet passionné de l'énergie nucléaire qui, comme chacun sait, n'engendre pas d'effet de serre ; on ne heurte pas impunément un tabou. Mais les motivations profondes seront sans doute à l'origine d'obstacles difficiles à surmonter. Elles mettent en jeu une gamme d'intérêts dont les structures de pouvoir sont les gardiennes. À la base de cette hiérarchie se trouvent les entreprises industrielles dont la prospérité est directement affectée par une mutation des techniques énergétiques. Ces structures possèdent de puissants moyens de s'informer et leur vision de l'avenir est généralement très réaliste, même si leurs discours ou leurs actions immédiates ne le sont pas. Leur stratégie obéit à des schémas simples : profitons de la situation aussi longtemps que ce sera possible et préparons-nous le plus discrètement possible à affronter le changement inéluctable. Cette stratégie cachée comporte un risque, celui de retarder les mesures correctrices jusqu'au jour où, compte tenu de l'inertie du phénomène climatique, il sera trop tard pour éviter des changements dévastateurs. Elle est une conséquence directe du contexte de concurrence qui régit les relations entre ces grands acteurs et qui tend à uniformiser leurs attitudes individuelles. Il est vraisemblable que le même facteur provoquera un jour un basculement collectif de ces attitudes.

Les structures gouvernementales pratiquent une démarche analogue, à ceci près que les contraintes ne sont pas de même nature et que leurs marges d'action sont plus limitées. La bonne tenue du compte prévisionnel d'exploitation et, le cas échéant, de la cote boursière est le critère central pour une entreprise, qu'elle exploite des champs pétroliers ou qu'elle construise des automobiles propulsées par des dérivés du pétrole. La situation d'un gouvernement national est plus complexe et plus fragile, du moins dans les démocraties. Il doit concilier la bonne santé à court terme de l'économie nationale, qui gouverne son avenir politique, avec la préoccupation à long terme qu'exprime une partie de son électorat, composer avec les pressions qu'exercent les grands secteurs de la vie économique et chercher, avec ses homologues, une ligne d'action commune. Cette ligne d'action, dont le protocole de Kyoto est une première concrétisation, a toutes les chances d'être en deçà de ce qui serait indispensable. Plusieurs éléments concourent à affaiblir le consensus. Ils ont une source commune dans la diversité des situations nationales : inégalité des niveaux économiques, inégalité des contributions à la pollution de l'atmosphère, diversité des relations du pouvoir aux grands acteurs économiques et à l'électorat. Tout cela fait que le consensus international, qui est l'élément dont le pouvoir politique peut user pour privilégier le long terme aux dépens du court terme, tarde à se manifester ou, plutôt, demeure insignifiant. En témoigne le refus du modeste protocole de Kyoto par les principaux pollueurs, les États-Unis et la Chine.

Il existe enfin, dans le monde occidental, une résistance à l'évolution dans ce que l'on peut appeler la « pensée économique », dont j'ai évoqué la relation particulière avec le pouvoir politique. Cette relation a conduit à une orthodoxie que désigne le terme de néo-libéralisme. Ce qui m'intéresse ici, ce n'est pas l'inadaptation évidente du néo-libéralisme aux contraintes de l'enfermement, ce sont les difficultés auxquelles se heurtent ceux qui cherchent à construire une pensée économique adaptée à ces contraintes.

Le rapport Stern sur l'économie du changement climatique offre une excellente illustration des limitations que rencontrent les techniques du calcul économique lorsqu'on tente de les appliquer au très long terme et à un problème différent de ceux pour lesquels ces outils ont été mis au point[1]. Ce rapport, rendu public en octobre 2006, a été préparé à la demande du gouvernement britannique, par sir Nicholas Stern, économiste réputé, qui s'est entouré d'une quinzaine de spécialistes. Il s'est appuyé, pour l'expertise climatique, sur le Hadley Center for Climate Prediction and Research qui appartient au service météorologique britannique, le UK Met Office. Je ne m'inté-

1. Nicholas Stern (sous la dir. de), *The Stern Report : The Economics of Climate Change*, Londres, Her Majesty Treasury, 2006.

resse ici ni aux motivations politiques du gouvernement britannique, ni à la qualité intrinsèque de l'étude qui lui a été fournie, mais seulement aux difficultés méthodologiques que met en lumière la controverse qu'ont suscitée les conclusions de cette étude ; elle a opposé, selon un schéma classique, les partisans d'une action forte et rapide pour contrecarrer les perturbations économiques et sociales prévues et ceux qui veulent renvoyer ces actions correctrices à plus tard en minimisant l'importance et la proximité du risque. Au premier rang de ces derniers, on ne sera pas surpris de trouver William Nordhaus[1] que nous avons déjà rencontré. Le rapport Stern se fonde sur une analyse coût-bénéfice qui confronte l'évaluation financière des dommages causés par le changement climatique au coût des mesures de prévention. Il conduit donc à comparer des flux financiers immédiats à des dommages qui surviendront dans le futur. Cette comparaison oblige à introduire un facteur de correction, le taux d'actualisation, qui définit une équivalence entre des événements financiers : dépenses, bénéfices, etc., intervenant à des dates différentes. Cette technique banale du calcul économique mesure l'intérêt qui s'attache à reporter une dépense. Dans l'exemple qui nous occupe, plus ce taux est faible, plus la préférence donnée à la préservation de l'avenir sur la protection des intérêts présents est grande. Stern a choisi

1. William Nordhaus, *The Stern Review on the Economics of Climate Change*, New York, Yale University, 2006.

un taux de 1,4 % et Nordhaus, pour établir sa critique, un taux de 4,5 %, ce qui, sur les durées que considèrent en général les calculs coût-bénéfice, n'aboutit pas à des écarts très importants ; mais cela change les ordres de grandeur lorsqu'on opère à l'échelle du siècle. Il s'introduit une différence de 1 à 20 entre les évaluations de la valeur *actuelle* du dommage causé par l'émission d'une tonne de $CO_2$ selon que l'on suit Stern ou Nordhaus, et plus de la moitié de cet écart est imputable au choix du taux d'actualisation[1].

Que conclure de cette incohérence ?

D'abord, dans la mesure où le choix, en apparence purement technique, d'un taux d'actualisation reflète un arbitrage entre l'intérêt de la génération actuelle et celui des générations futures, on doit reconnaître qu'il a le caractère d'un choix éthique. Comme l'écrit Olivier Godard, il s'agit de choix « éthiques qui ont à être assumés en tant que tels, et non d'une réalité économique objective qui serait comme extérieure à l'univers moral ». Il ajoute que « cela ne signifie pas que le cadre de l'analyse coûts/avantages retenu soit le mieux approprié pour définir des objectifs à long terme dans ce domaine et pour organiser l'action collective ». On peut en effet juger plus globalement que la technique de l'analyse coûts/avantages est un outil inadapté au très long terme. Le choix du taux

1. Olivier Godard, « L'économie du changement climatique. Le rapport Stern un an après », *Futuribles*, 334, octobre 2007, pp. 25-42.

d'actualisation, purement technique dans le court et le moyen terme, exprime dans le long terme un choix éthique qui détermine les conclusions de l'analyse et qui, par conséquent, l'enferme dans un cercle tautologique.

La réflexion de Joseph Stiglitz fournit un autre éclairage des difficultés devant lesquelles se trouvent les économistes. Les ouvrages de Stiglitz montrent sa sensibilité aux faiblesses du néolibéralisme comme outil de création de bien-être et exposent les efforts qu'il a faits pour infléchir la pratique de l'orthodoxie libérale[1] Plus récemment, il s'est penché sur les problèmes de l'environnement planétaire pour se heurter à une question qui ne possède aucune solution évidente : peut-on amender l'orthodoxie libérale pour l'adapter à l'enfermement ou doit-on envisager un changement radical de paradigme économique? Stiglitz choisit la première voie. Marx disait que lorsque nous essayons de donner un sens à des événements nouveaux, nous sommes comme un homme qui apprend une nouvelle langue et qui, instinctivement, la traduit dans le langage qu'il connaît. Peut-être y a-t-il de cela dans le choix de Stiglitz, mais il y a aussi un autre élément qu'il exprime clairement : une préférence pour la transition harmonieuse par opposition à la rupture, pour l'évolution plutôt que pour la révolution. À quoi s'ajoute le

1. Joseph E. Stiglitz, *Globalization and Its Discontents*, W. W. Norton, 2002; et *Fair Trade for All. How Trade Can Promote Development*, Oxford University Press, 2005.

fait que l'on ne connaît aucune alternative à l'économie libérale dont la viabilité soit démontrée.

Reste à savoir quelle est la voie que privilégieront les faits, et il n'est nullement certain, ni même probable, que les faits laisseront ouvert le choix.

Toujours est-il que des réflexions comme celle de Joseph Stiglitz ou de Nicholas Stern sont tournées vers l'action et qu'elles appellent, de ce fait même, une réflexion sur le problème des fins.

# 9

# Le problème des fins et de l'action

## *La nature des fins*

Le problème du pourquoi s'est situé, jusque-là, à l'extérieur du champ de ma réflexion. Il ne se pose que lorsque l'action à laquelle on veut donner une fin entre en ligne de compte. Je ne peux cependant l'éluder complètement. L'observateur extérieur du devenir de l'homme constate que les comportements individuels se réclament explicitement de fins et que des comportements collectifs se déterminent en fonction de ces fins. Mais conférer un statut à ces fins, en faire des impératifs éthiques, exige une démarche qui transcende le domaine de l'observable.

Le problème des fins est au centre de la réflexion de Hans Jonas sur la responsabilité de l'humanité à l'endroit de son avenir. Jonas a introduit un principe éthique qui s'énonce ainsi : « Jamais l'existence ou l'essence de l'homme ne doivent être mises en jeu dans les paris de l'agir », ou encore : « Le droit individuel au suicide cela se discute, le droit au suicide de l'humanité ne se discute pas »[1]. Toute l'éthique de l'avenir contenue dans *Le Principe responsabilité* est construite sur ce fondement. Il ne s'agit pas pour moi de revenir sur l'attitude philosophique qui conduit à le poser et qui fait de l'homme une espèce singulière ; je peux le considérer comme un *credo*, mais je suis en droit d'examiner ses conséquences pour l'action dès lors qu'on l'adopte comme une règle. Il s'agit alors d'analyser les effets possibles de la perception de cet impératif éthique sur les comportements collectifs.

Jonas oppose, dans son analyse, aux choix faits dans le dessein d'améliorer la situation présente le risque de disparition de l'humanité que la quête de cette amélioration peut comporter. Il affirme que les grands risques de la technique « ne sont pas pris dans le but de sauver ce qui existe ou d'abolir ce qui est intolérable, mais dans le but d'améliorer continuellement ce qui est atteint, autrement dit en vue du *progrès* qui, dans le cas le plus ambitieux, vise la production d'un paradis terrestre[2] ». Encore faut-il observer que, dans ce *tractatus technologico-ethicus*[3], Jonas ne fait pas explicitement référence aux limites planétaires. Le « Prométhée définitivement déchaîné » qui surgit en tête de sa préface lui suffit à fonder une incertitude du destin humain qui appelle une éthique nouvelle sans que s'y ajoutent les certitudes appor-

1. H. Jonas, *Le Principe responsabilité*, *op. cit.*, p. 84.
2. *Ibid.*, p. 82.
3. Le terme évoquant l'ouvrage de Wittgenstein est de Jonas lui-même.

tées de l'enfermement. Ces certitudes introduisent cependant une composante tierce au dilemme entre l'amélioration du présent et le risque global sur l'avenir : sommes-nous engagés dans une impasse dont il est devenu, faute de temps et d'espace, impossible de se dégager et au-delà de laquelle on ne peut construire une vision de l'avenir ? Cette irréversibilité de l'évolution humaine n'apparaît pleinement que si l'on prend en compte le caractère fini de l'environnement global et les contraintes temporelles qui en découlent.

Il est naturel de s'interroger sur la relation qui peut exister entre l'instinct de conservation, présent chez les individus, et l'impératif catégorique de pérennité de l'espèce humaine qu'énonce Jonas : « Agis de façon que les effets de ton action soient compatibles avec la Permanence d'une vie authentiquement humaine sur terre », ou encore : « Ne compromets pas les conditions pour la survie indéfinie de l'humanité sur terre »[1].

L'instinct individuel de conservation — qui n'est nullement propre à l'homme — suscite, au niveau des groupes humains, des comportements émergents qui sont de nature à préserver l'existence du groupe et qui semblent ainsi répondre à un impératif de pérennité collective. Peut-on pour autant considérer qu'ils donnent un fondement empirique à la finalité qu'exprime cet impératif? Il me semble clair qu'il n'en est rien. L'instinct de conservation a été sélectionné, chez l'homme et

1. H. Jonas, *Le Principe responsabilité*, *op. cit.*, p. 40.

chez de nombreuses espèces animales, par l'évolution darwinienne parce qu'il donne un avantage reproductif au réplicateur génétique qui en est porteur. Il augmente ses chances d'avoir une descendance. Mais ce mécanisme ne s'inscrit dans aucune finalité et ne comporte aucune vision de l'avenir ; il agit purement dans le présent, même si ses effets se propagent dans le temps. Sa compréhension fournit la clef du « comment », mais le « pourquoi » en est absent.

Un autre aspect de cette question est de savoir si le comportement individuel de conservation de la vie qui a été sélectionné par l'évolution engendre des comportements collectifs, et si ces comportements collectifs servent de fondement à une construction culturelle qui les associe à des choix de valeurs.

La réponse à la première partie de cette question est certainement positive. On observe de tels comportements chez de nombreuses espèces supérieures qui vivent en groupe. Ils se manifestent lorsque la survie des individus dépend de la façon dont des comportements individuels provoquent des réactions collectives comme celles d'un banc de petits poissons ou un vol d'étourneaux à la menace d'un prédateur. Mais dans ces comportements collectifs la valeur de la vie au sens éthique du mot n'est pas plus présente que dans les comportements individuels dont ils sont l'effet. Là comme ailleurs, la finalité est absente des mécanismes de l'évolution et, sans finalité, pas d'éthique.

Le second volet de l'interrogation appelle une réponse plus nuancée. Il semble raisonnable d'admettre que les constructions culturelles de l'éthique reposent, pour une part, sur une base génétique qu'elles rationalisent en termes de valeurs. Ces valeurs sont absentes de la base génétique et la question de leurs sources engage inévitablement la réflexion au-delà des limites que je me suis assignées. Il me semble inutile d'entrer dans le débat sur la nécessité d'une intervention transcendante comme le fait par exemple, tout au long de son livre, Daniel C. Dennett[1], ou comme cherche à l'exclure Richard Dawkins[2]. Mon propos se limite en effet à l'efficacité de ces prescriptions éthiques. Or la puissance prescriptive des impératifs éthiques, la force de leurs effets sont sans rapport avec la nature philosophique ou religieuse de leur origine réelle ou supposée. Il me suffit donc de les considérer comme des données que fournit l'observation de l'édifice culturel.

Il reste que, dans sa quête d'une éthique du futur, Hans Jonas n'a pas disposé aisément d'un équivalent collectif de la peur de la mort, d'où sa recherche de ce qu'il nomme une « heuristique de la peur » dans laquelle « le *malum* imaginé doit assumer le rôle du *malum* éprouvé » ; d'où son appel à constituer « une science des prédictions hypothétiques, une "futurologie comparée" »[3].

1. Daniel C. Dennett, *Breaking the Spell. Religion as a Natural Phenomenon*, Londres, Allen Lane, 2006.
2. Richard Dawkins, *The God Delusion*, Bantam Press, 2006.
3. H. Jonas, *Le Principe responsabilité*, *op. cit.*, pp. 65 et 68.

C'est en tant que contribution à cette quête que ma réflexion peut se situer par rapport à la sienne. Mais mon objectif n'est pas d'établir un fondement métaphysique à une valeur de la pérennisation du monde. Il est seulement de savoir si un substitut aux prescriptions à court terme de l'instinct de conservation peut être introduit dans une construction culturelle visant à préserver l'existence à long terme de l'espèce humaine. Le substrat génétique des comportements humains ne le fournit pas. Nous sommes viscéralement attachés à la préservation de notre descendance immédiate, mais ce sentiment s'efface lorsque l'horizon s'éloigne et que la parenté génétique se distend. À échéance de cinq ou six générations, nous ne distinguons plus notre descendance au sein de la foule qui peuple le futur. La détermination des valeurs nécessaires pour fonder l'action repose donc nécessairement sur un choix dépourvu de toute base empirique. L'impératif de pérennité, que Hans Jonas a cherché à établir sur une base philosophique, répond à cette fonction. À dire vrai, il n'en existe guère d'autre si l'on écarte son opposé, le choix de Louis XV, c'est-à-dire le refus de se préoccuper du long terme, repris par la boutade de Keynes : « Dans le long terme, nous sommes tous morts. » Le choix de la pérennisation de l'espèce conduit à concilier dans l'action la poursuite des intérêts à court terme et la préservation de l'avenir à long terme. Mais il conduit aussi, inévitablement, à opposer des comportements influencés, voire gouvernés, par les déterminations génétiques de l'espèce à des impératifs dépourvus de ces racines. Que ces derniers soient ou non capables d'exercer un contrôle sur les comportements des masses humaines déterminera l'avenir de l'homme.

## *La nature de l'action*

Les actions, quelles qu'elles soient, que l'on peut envisager pour faire face à la perspective de l'enfermement posent la question de leurs objectifs spécifiques, celle de leur nature et celle de leur cohérence avec un objectif global.

Cet objectif global, je le répète, n'est pas donné par la nature. Il procède d'un choix dépourvu de base empirique et consiste à refuser la fin de l'humanité. Peu importe, en ce qui concerne l'action, que ce choix soit considéré comme dicté par Dieu ou comme l'expression de la liberté de l'homme vis-à-vis de son destin. Ses conséquences sur l'action n'en sont pas affectées. Tout au plus peut-on remarquer que les dogmes religieux assignent volontiers une limite à l'attente ; l'heure du Jugement est entre les mains de Dieu mais, en termes d'action, cela ne fait guère de différence. Plus importante est la qualification d'« authentiquement humaine » dont Hans Jonas assortit l'impératif de permanence de la vie humaine : durer, mais pas à n'importe quel prix. La limite entre une vie « authentiquement humaine » et la simple survie de l'animal humain est nécessairement floue. On peut se demander à quelle époque du passé lointain elle fut atteinte et si, dans certaines régions du globe, celles qui s'enfoncent dans la misère et dans la famine, elle n'est pas déjà transgressée.

Pour mettre en œuvre l'impératif de pérennité assigné à l'action, aucun modèle naturel ne s'offre qu'il serait possible d'imiter. Les espèces sont des formes fugaces que revêt l'évolution de la vie vers la complexité ; à l'échelle des millénaires, elles sont changeantes, et leur pérennité ne fait aucunement partie du phénomène évolutif. Assigner la pérennité à l'espèce humaine revient donc à vouloir pour l'homme un statut étranger à celui de l'ensemble du règne vivant. Cette altérité est volontiers considérée comme allant de soi, mais elle ne possède aucune base empirique. On peut naturellement noter, comme le fait Fukuyama, qu'une différence mineure dans le génome — 2 % entre le chimpanzé et l'homme, selon Jared Diamond — suffit à déterminer d'énormes changements qualitatifs dans ce système émergent qu'est l'organisme. C'est là un fait d'observation. Le patrimoine culturel contenu dans les mémoires neuronales et dans les mémoires exosomatiques est en effet, chez l'homme, sans commune mesure avec celui d'aucune autre espèce. Mais de là à conclure qu'à « un moment déterminé de l'histoire de l'évolution [...] un saut qualitatif, sinon ontologique, important s'est produit », et en déduire qu'il n'est « nul besoin d'accorder au pape que Dieu a directement inséré une âme humaine à un moment déterminé de l'histoire de l'évolution », c'est se livrer à une inférence dont l'auteur n'a pas perçu la faiblesse[1]. Cette inférence, sur laquelle Fukuyama fonde ce qu'il appelle la « dignité humaine », n'est pas d'une nature différente de ce qu'il nomme les « postulats religieux » de l'Église, c'est-à-dire qu'elle est un acte de foi.

Il ne nous est nullement nécessaire d'approfondir ce débat dès l'instant où nous nous donnons l'impératif de pérennité comme un postulat sur lequel se fondera la logique de l'action. Mais nous devons reconnaître que le choix de ce postulat, quels qu'en soient les fondements ou même s'il n'en a aucun, introduit inévitablement une altérité de l'espèce humaine. Toutefois, ce n'est pas cette altérité qui va déterminer les contraintes de l'action. Ce sont tout au contraire les besoins élémentaires de l'espèce — ceux des corps — qui vont le faire, et ces besoins sont en parfaite identité de nature avec ceux des autres espèces vivantes.

Étant acquis qu'il n'existe pas, pour l'action et faute de tout précédent, de modèle qui puisse être copié, il faut prendre la mesure des effets qu'il s'agirait d'obtenir. Pour que le comportement de l'espèce humaine puisse s'orienter vers la pérennité, c'est le comportement des masses humaines, celui de bientôt neuf milliards d'hommes, qu'il est nécessaire de transformer. Cela résulte directe-

1. Francis Fukuyama, *La Fin de l'homme. Les conséquences de la révolution biotechnique*, traduit de l'anglais (États-Unis) par Denis-Armand Canal, Paris, La Table ronde, 2002, p. 253.

ment de la constatation que les comportements actuels conduisent à l'impasse, à la collision avec les limites de la Terre. Par rapport à cet objectif général — qu'il faudra décliner dans un certain nombre de domaines des comportements — il convient de situer le rôle de la pensée individuelle ou de celle qui s'élabore dans des cercles intellectuels restreints. Il est clair qu'elle ne peut avoir aucun effet significatif si elle ne se diffuse pas dans les masses humaines ou si ses prescriptions n'y sont pas prises comme guide des comportements collectifs. Construire la logique d'une conduite globale est sans doute un préalable indispensable pour lequel l'homme est assez bien armé, mais la diffusion est l'élément critique du processus, celui qui assure le passage de l'exercice intellectuel à l'action.

Le phénomène de pénétration massive d'une idéologie prescriptive dans les masses humaines n'est pas sans exemple ; les croyances religieuses et les idéologies totalitaires en fournissent de nombreux précédents. Aucun, cependant, n'a affecté l'humanité dans sa totalité, faute dans le passé d'un état du système technique qui lui permette de s'y propager. Dire que c'est la seule voie qui s'offre revient à reconnaître deux choses. D'abord aucune solution au problème de la survie ne peut être dictée par une volonté centrale si les déterminations culturelles individuelles dont dépendent étroitement les comportements collectifs ne sont pas transformées. Aucune structure de pouvoir ne peut réussir dans cette tâche, sauf à imaginer un pouvoir totalitaire étendu à la planète; il y faudrait plutôt un dieu non seulement omniscient mais partout agissant et aurait-on encore une vie « authentiquement humaine »? En second lieu, que le seul élément sur lequel on puisse agir — sauf à s'engager dans des fantasmes post-humains — est le patrimoine culturel de l'humanité. Par un curieux retour des choses, c'est ce patrimoine culturel, énorme superstructure construite sur les déterminations génétiques de l'espèce, qui a engagé l'humanité dans l'impasse où elle se trouve, et c'est en lui que réside la seule ressource pour s'en dégager.

Propager une idéologie nouvelle dans toute l'humanité n'est plus aujourd'hui une entreprise sans espoir. L'évolution des techniques informationnelles permet d'envisager que ce qui était autrefois accessible au niveau local puis régional puisse le devenir au niveau mondial. Cependant, l'objectif étant identifié en ces termes très généraux, on doit mesurer les obstacles auxquels se heurte une évolution globale du comportement humain et les pièges qui la menacent.

### *Les obstacles*

Une prise de conscience du problème global auquel l'homme est confronté se manifeste ostensiblement dans les discours politiques et dans les médias sous des formes tantôt élaborées, tantôt et le plus souvent naïves, voire caricaturales. Le téléspectateur est abreuvé d'invitations à modifier ses gestes quotidiens pour « sauver la planète », comme si c'était la planète et non l'homme qu'il s'agissait de « sauver ». La planète en a vu d'autres et sera là bien longtemps après que l'homme en aura disparu, bien au-delà de la pérennité limitée que nous avons envisagée dans ce qui précède et qui n'a pas les attributs de l'éternité. La planète est indifférente à la survie de l'homme.

Il ne me semble pas très utile d'entrer ici dans une analyse critique des formes que revêt l'émergence d'une sensibilité aux problèmes du futur ou de revenir sur les antagonismes qu'elle suscite et que j'ai évoqués plus haut sous le label de négationnisme. Les motivations universelles de quête de notoriété et de pouvoir qui animent les uns ou les autres s'y dissimulent souvent sous des travestissements transparents. Qui ne voit, chez José Bové, le candidat à la présidence se profiler sous la défroque du faucheur volontaire, tel Napoléon perçant sous Bonaparte ? Peut-être faut-il en passer par ces balbutiements dérisoires pour que se produise une prise de conscience collective. Mais, derrière les gesticulations écologistes et leurs relations circonstancielles avec les structures de pouvoir, se dessinent des obstacles globaux qui s'opposent à une évolution des comportements collectifs. Ce sont ces obstacles dont je vais chercher à cerner la nature parce qu'ils détermineront l'issue de la partie.

## *L'instinct de reproduction et l'aporie démographique*

Il est tout à fait remarquable que n'existe aucune école de pensée digne de ce nom, aucun conflit d'idées significatif concernant le concept, pourtant aisé à appréhender, d'effectif optimal de l'humanité et, par voie de conséquence, aucune préconisation, fût-elle controversée, sur les moyens d'atteindre cet effectif. Je ne classe pas dans cette catégorie les travaux de Colin Clark sur la population que la Terre serait capable — selon lui — de nourrir[1]. Moyennant l'hypothèse d'une surface continentale entièrement consacrée aux cultures alimentaires, d'une ration alimentaire de 1 600 à 2 000 calories par jour constituée exclusivement, protéines comprises, de céréales, l'éminent économiste conclut qu'avec une surface cultivable de 7,7 milliards d'hectares (la FAO l'estime à 1,5 milliard) la Terre peut nourrir 150 milliards d'habitants. On s'interroge sur les motivations qui ont pu conduire cet économiste réputé — un des pionniers de l'usage des PIB — à formuler cette extrapolation aberrante vers une civilisation purement végétative. Peut-être le désir d'écarter toute menace sur le dogme de la croissance. La limite de 150 milliards d'individus, pour irréaliste qu'elle

1. Colin Clark, *The Economics of Subsistence Agriculture. Population Growth and Land Use* (cité et présenté par Dominique Viel, *Écologie de l'Apocalypse*, Paris, Ellipse, 2006).

soit, n'offre cependant qu'un répit de courte durée à l'échelle de l'histoire, un peu plus de deux siècles à raison de 1,4 % par an pour passer de la population actuelle à cette limite.

Ce n'est pas que le phénomène de croissance de la démographie globale soit ignoré. Il fait, je l'ai dit plus haut, l'objet d'observations très approfondies conduites tant au niveau national que dans le cadre des Nations unies, et les résultats de ces observations sont soumis à une théorisation qui cherche non seulement à les interpréter, mais à formuler des prévisions pour les décennies qui viennent. S'agissant de la population mondiale, la théorie de la « transition démographique » interprète la croissance de l'époque contemporaine comme l'effet d'un décalage dans le temps entre la décroissance de la mortalité et celle de la natalité.

Il s'agirait donc d'un phénomène transitoire destiné à se corriger de lui-même par un abaissement de la natalité. La question d'un optimum global est étrangère au champ de cette théorie ; elle est au contraire fréquemment abordée dans les cadres nationaux. Elle est à l'origine des travaux d'Adolphe Landry qui a introduit, dans la problématique économique, la notion d'optimum de la population nationale et qui, partant de là, a cherché à élaborer une théorie explicative de l'évolution des populations. Pour un ensemble national, l'introduction du facteur population dans la recherche de la croissance économique peut faire désirer, selon les cas, soit une accélération, soit un ralentissement de la croissance démographique. À la suite d'Alfred Landry, des économistes français, dont le plus connu est Alfred Sauvy, ne se sont pas privés de préconiser fortement cette croissance. Il est clair que, dans cette préconisation, seul l'intérêt national tel que le conçoivent les économistes est pris en considération. Ses effets sur l'intérêt de l'humanité sont laissés de côté, ou considérés comme négligeables. S'agissant de la France — 1 % de la population mondiale —, c'est peut-être une position défendable. Il reste que cette attitude — sauf à la considérer comme simplement irresponsable — repose sur l'idée implicite qu'en corrigeant les déséquilibres, dans un sens pour la France, dans un autre pour la Chine, on aboutira à un effet global satisfaisant par rapport à un objectif qui n'est pas défini. Il me semble plus vraisemblable que la notion de limites est tout simplement absente de la pensée de ces économistes et qu'en outre y a sa place, omniprésente dans la pensée libérale, l'idée que les déséquilibres se corrigent naturellement pour peu que l'on s'abstienne d'intervenir. La question de savoir si ces mécanismes d'autorégulation, dont il ne s'agit pas de nier l'existence et la puissance dans le champ du marché, sont adaptés à la prise en compte des limites globales n'est pas examinée.

L'impératif de pérennité implique que l'on définisse une limite de la population mondiale, limite dont tout indique qu'elle est déjà dépassée. Quelles sont les sources de la répugnance à se poser ce problème ? Il y a d'abord le conflit, ou du moins l'absence de convergence, entre les intérêts nationaux et l'intérêt global, si vague que soit la définition de ce dernier. Le processus de mondialisation se fonde sur une convergence d'intérêts nationaux dans les domaines de la production et des échanges commerciaux. Sans doute cette convergence n'est-elle ni universelle ni équitable, elle repose en outre sur le dogme de la croissance, mais elle constitue un moteur suffisant pour porter le processus de mondialisation qui est rendu matériellement accessible par l'évolution du système technique. Ce moteur fait défaut à l'émergence d'une politique globale de contrôle de la démographie. Mais à cet obstacle dû à la division en ensembles nationaux, et qui se retrouve dans d'autres domaines, s'en ajoute un autre, plus spécifique.

Toute forme de contrôle de l'évolution démographique, et plus précisément de la natalité, touche directement à ce que le patrimoine culturel considère dans toutes les civilisations comme un droit fondamental de la personne humaine, celui de donner la vie. Ce droit est en quelque sorte la réplique de l'interdiction d'interrompre la vie humaine, du moins celle d'un membre du groupe auquel l'individu appartient. Mettre en question le droit de procréer touche à des déterminations culturelles qui sont universelles parce que directement enracinées dans le patrimoine génétique. Elles rationalisent la maximisation du succès reproductif de l'espèce; s'opposer à ces déterminations culturelles, ce n'est pas seulement introduire une détermination culturelle nouvelle, c'est substituer à une détermination culturelle qui procède directement du patrimoine génétique une détermination culturelle qui s'y oppose. Dans les démocraties, nous l'avons vu, ce que la structure de pouvoir peut entreprendre à cet égard est, quel que soit le sens de son action, très limité et ne se concrétise jamais par des interdictions affectant la liberté individuelle. Cette limitation mesure la puissance des obstacles auxquels se heurte toute forme d'intervention, politique ou autre, dès lors qu'elle va à l'encontre à des comportements de l'espèce qui ont été façonnés par l'évolution darwinienne.

## *Force et limites de l'instinct*

> Dis à Sparte, étranger, qu'en ce dernier asile,
> Nous reposons, à ses ordres dociles.
>
> Épigramme en l'honneur des Spartiates de Léonidas morts en défendant le passage des Thermopyles.

L'expérience quotidienne montre que l'instinct de conservation qui habite tout être peut céder à une prescription culturelle. C'est ce que l'on observe, à l'état pur, dans le comportement individuel des kamikazes qui acceptent non seulement le risque, ce qui est plus commun, mais la certitude de la mort. Cependant, cette inhibition de l'instinct de conservation dépend elle-même d'un autre caractère instinctif présent dans la nature humaine : la fidélité à une appartenance. Le sacrifice de leur vie, consentie par tant d'hommes et magnifiés par tant de beaux textes, s'analyse en définitive comme un comportement dans lequel l'instinct de conservation plie sous la pression d'une autre détermination génétique, la fidélité au groupe, rationalisée par des constructions culturelles diverses — patriotisme, fidélité à la foi — et encadrée par des structures de pouvoir. Il est remarquable que ce sacrifice de l'instinct de conservation à la fidélité au groupe soit universellement magnifié, alors que l'attitude inverse est non moins universellement flétrie. On observe que c'est dans les rangs des armées et dans le cadre des guerres que cette acceptation du sacrifice se fait la plus commune ; deux éléments s'y conjuguent : la proximité du groupe que traduit la fraternité d'armes et la menace que fait peser la structure de pouvoir sur les comportements déviants. Le choc des armées, lorsqu'on l'a dépouillé de ses ornements culturels, se réduit en définitive à un affrontement entre l'instinct de conservation et l'instinct grégaire dans lequel le second fait plier le premier.

Or l'instinct grégaire associé à l'instinct de dominance est la source profonde des structures sociétales hiérarchisées présentes dans le monde. Cela nous conduit à une interrogation fondamentale : la rencontre avec l'enfermement sera-t-elle de nature à faire plier les prescriptions fondées sur ces instincts ? Quels mécanismes sont susceptibles d'intervenir pour amender les comportements collectifs qu'elles dictent et qui sont ancrés dans une détermination génétique ?

Ramené à son expression la plus simple, le

conflit entre l'homme et la planète se réduit ainsi à un conflit entre les déterminations génétiques de l'espèce et les limites de l'environnement global. La seule issue réside dans une inflexion des comportements génétiquement déterminés qui sont à l'origine de ce conflit.

Un caractère unique de l'espèce, l'énorme outil culturel qu'elle a amassé, apparaît ainsi tout à la fois comme la source du problème qu'elle rencontre et comme la seule ressource dont elle dispose pour le résoudre. C'est, exprimée sous une forme plus générale, l'idée qui sous-tend communément une vision optimiste du futur : la technique, puissante excroissance du patrimoine culturel, résoudra tous les problèmes qu'elle a créés.

# 10

# Conjectures

> Race d'Abel, dors, bois et mange ;
> Dieu te sourit complaisamment,
> Race de Caïn, dans la fange
> Rampe et meurs misérablement.
>
> BAUDELAIRE, *Abel et Caïn.*

L'humanité ne s'est pas — ou pas encore — mise en formation pour affronter la crise environnementale globale. Elle est comme une armée qui aurait conquis un territoire et n'aurait pas prévu le redéploiement nécessaire pour l'administrer. Elle n'a créé aucune structure forte capable de contrôler son comportement au niveau global. Elle aborde cette étape de son évolution avec des structures sociétales héritées du passé historique et avec des outils culturels et des modes de pensée, qui, dans leur immense majorité, ont été façonnés par les contraintes qui pesaient sur elle dans ce passé. La quête de dominance dictée par les instincts de l'espèce ne rencontrait alors aucune incompatibilité avec les limites de la planète. L'environnement local, propre à la satisfaction de divers besoins, était l'objet d'attentions et de convoitises dont l'appropriation d'un territoire généralisait l'expression. Mais la globalisation de cette préoccupation, sa mondialisation, ne se sont apparues que récemment et les comportements collectifs ne la reflètent encore que modestement.

La conscience de la menace planétaire suscite naturellement le désir d'en conjecturer l'issue. Il n'existe aucun moyen de savoir avec certitude ce que sera cette issue. Les tentatives pour l'évoquer sont inévitablement encombrées de présupposés, de croyances et du désir d'inhiber ou de provoquer des réactions, soit en dressant un tableau optimiste qui plaide pour la poursuite du cours naturel des choses, soit en amplifiant la menace. C'est dire que ces tentatives sont toujours tournées vers l'action. Tout se résume à l'éventualité d'une transformation globale des comportements déterminée par une perception universelle de la menace. C'est la probabilité d'un tel événement, la forme qu'il pourra prendre et les moyens de l'engendrer qui sont l'objet de maintes spéculations. Je crois inutile d'apporter ma contribution à ces essais de prophétisation.

Pour ceux que motive le désir d'agir sur le cours des choses, le plus efficace est peut-être de dresser un inventaire des ressources où peut puiser l'action et des obstacles auxquels elle se heurte. Ce sont là des prolégomènes à toute conjecture.

*Outils d'une prise de conscience collective*

Que l'adaptation de son immense patrimoine culturel soit l'unique ressource dont dispose l'humanité constitue presque une évidence. Certains éléments de ce patrimoine ont une relation spécifique aux problèmes de l'enfermement. Ce sont d'abord les connaissances scientifiques acquises sur le système Terre, sur son évolution et sur ses réactions aux perturbations d'origine anthropique. Ces connaissances fournissent une description empirique de la collision de l'humanité avec la biosphère. Des marges d'incertitude affectent cette description et il en subsistera toujours, quels que soient les efforts de la recherche, mais il est important de les réduire à un niveau tel qu'elles soient impropres à servir de prétexte à l'inaction. Pour ceux qui voudraient des raisons d'être optimiste, l'attitude de la communauté scientifique à l'endroit de deux menaces spécifiques, l'altération de la couche d'ozone et celle du climat, apporte une satisfaction. Elle montre, sur un groupe humain certes limité et structuré par des échanges d'informations massifs, mais d'extension mondiale, une capacité d'agir collectivement à l'échelle globale et d'interagir de façon ordonnée avec les structures de pouvoir. L'existence, en son sein, de quelques conduites déviantes ou erratiques, voire perverses, n'affecte pas de façon significative son unité collective. Elle témoigne seulement du fait qu'un comportement collectif dont la source est culturelle n'est jamais exempt de déviances et d'exceptions. Il reste que, par nature, le consensus scientifique ne fournit pas de certitude ; il est seulement ce qui s'en rapproche le plus lorsqu'il s'agit de fournir une base commune à l'action.

D'autres composantes pertinentes du patrimoine culturel sont moins directement adaptées que les sciences de la nature à la prise en compte de l'enfermement. Ce sont celles — au premier rang desquelles l'économie — qui interagissent directement avec les structures de pouvoir et qui, comme telles, sont conformées à — ou déformées par — la gestion du court terme car, comme l'écrivait Bertrand de Jouvenel, « à intelligence égale, la prévision est minimale chez l'homme qui se trouve au pouvoir[1] ». Il sera plus pertinent d'aborder ces disciplines dans un inventaire des obstacles.

Le patrimoine humain possède un caractère propre à infléchir globalement le comportement de l'humanité ; on peut le décrire comme la capacité de ce patrimoine à réagir à son propre contenu ou, en d'autres termes, à se transformer spontanément sans intervention de facteurs extérieurs. Cette capacité d'autoréférence est l'effet de réflexions individuelles susceptibles de se transmettre et de connaître des convergences collectives qui modifient la base culturelle commune et, de là, les comportements collectifs. Elle revêt ainsi les apparences d'une conscience collective. On peut identifier, à un niveau modeste, de nombreux

1. B. de Jouvenel, *L'Art de la conjecture*, *op. cit.*, p. 189.

exemples concrets des effets de ce mécanisme. Ils concernent par exemple le changement des pratiques individuelles de la vie quotidienne par la prise en compte de leurs effets pervers. Le tri des déchets, le bon usage de l'eau potable sont des exemples de ces inflexions du comportement dues à la prise en compte d'effets négatifs au niveau local. Il s'en faut de beaucoup que des effets comparables se généralisent au niveau global et affectent les grandes structures collectives au point de provoquer une réaction globale à la menace de l'enfermement. Ce qui se passe dans l'arrière-cour est plus facilement perçu que ce qui concerne la planète. La réaction à la menace climatique demeure un phénomène isolé qui est loin d'avoir atteint un aboutissement. Sa généralisation à tous les aspects de l'enfermement est encore presque insensible et, à supposer qu'elle advienne, l'essentiel de la menace globale subsisterait.

### *Les entraves*

Dans la logique de ce qui précède, les obstacles à l'adaptation de l'humanité aux limites de la planète ont la nature d'entraves à l'évolution de son système culturel.

Je considère — ce qui semblera sans doute insupportable à certains philosophes et à certains scientifiques portés sur le post-humain — qu'il n'existe aucune chance que se produise, dans un avenir prévisible, une transformation des bases génétiques des comportements humains. Je veux bien concéder que mon attitude puisse être qualifiée de croyance, mais il en va de même, par exemple, des visions du futur que Ray Kurzweil expose dans *The Singularity is Near*, et que je considère comme des fantasmes fondés sur des extrapolations délirantes[1]. Ce faisant, j'accepte que ma réflexion personnelle s'inscrive dans les limites que définit une phrase de Schopenhauer : « Chacun prend les limites de sa propre vision pour les limites du monde. » Kurzweil l'a placée en épigraphe de son livre, sans doute pour indiquer que lui-même s'en exceptait, mais peut-être sa vision a-t-elle ainsi franchi les limites du monde. Pour ma part, j'exclus de ma réflexion toute extrapolation de l'évolution technique conçue comme une hypothèse *ad hoc* destinée seulement à ouvrir un avenir illimité.

Les obstacles que rencontre la transformation des comportements collectifs relèvent de plusieurs catégories. Il y a d'abord l'existence de structures sociétales directement héritées du passé de l'espèce et sur lesquelles aucune influence des limites planétaires ne s'est encore exercée. Il s'agit essentiellement de la division de la surface habitable en territoires nationaux contrôlés par des États et occupés par des populations. Cette structure est extrêmement résistante. Elle est, dans sa forme actuelle, le résultat d'une longue évolution qui occupe tout le cours de l'histoire et qui plonge ses

1. R. Kurzweil, *The Singularity is Near*, *op. cit.*

racines bien au-delà. Sa solidité procède, au premier examen, de moyens matériels, comme ceux qui sont destinés à maintenir l'ordre sociétal à l'intérieur des groupes humains et à exercer la violence à l'extérieur. Le jeu de ces moyens est articulé à un ensemble de codes culturels — codes éthiques, dogmes politiques et religieux — qui sont divers, mais toujours présents. On observe que tel ou tel élément de cette constellation d'ensembles nationaux peut s'effondrer ou subir une de ces transformations brutales que recouvre le terme de révolution, mais les caractères généraux de l'ensemble sont stables.

Les relations entre les éléments nationaux présentent toujours, mais à des degrés divers, une composante de compétition et une quête de dominance dont l'expression ultime est la guerre. La solidité de la division en groupes territorialisés repose sur un caractère génétique de l'espèce qui a été sélectionné au cours de son évolution. Aussi bien, les tentatives que l'on peut observer et qui cherchent à faire régresser ce comportement atavique possèdent-elles l'un ou l'autre de ces deux caractères : ou bien elles cherchent à atténuer les effets négatifs des compétitions ou des affrontements entre nations, mais en n'empiétant qu'avec une extrême prudence sur la souveraineté des protagonistes — c'est ce que tentent de faire diverses organisations internationales, ou bien, elles constituent de pures constructions intellectuelles dépourvues d'impact et volontiers taxées d'utopies ou de rêveries, comme celles auxquelles se sont livrés, autour de Bertrand Russell, après la Seconde Guerre mondiale, des membres de la communauté scientifique. À la différence de ce que nous avons relevé à propos de l'instinct de conservation, il n'existe pas de détermination génétique qui soit de nature à s'opposer à l'instinct grégaire et à le faire plier.

Un aspect de cette structure générale de la société humaine mérite une attention particulière, c'est l'existence, entre les ensembles nationaux, d'énormes inégalités de dimension — mesurées par la population et le territoire — et de richesse — mesurées par le taux de consommation des ressources ou les volumes de production. Ces inégalités sont une donnée de fait, résultat d'un processus historique, et qui n'a pas de relation directe avec les déterminations génétiques de l'espèce. Il en a une, en revanche, avec la façon dont le système des nations pourra évoluer sous la pression de la contrainte globale. À l'intérieur de ce système, les démocraties libérales qui pratiquent l'économie de marché constituent un sous-ensemble important sur lequel je vais revenir.

La société humaine dispose, nous l'avons vu, d'outils culturels adaptés à la prévision et propres à éclairer les actions qui concernent le futur. La disponibilité de ces outils n'est pas égalitaire, d'autant que la mise en œuvre de certains d'entre eux exige des équipements techniques lourds comme les superordinateurs. Mais leur disponibilité n'est pas non plus assujettie étroitement au découpage national ; elle tend à constituer un patrimoine global. On peut distinguer, parmi ces outils, deux grandes catégories : ce qui relève des sciences de la nature et ce qui relève de l'économie au sens large, c'est-à-dire des techniques de gestion des ressources.

L'interaction des problèmes de l'environnement global avec les sciences de la nature est relativement simple. Elle se réduit à deux éléments : d'une part, l'établissement d'un tableau des altérations que la société fait subir à l'environnement et une prévision de leur évolution future, d'autre part, la création par la société de moyens croissants pour perfectionner ce tableau et ces prévisions. Le rôle des sciences de la nature n'est pas de dire ce qu'il faut faire, ni comment le faire, ni si on peut le faire, mais de dire, avec un niveau d'incertitude aussi réduit que possible, ce qui se passera si l'on fait telle ou telle chose, y compris — scénario privilégié — si l'on s'en tient à ce que Bertrand de Jouvenel appelait le « cours naturel des choses » et qui est devenu, dans le jargon du mercantilisme anglo-saxon, « *business as usual* ».

La place de l'économie est beaucoup plus complexe parce que sa pratique est directement adaptée au contrôle de l'action. Il existe, il est vrai, une économie théorique qui marque une curieuse tendance à s'abstraire de tout lien avec la réalité et de tout usage pratique, mais ce qui m'intéresse ici, ce ne sont pas les arcanes de cette pensée ni l'étendue des champs qu'elle a explorés, c'est ce à quoi se réduit sa mise en œuvre.

## *Les pièges de l'économie libérale*

Les démocraties libérales qui pratiquent l'économie de marché sont un acteur dominant. Dans le présent, elles coïncident approximativement avec les pays dits « industrialisés » ou en voie d'industrialisation, comme l'Inde. Il convient d'y ajouter la Russie et la Chine bien que le caractère démocratique de leurs régimes soit douteux. L'ampleur du déséquilibre qui s'établit entre ce groupe de pays et le reste du monde est trop connu pour qu'il soit utile d'entrer dans une description détaillée, description qu'il est d'ailleurs facile d'établir à partir des chiffres que tient à jour l'ONU. Quelques ordres de grandeur suffiront.

La population des pays développés représente environ 15 % de la population mondiale. Le niveau d'éducation de cette population, les outils culturels dont elle dispose sont très supérieurs à la moyenne mondiale. Il est difficile de définir une mesure de cet écart culturel mais un indicateur, l'analphabétisme, en donne une idée. Il existait, en 1998, d'après les chiffres de l'UNICEF, 855 millions d'analphabètes dans le monde dont deux tiers de femmes ; c'est un chiffre supérieur à la population totale des pays industrialisés à la même date, 843 millions dont 98 % sont alphabétisés. En termes de volume de production, c'est-à-dire de consommation des ressources, un déséquilibre de même ampleur s'observe, que l'imperfection de l'outil de mesure, le PIB par habitant, n'occulte pas. Il s'établissait en 1997 à 27 000 dollars/an pour les pays industrialisés, à 1 200 pour les pays dits en développement et à 232 pour les pays les moins développés. On retrouve sans surprise des chiffres analogues pour les contributions aux rejets de polluants dans l'atmosphère.

Pour imaginer ce que pourra être la réaction des démocraties occidentales au choc des limites, je partirai d'un inventaire des principaux éléments qui leur sont communs. D'abord un degré élevé de liberté des individus généralement établi par des dispositions constitutionnelles, liberté d'exprimer des opinions individuelles, de s'associer et de prendre l'initiative d'activités économiques. Conjugué à la nature élective des fonctions gouvernementales, ce niveau de liberté implique qu'il ne peut s'établir de divergence très marquée et durable entre l'opinion publique et les structures de pouvoir. Ce que l'on désigne du terme de « légitimité » n'est autre que la cohérence entre l'exercice du pouvoir et ce substrat idéologique. Un second élément est le régime de l'économie de marché qui, associée à la liberté d'entreprendre, est la source de la prospérité économique des démocraties libérales.

De façon plus ou moins profonde selon les nations, ce système a développé un ancrage idéologique analogue, en somme, à ceux qu'ont connus, en d'autres temps, les régimes aristocratiques et l'étatisme soviétique. On sait que ce dernier, après avoir évolué vers le totalitarisme, s'est effondré. La confrontation économique au système occidental semble être l'une des causes de son effondrement, ou plutôt de sa mutation, par l'adoption de certaines des pratiques de la démocratie libérale.

La question qui s'impose est de savoir ce qui se passerait si le système démocratique libéral devait faire face, en rencontrant les limites de la Terre, à une régression économique plus ou moins brutale, voire à un effondrement. La différence majeure avec la situation qu'a connue le système soviétique est qu'il n'existe pas de modèle de société sur lequel se replier. La Russie et la Chine se sont ralliées à l'économie de marché. Elles sont passées, selon des trajets différents, d'un totalitarisme étatique à une pratique qui, dans le domaine économique du moins, s'est alignée sur le modèle occidental. Mais, pour la démocratie libérale, les voies d'un changement de même ampleur débouchent sur des territoires inexplorés.

Les facteurs qui conduisent à reconnaître soit la nécessité d'une évolution majeure, soit la perspective d'un effondrement sont aisés à identifier. Au premier rang vient le dogme de la croissance qui est présent dans la relation du pouvoir démocratique avec son opinion publique. Ce pouvoir ne sait pas gérer une économie à croissance nulle et encore moins négative. Il ne sait pas s'assigner comme objectifs les termes stagnation, récession, déclin qui, de façon significative, sont chargés de connotations négatives. Le système économique ne dispose pas non plus d'une doctrine cohérente pour gérer les inégalités, que ce soit au sein d'une nation ou entre nations. Ces inégalités entre personnes ou entre nations sont une source essentielle de la dynamique de croissance dont fait preuve le système économique. Les vertus de la concurrence entre acteurs économiques en témoignent, tout comme l'attention que portent les gouvernements aux performances des nations rivales. Cet aspect des comportements collectifs est profondément enraciné dans la spécificité humaine qui dicte la recherche de dominance, que ce soit au niveau des individus ou à celui des groupes. Il ne semble pas qu'il existe de limites aux inégalités entre nations ou entre individus qui s'installent de la sorte. Au sein des ensembles nationaux, des mesures correctrices modestes sont prises pour en atténuer les effets, et le sempiternel débat gauche-droite s'organise autour de l'importance qu'il convient de donner à ces mesures. Les aides au développement, qui visent à réduire les écarts entre nations, sont encore plus modestes. Croissance et inégalités apparaissent ainsi comme des caractères intrinsèques du libéralisme économique. Les en dissocier ne serait pas un ajustement de ce système, ce serait un changement de nature qui nous mènerait vers des terres inconnues.

Il existe, en outre, deux grands domaines dont la pratique politico-économique occidentale ne traite pas. Le premier est celui du contrôle de la démographie, que nous avons déjà rencontré et qui est défendu par les barrières de l'instinct. Le second est celui de la gestion du patrimoine de ressources naturelles dont dispose l'humanité.

Entre la façon dont un individu apprécie son niveau de richesse et la façon dont une nation le fait il existe une différence singulière. Dans le propos que l'histoire — ou la légende — prête à Guizot : « Enrichissez-vous par le travail et par l'épargne », l'enrichissement de l'individu, ou plutôt de la famille bourgeoise, signifie l'augmentation de son patrimoine, non pas seulement celle du revenu. Il faut confronter ce revenu aux dépenses afin de déterminer l'épargne qui mesure l'enrichissement. En revanche, dans le langage politico-économique, croissance est synonyme d'augmentation du revenu et non d'augmentation du patrimoine national. Ce dernier n'est pas facile à évaluer en termes monétaires et le plus souvent ne l'est pas, bien que, à l'évidence, les ressources naturelles — gisements, terres cultivables — disponibles sur le territoire national en fassent partie. Il est cependant aisé de voir qu'il peut décroître soit par un mécanisme financier, l'augmentation de la dette extérieure, soit par la consommation ou la dégradation des ressources naturelles. À l'échelle de l'humanité, et du point de vue de la richesse globale, l'augmentation de la dette est un jeu à somme nulle, mais la diminution du patrimoine de ressources naturelles est cumulative. Il est ainsi parfaitement possible que la richesse d'un pays mesurée par son PIB augmente dans le même temps que sa richesse patrimoniale diminue. L'économie de marché traite cette diminution comme une « externalité », c'est-à-dire comme un effet d'une transaction économique extérieur à la transaction elle-même, qui n'est pas comptabilisé dans la transaction, et qui affecte des acteurs qui n'y sont pas partie. Les mécanismes du marché ne prennent pas en compte les externalités, et l'intervention de l'État peut être requise pour introduire des mécanismes compensateurs, par exemple l'imposition de taxes pour contrebalancer les effets locaux d'une pollution. Mais plusieurs phénomènes échappent à l'action des États pris isolément. Certains éléments du patrimoine environnemental qui sont endommagés par l'activité technico-économique ne sont pas susceptibles d'être divisés en territoires. Ce sont l'atmosphère, les océans et, dans une certaine mesure, les ressources en eau douce des continents. Les caractères physiques de l'environnement donnent alors au problème un caractère global et font dépendre la recherche d'une solution d'une relation interétatique.

Un autre aspect du problème concerne la dimension planétaire de certains éléments du système technique. La production d'énergie, de matériaux ou de produits alimentaires repose sur l'exploitation de richesses qui sont localisées, qu'il s'agisse de gisements dans l'écorce terrestre ou de terres arables. La détention de ces ressources sur des territoires nationaux, et la dépendance d'autres nations à l'égard des ressources crée une interdépendance. Or c'est à partir de l'exploitation de ces ressources que se sont développées les inégalités de revenu entre nations. Ces considérations élémentaires n'ont naturellement pas échappé aux économistes et conduisent certains d'entre eux à préconiser une réforme profonde de la pratique économique à l'échelle mondiale.

La réflexion de Joseph Stiglitz s'attache en particulier au contrôle de l'évolution du climat et aux rejets qui polluent l'atmosphère comme aux moyens d'en retirer l'excès de dioxyde de carbone. Ces aspects ne constituent évidemment pas la totalité du problème de l'enfermement, mais ils en sont une composante suffisamment menaçante pour requérir une attention immédiate. En outre, ils bénéficient d'un fort éclairage médiatique qui permet la communication avec l'opinion publique.

L'approche de Stiglitz est prudente, mais elle est globale. Elle est prudente en ceci qu'elle part des pratiques économiques existantes et qu'elle propose de les amender. Elle est attentive à indiquer une voie plutôt qu'à décrire une situation idéale, mais inaccessible; c'est une réforme et non une révolution. Son principe est de faire contrôler les rejets de gaz à effet de serre par une extension des mécanismes de l'économie de marché. Il s'agit d'abord d'étendre le protocole de Kyoto en y incorporant la déforestation et d'établir sur cette base élargie un marché « des droits à polluer » formé pour la mise en œuvre de ce protocole. Cet élargissement permettrait aux pays du tiers monde, qui sont pour l'instant exemptés du contrôle des émissions de gaz à effet de serre, d'entrer dans le protocole et de recevoir, par la vente de leurs crédits, d'importantes compensations financières pour la préservation de leurs forêts. D'après Stiglitz, les volumes financiers correspondants excéderaient largement ceux de l'aide actuelle au tiers monde. Par ailleurs, il fait observer que le droit de polluer sans réserve dont jouissent les industries des pays non signataires de Kyoto est une subvention cachée contraire aux règles de l'OMC et il suggère que ce problème de concurrence déloyale soit porté devant l'OMC, par exemple par l'Union européenne. Il propose aussi que la pollution soit soumise à impôt plutôt que le travail, et que l'on développe la pratique de taxer ce qui est mauvais et qui a un coût social — la pollution et autres externalités — plutôt que ce qui est bon, du moins pour les économistes, le travail. Il envisage, enfin, la création d'un nouvel outil de mesure de la richesse, le PIB vert, qui engloberait ce qui n'est pas pris en compte par le PIB, la dégradation de l'environnement. Moyennant l'usage de cet outil de mesure — et Stiglitz observe, non sans pertinence, que la nature de ce que l'on mesure influe sur la façon dont on agit — le conflit entre l'économie et l'environnement disparaîtrait.

Si j'ai évoqué plus particulièrement la pensée de Stiglitz, ce n'est pas seulement parce qu'il est un économiste éminent couronné par le prix Nobel, mais surtout parce qu'il est soucieux de la cohérence de sa discipline avec la réalité. En contrepoint de sa réflexion, une préoccupation spécifique est chez lui constamment présente : comment faire pour que les États-Unis, qui sont la première économie mondiale et qui, avec 4,6 % de la population mondiale, contribuent pour plus de 20 % aux émissions de gaz à effet de serre, se rallient à une entreprise mondiale de contrôle ou plutôt — Stiglitz est américain — en prennent la tête? Il relève de l'évidence que le rejet par les États-Unis du protocole de Kyoto est un obstacle majeur, non seulement par ses conséquences directes, mais aussi parce qu'il sert d'alibi à des pays comme la Chine — 20 % de la population mondiale —, qui bientôt polluera plus que les États-Unis. Et quel argument logique peut-on opposer à l'interrogation des pays du tiers monde : pourquoi les États-Unis, parce qu'ils ont plus pollué que personne dans le passé, en tireraient-ils le droit de le faire dans le futur?

On peut naturellement considérer que l'attitude américaine est un phénomène circonstanciel qui conjugue, avec George W. Bush, les effets d'un pouvoir exécutif exceptionnellement obtus et l'influence excessive sur ce pouvoir des grands acteurs qui croient avoir le plus à perdre : compagnies pétrolières et charbonnières, constructeurs automobiles. Mais on peut aussi se demander si le comportement américain ne procède pas, de façon plus permanente, de la situation particulière de ce pays sur la scène mondiale et n'en est pas seulement, dans sa forme actuelle, une manifestation extrême.

## *Les tentations de l'hyperpuissance*

*Austriae est imperare orbi universo.*
Devise des Habsbourg.

L'existence de ce que certains ont qualifié d'« hyperpuissance » n'est pas une spécificité nécessaire de la société mondiale, mais c'est un élément dont la permanence est suffisante pour avoir un rôle déterminant dans les décennies critiques à venir. Les États-Unis sont un pays démocratique, et le pouvoir politique américain est, autant que tous les pouvoirs démocratiques, soumis aux attentes et aux modes de pensée de la population qu'il gouverne. Parmi ces déterminations culturelles, on relève, à un niveau d'intensité exceptionnel, un sentiment national qui établit une distinction entre les États-Unis et le reste du monde. Il s'y ajoute la volonté de préserver le mode et le niveau de vie américains. Mais, surtout, la conviction est largement répandue que le destin des États-Unis doit servir de modèle au reste du monde et le cours des choses conduire normalement à la mondialisation de ce modèle. La seule limite à cette uniformisation, mais c'est une limitation radicale, est la préservation de l'identité nationale qui isole les États-Unis du reste du monde. On relève des traces de cette ligne de pensée chez Stiglitz, mais pour en trouver une expression plus manifeste il faut se tourner vers un esprit plus fruste et, comme tel, plus proche de l'individu moyen. Thomas L. Friedman, chroniqueur du *New York Times*, peut être choisi pour tenir ce rôle. Dans un article publié par *The New York Times Magazine* il écrit ceci : « Un jour l'Irak, notre traumatisme post-9-11 et la désunion des années Bush, tout cela sera derrière nous [...]. Nous devrons trouver un moyen de rassembler l'Amérique chez nous, de restaurer ses liens avec l'extérieur et de la rétablir à *sa place naturelle dans l'ordre global*[1] — comme le phare du progrès, de l'espoir et de l'inspiration. J'ai une idée sur la façon de le faire. [...] Une nouvelle idéologie verte, convenablement définie, possède le pouvoir de mobiliser libéraux et conservateurs, évangélistes et athées autour d'un agenda qui peut tout à la fois nous rassembler et nous porter en avant. » L'intérêt de ce texte n'est pas dans la vision du futur qu'il propose. Friedman a déjà donné la mesure de ses talents de prévisionniste par son apologie de la guerre d'Irak et par ce qu'il a écrit, en réaction à l'opposition de la France : « La France n'est pas seulement un allié embarrassant, [...] La France est en train de devenir l'ennemi de l'Amérique[2]. » Ce qui frappe, dans la pensée rudimentaire qui s'exprime dans ces lignes, c'est l'absence de toute réflexion sur l'adéquation, lorsqu'ils seront confrontés à des menaces d'une nature entièrement nouvelle, des structures et des modes de relation au reste du

1. C'est moi qui souligne.
2. Editorial « Our War with France », *New York Times*, 18 septembre 2003.

monde hérités du passé — et, dans le cas des États-Unis, d'un passé récent. La réponse de Friedman se résume ainsi : « Le nouveau Président aura à nous rallier autour d'un patriotisme vert. » Ce qui peut inquiéter, c'est que cette ligne de pensée est sans doute proche de celle des masses et fait mesurer à quel point la perspective d'une évolution sociétale rapide est utopique.

Thomas Friedman, pour notre bénéfice, a développé sa pensée sur l'avenir de la société mondiale dans un gros ouvrage publié sous le titre *The World is Flat*[1]. Il s'agit non pas d'une remise en question de la géométrie de la planète, mais d'une vision globale de l'avenir de la société humaine. Un commentaire détaillé de ce gros traité excéderait le cadre de mon propos. Jean-Jacques Salomon s'est livré avec talent à cet exercice dans les colonnes de la revue *Futuribles*[2]. Je lui emprunte ce qui suit : « T. Friedman sous-estime le fait ou se montre incapable de reconnaître que la propagation du modèle occidental d'industrialisation, fût-il aujourd'hui de plus en plus imprégné de références aux multinationales américaines ou européennes, n'affecte qu'une petite partie de la planète, interdisant du même coup de penser que la rationalité dont ce modèle s'inspire et se nourrit est exclusive, et surtout à ce point triomphante qu'elle aurait effacé ou devrait effacer toutes les

1. Thomas L. Friedman, *The World is Flat. The Globalized World in the Twenty First Century*, New York, Penguin Books, 2005.

2. Jean-Jacques Salomon, « La Terre n'est pas plate », *Futuribles*, n° 322, septembre 2006, pp. 47-48.

autres. » Ce qui m'intéresse, quant à moi, dans la vision de Friedman, ce n'est pas d'apprécier si sa capacité de prévoir — nulle à échéance de six mois — s'affermit sur le moyen et le long terme ; c'est d'identifier la croyance ou l'idéologie sur laquelle se fonde cette vision messianique. Cette idéologie est simple, rustique même et, comme telle, capable de se propager dans les masses et de gouverner *in fine* le comportement de l'hyperpuissance. Elle consiste à considérer que les pratiques et le système de valeurs qui caractérisent les États-Unis ont vocation à uniformiser le monde ; c'est là un bienfait que l'Amérique, une fois dégagée de difficultés qui ne peuvent être que circonstancielles, va apporter au reste de la planète ; c'est cela l'« aplatissement du monde » que Friedman appelle de ses vœux.

On doit alors s'interroger sur les tentations auxquelles cette vision de l'uniformisation du monde, et les moyens dont elle dispose pour s'imposer, va exposer l'hyperpuissance comme sur les obstacles auxquels elle va se heurter.

La tentation est d'user de la contrainte pour apporter au reste du monde, *volens nolens*, l'évangile de la démocratie libérale et d'utiliser à cette fin deux de ses ressources majeures : la puissance économique et la force militaire. Les obstacles sont d'abord l'émergence de pôles nationaux suffisamment puissants pour être inaccessibles à la contrainte économique et porteurs, eux aussi, de leur propre modèle de société et d'une volonté de dominance. La Chine et la Russie sont des exemples types de tels obstacles. L'existence de masses humaines immenses, travaillées par des idéologies nationalistes et religieuses et sur lesquelles il est impossible de s'assurer une prise, en est un autre.

Il convient de bien mesurer à quel point la suprématie militaire — et celle des États-Unis est écrasante — est inopérante pour imposer une uniformisation du monde. L'évolution des armements a fait que, si l'on écarte les cas où l'usage des armes nucléaires est envisageable, il est facile pour les États-Unis d'écraser une armée étrangère quelconque, mais il est devenu à peu près impossible de « pacifier » une région hostile. En d'autres termes, et comme je l'ai déjà dit, s'il demeure possible de remporter une victoire militaire, il ne l'est plus de gagner la guerre au sens qu'avaient ces mots il y a un siècle. L'affrontement des États-Unis avec une nation de dimension modeste comme l'Irak en offre, parmi d'autres et après le Vietnam, une illustration parfaite. Quant aux armes nucléaires, elles inhibent le déclenchement des conflits majeurs mais, à supposer qu'un jour elles soient employées, ce recours ne saurait contribuer à améliorer la compatibilité de l'humanité avec son environnement.

Reste la ressource de la pression économique. Son usage s'inscrit dans un contexte de dépendance mutuelle. L'hyperpuissance américaine n'est nullement autarcique ; sa prospérité repose sur un réseau d'échanges et d'approvisionnements ainsi que sur une dépendance financière et monétaire qui imposent de sévères limitations aux pressions qu'elle peut exercer avec des armes telles que l'embargo. Ainsi, qu'il s'agisse de la force armée ou de la pression économique, les moyens d'imposer un modèle de société contre des idéologies concurrentes ou de faire plier un régime totalitaire sont très limités. Ils sont sans commune mesure avec leur capacité de provoquer un chaos sociétal. On voit cependant, dans le monde actuel, les États-Unis céder à l'une ou à l'autre de ces tentations, soit en s'engageant dans une guerre, soit en brandissant la menace économique, soit en affaiblissant par des accords bilatéraux le modeste pouvoir de l'OMC d'établir un ordre dans les échanges.

La vision américaine d'une uniformisation du monde, qu'elle soit exprimée sous des formes naïves ou sophistiquées, comporte une incohérence interne qui réside dans la volonté implicite ou explicite de concilier la prévalence américaine avec cette uniformisation. Cette Terre plate a un sommet. Il est évident que cet aspect de la vision ne peut, par nature, être universel.

Bien que les considérations qui précèdent soient centrées sur les États-Unis, elles ne visent nullement les États-Unis en tant que tels. Elles ont un caractère général et s'appliqueraient à toute nation en situation d'hyperpuissance. Il n'est pas davantage assuré que l'existence d'une hyperpuissance unique — ou, pour reprendre le langage de la géopolitique, l'évolution vers un monde unipolaire plutôt que multipolaire — relève de la nécessité. Mais, comme je l'ai déjà dit, c'est un caractère du monde actuel suffisamment pérenne pour jouer un rôle déterminant dans l'interaction de l'humanité avec son environnement planétaire.

### *La gouvernance mondiale*

L'émergence d'une gouvernance mondiale, objet de tant de désirs utopiques, peut apparaître à certains comme la clef d'une maîtrise du futur. Mais s'il est facile de concevoir les formes qu'elle pourrait prendre, on ne voit guère, en revanche, les moyens d'y accéder, les cheminements qui pourraient mener à faire plier l'égoïsme collectif des nations devant l'intérêt global de l'humanité. On peut, avec beaucoup d'optimisme, discerner une amorce de ce processus dans les structures qui s'édifient à partir des protocoles de Kyoto et de Montréal, dans la construction européenne ou dans le foisonnement des organisations internationales. Mais la route à parcourir est immense pour que ce processus aboutisse à priver les nations des moyens d'exprimer la primauté de leurs intérêts et, en particulier, en faisant usage de la force. À supposer que l'évolution des structures sociétales y conduise, il resterait à s'interroger sur la forme de société que privilégierait cet état de choses. Il n'est nullement acquis que la démocratie libérale, ou la démocratie tout court, en soit la forme stable. Il convient donc de s'interroger sur la vulnérabilité à une dérive totalitaire d'une gouvernance où tous les moyens d'exercer la contrainte seraient concentrés en un seul pôle. L'histoire humaine offre à la réflexion d'utiles parallèles. Quoi qu'il en soit, la perspective d'une gouvernance mondiale est trop lointaine pour qu'il vaille la peine de s'y attarder longuement.

⋆

Le problème concret auquel nous confrontent les échéances les plus probables est de savoir comment va répondre la structure actuelle de la société à la montée des tensions et à la prise de conscience de leur caractère irréversible et inéluctable. Cela concerne non seulement les nations développées, mais aussi, et surtout, les masses humaines que leurs idéologies et leur misère rendent tout à la fois impénétrables à la raison et vulnérables aux séductions idéologiques.

# *Épilogue*

*Dum sidera servat, exciderat puppi*[1]

VIRGILE, *Énéide*, VI, 338-339.

Le 14 février 1990, la sonde spatiale Voyager 1, lancée douze ans plus tôt, se trouvait à 6,4 milliards de kilomètres de la Terre dont elle s'éloignait à 40 000 kilomètres à l'heure. Pour énorme que semble cette distance, elle n'est que le six millième de celle qui nous sépare de l'étoile la plus proche, α Centauri C, située à 4,22 années-lumière, soit 40 000 milliards de kilomètres. Voyager avait recueilli, dans le cours de sa mission, de nombreuses images des planètes, mais, parvenu aux frontières du système solaire, il n'avait plus d'objet à observer. À la demande de Carl Sagan, la NASA entreprit alors de tourner ses caméras vers les planètes dont il s'éloignait et, en particulier, vers la Terre. C'était une manœuvre risquée car la Terre, vue de cette distance, est très proche du Soleil,

1. « Pendant qu'il observait les étoiles, il était tombé de la poupe... ».

comme « un moustique captif d'une flamme », écrit Carl Sagan ; la plus légère erreur de pointage aurait pu détruire le système Vidicon. Six planètes furent ainsi photographiées. Sur l'une de ces images, la Terre apparaît comme une minuscule tache bleu pâle sur un fond noir constellé d'étoiles ; Carl Sagan a su exprimer la fascination étrange qui en émane : « Regardez cette petite tache ronde. C'est ici. C'est la maison. C'est nous. Sur elle, [...] chaque être humain qui a jamais existé a vécu sa vie. L'agrégat de notre joie et de notre souffrance, des milliers de religions confiantes, d'idéologies et de doctrines économiques, tout chasseur et tout cueilleur, tout créateur et destructeur de civilisation, tout roi et tout paysan [...], tout ce qui a existé dans l'histoire de notre espèce a vécu là, sur cet atome de poussière suspendu dans un rayon de Soleil[1]. »

Bien sûr, il y a déjà plusieurs siècles que les astronomes ont mesuré l'isolement de la Terre et son insignifiance dans les étendues de l'Univers, mais, sauf peut-être pour des esprits préparés, les chiffres ne possèdent pas la puissance évocatrice des images. Les équipages d'Apollo avaient photographié la Terre de beaucoup plus près, de sa banlieue lunaire. Les belles images de la planète bleue ne laissent pas aisément apercevoir, à sa surface, la présence de l'homme, mais elles portent un message de beauté et de fragilité dont tous les astro-

1. Carl Sagan, *Pale Blue Dot. A Vision of the Human Future in Space*, New York, Ballantine Books, 1994, p. 6.

nautes se sont fait l'écho. Cependant, la petite tache bleu pâle nous apporte un autre message : « Nos attitudes, notre importance imaginaire, l'illusion que nous avons une quelconque position privilégiée dans l'Univers sont défiées par ce point de lumière pâle [...] rien n'indique que l'aide viendra d'ailleurs pour nous sauver de nous-mêmes[1]. »

On objectera que les transcendances sont sans rapport avec les étendues spatiales et n'en ont que faire. Oui, mais ce qui est accessible à l'action humaine en est déterminé. Dans la relation fusionnelle de la Terre avec son étoile, s'il arrivait que la chaudière solaire, échappant aux prévisions des astrophysiciens, vienne à se dérégler, aucune action humaine imaginable ne pourrait sauver l'espèce de la destruction.

Cette image du moustique prisonnier d'une lumière rend quelque peu dérisoires beaucoup d'attitudes humaines. Non la quête de ceux qui, effrayés par « le silence éternel de ces espaces infinis », cherchent refuge dans la transcendance, mais de ceux qui, cherchant à éclairer le futur et à trouver les voies de l'action, ne voient et ne comprennent le monde qu'à travers les œillères de leur discipline et les mirages de leurs désirs.

La place de l'homme dans le cours des âges n'est guère plus perceptible que sa présence dans les espaces cosmiques. Astronomes et géophysiciens ont uni leurs efforts pour fixer à 15 milliards

1. *Ibid.*, p. 7.

d'années l'âge de l'Univers observable et à 4,5 milliards celui de la Terre dans une galaxie qui en compte 8. Les premières traces de vie apparaissent sur notre planète il y a 3,8 milliards d'années, les premières manifestations de la technique des hominidés datent de quelques millions d'années et l'*homo sapiens* est apparu il y a environ 200 000 ans. Quant aux fondements de l'ère industrielle, ils ont été posés il y a deux siècles. Si l'on ramène l'âge de l'Univers à une journée de vingt-quatre heures, la présence de l'homme se manifeste dans les cinq dernières secondes et l'explosion technique et démographique occupe le dernier centième de seconde. Cela ne donne guère à la civilisation humaine les attributs de la pérennité et ne permet pas de tenir pour acquis qu'elle en dispose. La présence de la civilisation humaine sera-t-elle aussi éphémère que le laisse présager la médiocrité de sa présence physique et le caractère fugace de son apparition ? Ce sont ces interrogations que cristallise l'image de la petite tache bleue sur fond d'étoiles.

Le message qu'elle nous adresse met aussi l'accent sur le caractère global du phénomène auquel nous sommes confrontés, sans autres ressources que ce dont nous disposons sur notre vaisseau terrestre. Et la question non moins globale, sur laquelle j'ai tenté de rassembler quelques éléments de réflexion, est de comprendre la façon dont l'humanité réagira à cette confrontation. Elle le fera en fonction de ce qu'elle est, et sans que rien lui soit dicté qui vienne d'ailleurs que d'elle-même.

De cette réaction dépendra ou bien l'existence d'un avenir pérenne — sinon à la mesure des durées cosmiques, du moins à l'échelle des vies humaines — ou bien sa disparition, sinon en tant qu'espèce, du moins en tant que civilisation. Il n'existe pas d'échappatoire à ce dilemme.

En regard, on ne peut qu'être frappé par le prodigieux narcissisme avec lequel la pensée contemporaine se penche sur l'homme, pénétrée du préjugé de sa singularité. C'est l'héritage des dogmes religieux et la source d'un aveuglement fondamental devant ce qui semble une certitude empirique : la planète traitera l'homme comme un animal ordinaire.

À l'endroit du désir de durer, que peut-on espérer et que peut-on redouter? Divers dangers pèsent sur la préservation d'un avenir de durée indéfinie. D'abord l'incapacité de réagir avant que la menace n'ait matérialisé ses effets. On voit le jeu de cette disposition dans la lenteur avec laquelle est prise en compte la menace climatique. Elle traduit la répugnance des hommes à sortir de l'ornière des habitudes, l'analogue au niveau collectif de l'inertie individuelle, la volonté de préserver les positions et les avantages acquis. Le danger auquel elle expose est celui d'un retard du changement des comportements tel que les dégradations deviendraient irréversibles et insoutenables.

Cette incapacité d'anticipation est le facteur que Jared Diamond place en tête des raisons qui font que les sociétés prennent des décisions désastreuses, l'incapacité d'« anticiper un problème avant qu'il survienne[1] ». Or cette absence d'expérience préalable est précisément un caractère intrinsèque de la confrontation aux limites de la planète. Le désir de maintenir le « cours naturel des choses » jusqu'à ce qu'il soit trop tard est la plus grande menace que l'humanité fasse peser sur elle-même. Cette tendance s'habille de toutes sortes de déguisements seyants, fantasmes techniques ou négation de l'évidence, sous lesquels se dissimule le refus de voir en face la nécessité.

Une autre faiblesse du comportement humain tient à l'incapacité de percevoir l'unité de la menace sous la diversité de ses aspects. Il est évidemment nécessaire que chacun de ces aspects fasse l'objet d'une analyse spécifique qui mette en jeu des disciplines variées selon que l'on considère les sources d'énergie, la production alimentaire, l'extinction des espèces, la démographie ou la pollution de l'atmosphère. L'incapacité, pour un individu, de maîtriser plus qu'une faible partie des acquis culturels pertinents rend indispensable l'intervention de spécialistes qui apportent chacun les modes de pensée et parfois les préjugés et les ornières de leur discipline. Il est naturel que les démarches qui s'élaborent ainsi conduisent à préconiser des remèdes spécifiques. Mais la question de savoir si ces remèdes spécifiques constituent une solution globale est trop négligée. Depuis le scandale créé par le rapport Meadows, aucune formulation globale du problème n'a atteint le statut

1. J. Diamond, *Effondrement*, *op. cit.*, p. 481.

d'événement médiatique. On objectera que l'altération du climat fait, depuis peu, l'objet d'une médiatisation intense. Mais, précisément, ce privilège accordé à une dimension de la menace tend à occulter toutes les autres. Ce n'est pas que cette fraction du problème de l'enfermement ne soit pas, en soi, d'une importance capitale, mais c'est comme si un seul arbre cachait la forêt.

Enfin, la plus grande des menaces qui pèsent sur l'humanité est celle qui résulte de sa division en États gardiens des intérêts et des privilèges de leur peuple comme de l'intégrité de leur territoire. C'est dans la solidité de cette structure que s'ancre le plus profondément la volonté de préserver les avantages acquis. Elle s'est construite pour cela et, je l'ai dit, elle s'enracine dans le patrimoine génétique de l'espèce. Elle a bâti autour d'elle un rempart de prescriptions éthiques propres à justifier ses actions, quelle qu'en soit la nature. La phrase de l'évêque de Verden qu'Arthur Koestler a placée en exergue de son livre *Le Zéro et l'Infini* évoque ce que l'on peut craindre des réactions de cette structure universelle : « Lorsque son existence est menacée, l'Église est dispensée des commandements de la morale. L'unité comme but sanctifie tous les moyens : l'astuce, la traîtrise, la violence, la simonie, l'emprisonnement et la mort. Car tout ordre existe pour les fins de la communauté et l'individu doit être sacrifié au bien général[1]. »

1. Dietrich von Nieheim, évêque de Verden, *De schismate libri*, III, Ad., 1410 (placé par Arthur Koestler en exergue de *Le Zéro et l'Infini*).

En définitive, c'est dans ce vers quoi inclineront les structures nationales, affrontement ou coalition, que se jouera l'avenir de l'espèce. Son seul atout est l'édifice culturel qu'elle a constitué et qui possède la capacité unique de réagir sur lui-même, ce qui en fait l'analogue d'une conscience collective. Cela peut sembler une arme fragile devant l'ampleur des dangers qui menacent et devant les disparités d'accès des masses humaines à cette ressource, mais c'est la seule arme dont nous disposions et qui nous distingue — peut-être — d'une colonie animale enfermée dans un espace trop étroit.

À ceux qui ne manqueront pas de m'accuser de pessimisme — ce que j'accepte volontiers — je répondrai que, lorsqu'on doit affronter une menace mortelle, l'optimisme qui cherche à la minimiser ne fait qu'accroître le danger. Lorsque la nuit du nazisme s'étendait sur l'Europe, mieux valait Churchill promettant à son grand peuple « du sang, de la sueur et des larmes » que les discours lénifiants de ceux qui serinaient aux Français : « Nous vaincrons parce que nous sommes les plus forts. »

Pour le reste, j'invite chacun à tenter de percevoir çà et là, dans la vanité du tapage médiatique et dans l'insignifiance des débats politiques, le grondement encore lointain de la menace, mais aussi peut-être à guetter, dans certaines actions, la faible déchirure de l'espoir.

## REMERCIEMENTS

Ma gratitude va d'abord à Jean-Jacques Salomon qui m'a constamment prodigué ses conseils, ses encouragements, ses critiques, et la chaleur de son amitié.

Je remercie mon collègue et ami le professeur Raymond Saint-Paul pour la lecture attentive du manuscrit et pour les nombreuses suggestions qui m'ont permis d'en enrichir le texte.

Geneviève Schméder-Darmois et Emmanuel Darmois se sont livrés à une lecture très approfondie et à des critiques détaillées qui m'ont beaucoup apporté.

Je suis reconnaissant à Estelle Rauzy et à Alain Gaubert qui m'ont fait l'amitié de lire ce texte et de me faire bénéficier de leurs nombreuses et pertinentes remarques.

Je n'aurais pu mener à bien ce travail sans la protection et la chaleur du foyer sur lequel veille Anne, mon épouse.

LE DÉBAT

Volumes publiés

ALPHONSE DUPRONT : *Puissances et latences de la religion catholique.*

ANDRÉ FERMIGIER : *La Bataille de Paris. Des Halles à la Pyramide.* Édition et présentation par François Loyer.

ANTOINETTE FOUQUE : *Il y a 2 sexes. Essais de féminologie, 1989-1995.*

MARCEL GAUCHET : *La Religion dans la démocratie. Parcours de la laïcité.*

JEAN-LUC GRÉAU : *Le Capitalisme malade de sa finance. Des années d'expansion aux années de stagnation.*

JEAN-LUC GRÉAU : *L'Avenir du capitalisme.*

MICHEL GUÉNAIRE : *Déclin et renaissance du pouvoir.*

NATHALIE HEINICH : *Pourquoi Bourdieu.*

GODFREY HODGSON : *De l'inégalité en Amérique.*

JEAN-NOËL JEANNENEY : *L'Histoire va-t-elle plus vite ? Variations sur un vertige.*

LIONEL JOSPIN : *Le monde comme je le vois.*

HERVÉ JUVIN : *L'Avènement du corps.*

HERVÉ JUVIN : *Produire le monde. Pour une croissance écologique.*

JEAN DE KERVASDOUÉ : *Santé : pour une révolution sans réforme.*

JÁNOS KORNAI : *Du socialisme au capitalisme. L'exemple de la Hongrie.*

G. KRICK, J. REICHSTADT, J.-P. TERRAIL : *Apprendre à lire. La querelle des méthodes.*

JEAN-FRANÇOIS LHÉRÉTÉ : *La France en recomposition.*

BERNARD LEWIS : *Europe-Islam. Actions et réactions.*

BERNARD LEWIS : *Que s'est-il passé ? L'Islam, l'Occident et la modernité.*

BERNARD LEWIS : *L'Islam en crise.*

GILLES LIPOVETSKY, ÉLYETTE ROUX : *Le Luxe éternel. De l'âge du sacré au temps des marques.*

BERNARD PIVOT : *Le Métier de lire. Réponses à Pierre Nora.*

KRZYSZTOF POMIAN : *L'Europe et ses nations.*

JACQUES RIGAUD : *Libre culture.*

MARYVONNE DE SAINT PULGENT : *Le Gouvernement de la culture.*

LOUIS SCHWEITZER : *Mes années Renault. Entre Billancourt et le marché mondial.*

P.J. VATIKIOTIS : *L'Islam et l'État.*

PIERRE VELTZ : *Le Nouveau Monde industriel.*

PAUL YONNET : *Voyage au centre du malaise français. L'antiracisme et le roman national.*

## DU MÊME AUTEUR

*Aux Éditions Gallimard*

L'ENGRENAGE DE LA TECHNIQUE. ESSAI SUR UNE MENACE PLANÉTAIRE, « Bibliothèque des sciences humaines », 2005.

L'ENFERMEMENT PLANÉTAIRE, « Le Débat », 2008; « Folio Actuel », 2011.

LES HORIZONS TERRESTRES. RÉFLEXIONS SUR LA SURVIE DE L'HUMANITÉ, « Le Débat », 2011.

*Aux Éditions Hachette littératures*

L'ESPACE : LES ENJEUX ET LES MYTHES, 1998.

*Composition CMB Graphic.*
*Impression CPI Bussière*
*à Saint-Amand (Cher), le 23 mars 2011.*
*Dépôt légal : mars 2011.*
*Numéro d'imprimeur : 110845/1.*
ISBN 978-2-07-044142-6./Imprimé en France.

178960